仙道 체험기

김태영 著

111

글앤북

『선도체험기』111권 원고를 마감하고 서문을 쓰려고 컴퓨터 자판 앞에 앉자 한 수련생이 물었다.

"선생님, 요즘처럼 미국과 중국이 작정을 하고 핵과 미사일에 환장한 북한을 요절을 내려고 마음먹고 달려들면 진짜 북한에 의미 있는 변화가 일어나는 게 아닐까요?"

"어떤 것이 의미 있는 변화인데요?"

"외부에서 들어오는 돈줄을 모조리 다 끊어버리고 수출입품을 차단하면 김정은 왕조체제가 정말 무너지는 것이 아닌가 하는 겁니다."

"아닌 게 아니라 미국과 중국의 속셈도 바로 북한의 레짐 체인지 즉 체제 교체에 있는 것이 틀림없습니다."

"그런데 러시아가 안전보장 이사회 결의에 이의를 제기하고 통과를 보류하고 있는데 그건 어떻게 될까요?"

"6.25사변 때 미국은 4만 7천 명, 중국은 10만 명의 군인들이 전사했지만, 러시아의 전신인 구 소련은 공식적으로는 단 한 명도 희생되지 않았습니다. 아무리 북한에 김일성 정권을 세웠음을 내세워 한국 문제에서 소외당한 것에 대하여 몽니를 부린다고 해도 미국과 중국이 의도를 어쩌지는 못할 것입니다."

"만약에 이번에 미국과 중국의 조치로 김정은 정권이 교체된다면 어떻게 될까요?"

"북한에서는 해방 후 71년 만에 김씨 왕조가 무너지고 역사상 처음으로 정권 교체가 이루어지고 중국식 개혁 개방이 정착될 것입니다."

"그렇게 되면 남북 관계는 어떻게 될까요?"

"남북 관계는 중국과 대만의 양안 관계 비슷하게 될 가능성이 짙습니다."

"양안 관계는 지금 어떤데요?"

"양안 관계는 지금의 한중 관계와 비슷합니다. 남북 관계도 그렇게 되면 한국의 자본과 기술이 북한에 대량으로 진출하고 이산가족도 자유롭게 왕래하게 될 것입니다. 다시 말해서 지난 71년 동안 괴상망측한 스탈린식 공산독재 왕조에 의해 비꼬이고 어긋난 남북 관계가 비로소 사람과 사람이 사는 훈훈한 곳으로 탈바꿈하게 될 것입니다. 남북 관계는 지금의 양안 관계처럼 정치 체재만 다를 뿐 사실상 통일된 것과 다를 것이 없게 될 것입니다."

『선도체험기』 111권을 내보내는 내 심정은 구도자가 자기 존재의 실상을 깨닫는 것 다음으로 대북 문제에 집중되어 있다. 이것은 6.25사변으로 이산가족이 된 나뿐 아니라 모든 탈북자들과 나라 일을 걱정하는 대한민국 국민 전체의 공동 관심사일 것이다.

위에 펼쳐 보인 내 예상이 허황된 환상이 될지 살아있는 현실이

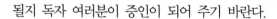

될지 독자 여러분이 증인이 되어 주기 바란다.

이메일 : ch5437830@kornet.net

단기 4349(2016)년 3월 1일

서울 강남구 삼성동 우거에서 김태영 씀

차 례

확성기 방송

2015년 8월 24일 월요일

우창석 씨가 말했다.

"22일부터 우리측의 김관진 청와대 안보실장, 홍용표 통일원장과 북의 황병서 총정치국장, 김양건 노동당비서 네 명의 고위급이 북의 요청으로 연이어 사흘 동안이나 밤낮을 가리지 않고 회담을 강행하고 있습니다.

50대인 홍용표 통일원장관을 빼면 모두가 6~70대 고령인 그들은 그렇게 회담을 강행하다가 보면 피곤도 하고 체력도 무척 달릴 겁니다. 우리측은 도대체 무엇 때문에 그렇게 벅찬 회담을 강행하고 있을까요? 회담을 요청한 것은 북측인데요.

북은 우리의 확성기 방송을 22일 오후 5시까지 중단하지 않으면 타격하겠다고 위협했다가 5시가 되기 전에 갑자기 고위급 회담을 하자고 제의했고 우리는 얼씨구나 하고 받아들였습니다.

북측이 이렇게 서두르는 것을 보면 무슨 다급한 사정이 있는 것이 틀림없지만 우리는 저들처럼 그렇게 급할 것도 없으면서 마치 기다렸다는 듯이 저들의 요구를 선뜻 받아들인 것은 아무래도 이해할 수 없습니다. 어떻게 생각하십니까?"

"동감입니다. 나 같으면 2, 3일 생각 좀 해 본 후에 보자고 하여

저들이 기다리느라고 애가 타서 똥끝이 바싹바싹 타 들어갔을 때 마지못해 응해주듯 했더라면 우리의 협상력을 좀 더 높이고 저들의 속내를 파악할 수도 있었을 것인데 하는 아쉬움이 남습니다."

"도대체 북한이 노리는 것은 무엇일까요?"

"그들은 목함지뢰와 포격 도발로 긴장을 조성하여 다음 달 9월 3일로 예정된 중국의 전승절 기념행사에 참가키로 한 박근혜 대통령의 발을 묶어놓자는 속셈이었는데, 엉뚱하게도 이에 대한 보복으로 한국측이 2011년 이후 중단되었던 확성기 대북 방송을 갑자기 재개하자, 무척 당황한 것이 틀림없습니다. 저들에게는 토끼를 잡으려다가 호랑이를 만난 것과 같은 엉뚱한 재난이 틀림없습니다.

더구나 확성기 방송 중에 박근혜 대통령은 여섯 번이나 시진핑 중국 수석을 만났는데도 김정은은 단 한 번도 그를 만나지 못했을 뿐 아니라 중국 땅에 발도 들여놓지 못한 사실을 보도했으니 보통 충격이 아니었을 것입니다.

확성기 방송이야말로 당국의 허위 선전에만 속아 살아온 북한 동포들에게는 진실을 알려주는 복음과 같은 것이지만 북한 당국자들에게는 최대의 급소요 아킬레스건을 건드린 것이니 이를 중단시키는 것이야말로 저들에게는 발등에 떨어진 불 이상으로 절체절명의 화급한 일이었을 것입니다.

그대로 방치할 경우 휴전선에 배치된 북한군은 자기네들이 지금까지 당국에 속아온 것을 알게 될 것이고 까딱하면 일선부대의 동요나 대규모 반란을 초래할 수도 있습니다.

그 때문에 그들은 우리측 회담 요원들을 협박하려고 잠수함 50척을 동원하고 포병 병력을 2배 이상 증가하고, 공기부양정과 특수부대를 전진 배치하는 등 위협전술을 구사하고 있습니다."

"그런데 이상한 것이 하나 있습니다."

"무엇인데요?"

"북한이 늘 대내외에 자랑해 오던 4300대의 탱크를 가진 기계화 부대는 왜 전진 배치하지 않았을까요?"

"북한군 탈북자들의 말에 따르면 북한은 연료 부족으로 군용기와 전차 훈련을 못 하고 있다고 합니다. 아마도 연료 부족 때문에 기계화 부대는 전진 배치하지 못한 것이 아닌가 합니다.

그건 그렇고 목함지뢰 및 포격 도발 시인 사과와 책임자 처벌 및 재발 방지를 원하는 한국측 요구에 대해 북측은 도발 자체를 부인하고 무조건 확성기 대북 방송 중단만 요구함으로써 양측은 팽팽히 맞서고 있습니다.

이에 그치지 않고 그들은 천안함 폭침과 연평도 포격과 박왕자 씨 피살 사건에 대한 사과와 관광객 안전 보장책 없이 5.24 조치 해제와 금강산 관광 재개까지 요구하고 있다고 합니다. 이에 대해서는 어떻게 생각하십니까?"

"박왕자 씨 피살에 대한 사과와 재발 방지 약속이 없는 한 저들의 요구는 무슨 일이 있어도 들어주면 안 됩니다. 도발을 자행했는데도 저들의 사과도 못 받고, 협상과 보상, 재도발의 악순환을 되풀이해 온 과거 전두환, 노태우, 김영삼, 김대중, 노무현 정부들이 잘못 길

들여 놓은 고약한 버릇은 이번 기회에 단호하게 잘라버려야 합니다.

이들 역대 정부들 중에서도 김대중 노무현 정부 시대에는 유감없이 퍼주기를 해주었는데도 가장 요긴한 북한의 핵실험을 중단시키지 못한 것은 고사하고 도리어 그것을 도와준 크나큰 실수를 저질렀습니다.

특히 노무현 전 대통령은 북한의 핵 실험에 대한 정당성을 온 세계에 알리는 대변인 역할까지 자임하기도 했습니다. 이러한 잘못된 과거의 관행을 다시는 용납할 수 없습니다.

더구나 이번 도발에는 과거와 같은 남한 내의 국론 분열이나 남남 갈등도 없이 여야가 한 목소리로 북의 도발을 규탄하고 있고, 2030 젊은 세대가 현역 근무 연장을 요청하고 예비역들은 소집을 자청하는가 하면 국민들은 사재기도 안하고 침착하게 북의 도발에 대처하고 있습니다.

더구나 미국은 한국에 대한 방위공약 준수를 다짐하는 뜻에서 김일성과 김정일이 보기만 해도 벌벌 떨었던 B-2 스텔스 전폭기, B-2, B-52 폭격기 같은 가공할 전략무기들을 휴전선 상공에서 시위 비행케 했습니다.

이때에 우리는 기회를 놓치지 말고 북의 도발을 단호히 응징하는 강공책을 밀고 나가야 할 것입니다."

"그렇게 강경일변도로 나가다가 북한이 6.25 때처럼 전면전을 도발하면 어떻게 하죠?"

"북한은 지금 소련과 중공이 남침을 적극 지원해주던 65년 전

6.25 때와는 달라서 전면전을 벌일 능력이 없습니다. 그들은 지금 사방을 둘러보아야 믿을 만한 우방이 하나도 없는 엄동설한에 황야에 내쫓긴 외톨이 늑대의 신세입니다.

서쪽에는 중국이 있지만 김정은 자신의 고모부 장성택을 처형한 이후 관계가 계속 악화되어 지금은 자기네 전승절 행사를 북한이 방해하는 것을 예방하려고 엔지 조선족 자치주에 대규모 탱크 부대를 배치할 정도가 되었습니다.

북쪽에는 친러파 현영철의 숙청 후 소원했던 관계가 최근에 한반도 관통 유라시아 철도 개통 문제로 더욱 악화된 러시아 대통령 푸틴이 싸늘한 눈초리를 노려보고 있습니다.

그렇다고 해서 동쪽을 살펴보아야 북한과는 전통적인 적대국인 세계 유일의 초강대국 미국과 그 동맹국 일본이 도사리고 있을 뿐입니다.

그럼 남쪽은 어떻습니까? 65년 전에 남침적화를 노리고 6.25 동족전쟁을 벌였던 한국은 그때와는 비교도 할 수 없을 정도로 크게 성장하여 지금은 국민소득이 북한의 20배, 경제 규모가 40배나 늘어나 세계 여섯 번째 경제 대국이 되어 자기네의 도발을 다시는 용서하지 않겠다고 잔뜩 벼르고 있습니다.

이런 판에 북한 인구의 대다수를 차지하는 주민들은 공산권이 무너진 90년대 이후의 고난의 행군이라는 대기근 이후 배급제도가 무너져 장마당에서 아낙네들이 하루하루 장사를 하여 겨우 식구들의 입에 풀칠을 하고 있습니다.

북한군에 근무하다가 한국에 정착한 탈북자들에 따르면 휴전선의 북한군들은 부대장들의 명령에 따라 식량난으로 죽지 않고 살기 위해서 민가에 나가 도둑질로 기근을 넘기고 있다고 합니다. 이러한 군대가 무슨 전면전을 일으킬 수 있겠습니까?

따라서 지금 북한이 손을 내밀 만한 상대는 그나마 동족인 한국밖에는 없습니다."

통일의 기회

2015년 8월 25일 화요일

우창석 씨가 말했다.

"무박(無泊) 4일 동안의 남북 고위층 회담 끝에 북측의 지뢰도발에 대한 유감 표명과 남측의 확성기 방송 중단을 골자로 한 6개 공동 합의문에 합의했는데 그것을 간추리면 다음과 같습니다.

첫째, 양측은 남북 관계 개선을 위하여 서울과 평양에서 빠른 시일 안에 당국자 회담을 진행하기로 했다.

둘째, 북측은 비무장지대 남측 지역에서 발생한 지뢰폭발로 남측 군인들이 부상을 당한 것에 대하여 유감을 표명하였다.

셋째, 남측은 비정상적인 사태가 발행하지 않는 한 군사분계선 일대에서 확성기 방송을 8월 25일 12시부터 중단하기로 했다.

넷째, 북측은 준전시 상태를 해제하기로 했다.

다섯째, 남북은 올 추석을 계기로 이산가족 상봉을 진행하고 이를 위한 적십자 실무 접촉을 9월초에 갖기로 했다.

여섯째, 남북은 다양한 분야에서 민간 교류를 활성화하기로 했다.

다 읽고 보니 북한은 떡 본 김에 제사 지낸다고 확성기 방송 중단이라는 가장 다급한 문제가 해결되자, 중국, 러시아, 일본, 미국에

의해 사방이 꽉 막힌 출구를, 이런 경우 과거에 늘 그래왔듯이, 한국에서 그 출구를 찾으려는 것이 틀림 없습니다. 앞으로 남북 관계가 어떻게 될 것으로 생각하십니까?"

"위의 6개 합의 사항들을 북한이 제대로 이행만 한다면 전망이 과히 흐리지만은 않습니다. 미국과 소련의 두 전승국에 의해서이기는 하지만 70년 동안 남북은 분단의 서러움을 겪을 만큼 겪어 왔습니다.

그러니까 앞으로 평화 통일을 위해 남북은 부디 합심하여 지혜를 짜내야 할 것입니다. 이번에 양측이 이만한 합의를 얻어내는 데는 박근혜 대통령의 일관된 원칙 고수와 국민단합이 큰 역할을 했다고 봅니다."

"그럼 우리는 앞으로 구체적으로 어떤 자세를 취해야 할까요?"

"그 해답은 셋째 조항에 나오는 '남측은 비정상적인 사태가 발생하지 않는 한 군사분계선 일대에서 확성기 방송을 8월 25일 12시부터 중단하기로 했다'는 합의 사항을 철저히 이행하여 나가는 겁니다.

여기서 말하는 '비정상적인 사태' 속에는 북한이 자행할 수도 있는 각종 군사 도발은 말할 것도 없고 앞으로 있을지도 모르는 4차 핵실험과 장거리 로켓 실험까지도 당연히 포함되어야 합니다.

이번 사태를 계기로 북한의 최대의 약점은 확성기 방송에 노출당하는 것이고 남쪽이 가장 싫어하는 것은 북한의 각종 도발과 핵과 미사일 개발이 계속되는 것입니다.

특히 한반도 안에서 현재 수준 이상으로 핵과 미사일이 개발되는

것 이상의 비정상적인 사태는 없고 이미 개발해 놓은 핵도 당연히 폐기되어야 합니다."

"요컨대 확성기 방송을 요술 방망이처럼 잘 이용하기만 한다면 앞으로 북한이 자행할 수도 있는 핵실험을 포함한 어떠한 종류의 도발도 우리는 지혜롭게 관리해 나갈 수 있다는 말씀이군요."

"그렇습니다. 그리고 그와 동시에 잘하면 이것을 계기로 한민족이 70년 동안 꿈에도 그리던 평화 통일을 외국의 간섭 없이도 순전히 남북의 주도적 노력으로 성취할 수 있는 기회로 이용해야 할 것입니다."

묵비, 백합, 성경, 상복

2015년 8월 26일 수요일

우창석 씨가 말했다.

"여성부 장관, 환경부 장관에 이어 노무현 정부에서 우리나라 최초의 여성 국무총리를 지낸 한명숙 씨가 대법원에서 불법 정치 자금 수수 혐의로 대법관 13명 전원이 유죄로 인정한 가운데 6년을 끌어온 재판에서 드디어 2년 징역형을 선고받고 24일 마침내 수감되었습니다.

그녀가 받은 9억여 원의 뇌물의 일부인 3억 원 중에서 1억 원짜리 수표는 그녀의 여동생이 주택 구입 자금으로 이용된 것이 밝혀졌습니다. 이에 대한 질문에 대하여 그녀는 재판장에서는 일체 말을 하지 않고 묵비권(默秘權)만 행사하였습니다.

그래 놓고는 수감 직전에 그녀의 지지자들과 고별하는 자리에서는 순결을 표상하는 백합과 정의를 상징하는 성경을 들고 검은 상복을 입고는 '진실은 승리할 것'이며 '사법 정의는 죽었다'고 외치면서 자기는 백합처럼 결백하고 정치 탄압을 받고 있으며 이 탄압은 노무현 전 대통령을 필두로 하여 자신에게까지 이르렀으며 반드시 여기서 끝내야 한다고 주장했습니다. 선생님께서는 이러한 주장에 대하여 어떻게 생각하십니까?"

"자기가 정말 끝까지 죄가 없어서 그야말로 그녀가 들었던 백합과 성경처럼 순결하고 정의롭다면 재판정에서 1억 원짜리 수표에 대하여 대법관들로부터 질문을 받았을 때 무엇 때문에 그 유창한 언변으로 당당하게 자신의 무죄를 모든 사람들이 알아듣게 밝히지 않고 묵비권만 행사했는지 의문입니다.

재판정에서의 묵비권 행사는 자신의 어떠한 발언도 자기에게 도움이 안 될 때 행사하는 겁니다. 그럼에도 불구하고 재판정에서는 시종일관 묵비권을 행사해 놓고 나서 밖에 나와서 지지자들 앞에서는 진실은 승리한다느니 사법 정의가 죽었다느니, 자기에게는 끝까지 죄가 없다느니 정치 탄압이니 하고 제아무리 외쳐보았자 누가 그 말에 귀를 기울이겠습니까?

그녀는 또 노무현 전 대통령으로부터 시작된 정치 탄압이 자기에게서 끝나기 바란다고 말했습니다. 여기서 그녀는 자신을 노무현 전 대통령과 동일한 반열에 분명히 올려놓았습니다. 그러나 내가 보기에 그녀는 노무현 전 대통과는 결코 같은 반열에 오를 수 없다고 확신합니다."

"왜 그렇죠?"

"노무현 전대통령은 검찰 수사 단계에서 자신의 뇌물 수수 혐의가 움직일 수 없는 증거들로 속속 드러나기 시작하자 변호사 출신에다가 전직 대통령인 그로서는 도저히 감당할 수 없는 심한 양심의 가책을 받은 끝에 '누구도 원망하지 말라'는 취지의 유서를 남겨놓고 고향 집 근처의 바위에서 투신자살함으로써 자기 잘못을 시인했습니

다. 그가 만약에 결백했다면 자살을 택하지는 않았을 것입니다.

이처럼 뜻밖의 사건으로 노무현 전 대통령의 뇌물 수수 사건의 진상은 영구미제가 되고 말았습니다. 옛날로 말하면 할복 자살로 자기 죄를 인정하고 스스로 자기 자신을 벌한 것입니다. 그런데 움직일 수 없는 명백한 증거 앞에서도 묵비권만 행사한 한명숙 전 총리를 어떻게 노무현 전 대통령과 같은 반열에 올려놓을 수 있겠습니까?"

"그럼, 선생님께서는 한명숙 전 총리가 어떻게 했어야 한다고 보십니까?"

"나는 어떤 경우에도 자살은 반대하는 사람인데 그 이유는 자살도 일종의 살인 행위로서 범죄이기 때문입니다. 따라서 나는 누구에게도 자살을 권하는 사람은 결코 아니므로 이 점 오해 없기 바랍니다.

그녀는 분명 유죄입니다. 13명의 대법관들이 전부 다 정신질환자가 아닌 이상 이구동성으로 그녀의 유죄를 인정할 리가 없기 때문입니다.

그리고 사람은 원래 불완전한 존재입니다. 그래서 누구나 경중의 차이는 있지만 이 세상을 살아가는 동안 죄를 짓지 않을 수 없게 마련인데, 죄를 짓는 것이 나쁜 것이 아니라 죄를 짓고도 그 잘못을 고칠 줄 모르는 것이 나쁘다고 공자도 말했습니다.

그래서 사람들은 잘못을 저지르고도 그것을 반성하고 바르고 참된 사람으로 거듭나는 것을 보고 누구나 진정으로 박수를 보내게 됩니다. 그러나 자기 잘못을 고칠 줄 모르는 사람은 개과천선(改過遷善)의 길을 아예 스스로 막아버리는 어리석음을 범하게 됩니다.

더구나 명백한 잘못을 저지르고도 엉뚱한 변명만 늘어놓는 것이야

말로 이 세상 누구도 용납하려 하지 않으니 국민들의 비난을 사지 않을 수 없습니다. 요컨대 죄를 진 사람은 자기 잘못을 겸허하게 시인하고 그 죄에 해당하는 벌을 받고 새 사람으로 거듭나야 합니다. 내가 한명숙 씨에게 바라는 것은 바로 이것입니다.

그런데도 불구하고 여기에 한술 더 떠서 새정치연합의 문재인 대표는 8억여 원의 그녀의 법정 추징금을 당원들에게서 거두어 대납하려 한다고 보도되고 있습니다. 동지애와 범죄를 혼돈하는 것 같아서 참으로 딱한 생각이 듭니다. 그런 사람이 어떻게 다음 대선에서 국민들의 표를 얻을 수 있을지 의심스럽습니다.

전두환, 노태우 두 전 대통령들의 추징금 반납 경위와는 전연 다른 광경이라 그 추이가 자못 기대됩니다.

아무리 대통령이요 국무총리를 지낸 사람이라 해도 뇌물을 받아먹고는 어떤 경우에도 무사할 수 없는 나라인 대한민국의 국민이 된 것에 나는 은근히 자긍심을 느낍니다."

"우리나라에서는 지금까지 18명의 대통령들이 집권했었지만 재임 중에 뇌물을 받아 처벌을 받고 추징금을 낸 대통령은 전두환, 노태우 두 사람뿐이었고 노무현 전 대통령은 뇌물 수수혐의 혐의로 검찰 수사 중에 자진(自盡)했습니다.

그러나 그동안 배출된 수많은 국무총리들 중에서 여성 총리로서는 처음이고 뇌물수수로 징역형을 받고 추징금을 내게 된 사람 역시 그녀가 처음이자 마지막이 되기를 간절히 기도하고 싶은 심정입니다."

마르크스주의자

"한명숙 씨의 남편은 누구인지 혹 아십니까?"

"인터넷 검색과 종편 토론자들에게서 얻어들은 나의 지식에 따르면 그녀의 남편은 박성준 씨이고 한명숙 씨보다 네 살 위인 1940년생이며 한국에선 이름난 마르크스주의자이며 중형을 선고받고 복역한 일이 있다고 합니다."

"그 말씀을 들으니 좀 이해가 됩니다. 자유민주주의와 시장경제를 바탕으로 한 대한민국의 보통 국민들과는 기본적으로 철학과 사상과 이념이 다른 사람들이니까 명백한 범죄 사실을 앞에 하고도 '진리는 승리한다'느니 '사법 정의는 죽었다'느니 '나는 끝까지 결백하다'느니 하고 이상야릇한 자기 자기변명을 눈 하나 깜짝 않고 태연하게 늘어놓을 수 있는 것을 이해할 수 있을 것 같습니다.

그러나 그 마르크스주의, 즉 공산주의, 사회주의 이념은 그 본고장인 러시아와 중국에서도 사라져버린 지 어느덧 25년의 세월이 흐르지 않았습니까?

전에는 6.25 동란이 북침이라고 하다가 1990년에 공산권이 해체되어버린 뒤부터는 러시아와 중국조차도 교과서에서 6.25는 분명히 남침이라고 학생들에게 사실 그대로 가르치고 있습니다.

그런데도 불구하고 작년에 헌법재판소 판결로 해산된 통진당의 이

정희 전 대표는 6.25는 누가 도발했느냐는 질문에 지금은 답변할 때가 아니라고 분명히 말했습니다.

한명숙 씨 역시 재판정 안에서는 자신이 저지른 명백한 범죄를 앞에 놓고 묵비권을 행사했습니다. 그리고는 밖에 나와서는 보통 사람들의 머리로는 이해할 수 없는 전연 엉뚱한 딴소리를 앵무새처럼 잘도 늘어놓고 있습니다.

도대체 마르크스주의자들은 언제쯤 되어야 사실과 진실 앞에서 정직해질 수 있을까요?"

"세계에서 유일하게 공산주의 즉 북한식 사회주의 독재를 악착같이 고수하고 있는 북한이라는 정치집단이 지구촌에서 사라지면 그들도 별 수 없이 진실 앞에 겸손해질 수 있지 않을까 합니다."

"그렇다면 그들도 북한의 통일전선부의 관리를 받고 있었다는 얘긴데 야당이 들으면 또 색깔논리요 종북몰이라고 하지 않을까요?"

"그래도 그것이 사실이라는 것이 현실로 입증되고 있는데 어떻게 할 것입니까?"

"어떻게요?"

"지구촌 전체에서 유독 남한에만 마르크스주의자들이 우글거리고 있는 것만 보아도 잘 알 수 있는 일입니다. 마르크스주의가 지구상의 보편적인 진리라면 어떻게 그들이 한국에만 몰려 있겠습니까?

세계의 보편적인 진리로 지식인들에 의해 받아들여졌던 1920 내지 1930년대만 해도 공산주의자들은 전세계에 골고루 퍼져 있었습니다. 그러나 지금은 진짜 공산주의 사상가는 북한에보다 남한에 더 많이

몰려 있습니다."

"그것을 어떻게 입증할 수 있습니까?"

"굶어 죽지 않고 살아남으려고 생지옥과도 같은 북한에서 도망쳐 온 탈북자들이 그것을 생생하게 증명해 주고 있습니다.

그것뿐이 아닙니다. 텔레비전 동영상만 보아도 영양실조로 북한 청소년의 키가 남한 청소년의 키보다 평균 15cm가 낮아서 북한 군인들의 평균 키가 한국의 중학생 키 정도밖에 안 되는 것만 보아도 알 수 있습니다."

박 대통령의 통일 외교

2015년 9월 4일 금요일

우창석 씨가 말했다.

"중국의 전승절 행사에 참석한 박근혜 대통령이 러시아의 푸틴 대통령 다음으로 가까운 거리에서 시진핑 주석과 톈안먼 문루에 나란히 서서 열병식을 관람하는 모습을 텔레비전에서 지켜본 국민들 중에는 한반도의 통일이 멀지 않았다고 생각하는 사람들이 적지 않은 것 같습니다. 선생님께서는 어떻게 생각하십니까?"

"통일이 그렇게 쉬운 일이라면 통일 작업은 얼마 전에 있었던 8.25 남북 고위당국자 합의를 계기로 이미 시작되었다고 보아야 할 것입니다."

"그럼 그런 식의 통일 작업이라도 이미 시작되었다면 그 작업은 언제쯤 끝날까요?"

"북한이 8.25 합의 사항들을 제대로 이행만 한다면 박근혜 대통령의 임기가 끝날 때쯤이면 통일 작업은 대충 마무리가 될 것입니다."

"그러나 과거에 늘 그래 왔듯이 이번에도 북한이 엉뚱한 트집을 잡고 합의 사항을 위반하면 이번에도 이전 경우와 마찬가지로 몽땅 다 도루묵이 되는 것 아닙니까?"

"그렇게는 안 되지 않을까 생각됩니다."

"그럴 이유라도 있습니까?"

"있습니다. 북한이 제아무리 엉뚱한 행패를 잘 부린다고 해도 이번에만은 여러 여건들이 그렇게 쉽사리 합의 사항들을 위반할 수 없게 되어 있기 때문입니다."

"그 여러 여건들이란 무엇을 말합니까?"

"이번에야말로 북한은 사방을 둘러보아야 자기네를 돌보아줄 상대는 동족인 대한민국밖에는 없기 때문입니다.

더구나 박 대통령의 이번 전승절 외교로 활성화된 중국의 적극적인 제제로 북한은 더 이상 그전처럼 합의 사항을 식은 죽 먹듯이 위반하고 도발을 감행할 수는 없지 않을까 생각됩니다.

왜 그러냐 하면 중국은 이번에야말로 그전처럼 말뿐이 아니라 행동으로 북한에 제재를 가할 준비가 되어 있기 때문입니다.

그 실례로 중국은 북한이 목함지뢰 도발로 자기네가 몇 해 전부터 극진하게 공 들여온 박근혜 대통령의 전승절 참가 초청을 저지하려는 기미를 보이자 두만강 너머 옌지에 중국군 전차 부대를 급파한 것을 보아도 알 수 있습니다.

이 같은 중국의 뜻밖의 조치에 당황한 북한은 그에 대한 무마책으로 한국에 고위급 회담을 개최할 것을 제안한 것으로 보입니다."

"그럼 앞으로 북한이 8.25 고위급 회담 합의 사항을 위반하고 또다시 도발을 감행할 때 실제로 중국은 어떤 조치를 취할 수 있을 것 같습니까?"

"북중 관계가 지금 아무리 악화되어 있다고 해도 중국은 북한이

필요로 하는 연료와 식량의 90%를 공급하고 있으므로 압록강을 가로지르는 송유관만 막아버려도 북한 공군과 기계화 부대를 위시한 북한군 전체의 기동력은 물론이고 북한의 공장과 차량들은 며칠 안에 가동이 중단되고 말 것입니다.

설상가상으로 북한은 지금 미국과 일본을 위시한 서방국들과 전 세계 국가들에 의해 유엔 총회에서 통과된 기존의 6개의 결의안들로 인하여 각종 제재의 포위가 바싹 좁혀져 당장 사냥터에서 쫓기던 사냥개들에게 물려 죽을 수밖에 없는 외로운 승냥이처럼 급박한 처지에 몰려 있습니다. 게다가 오는 10월 16일로 예정된 한미 정상 회담 역시 북한에 대한 제재 조치들이 논의될 것입니다.

결론적으로 말해서 지금 모든 조건들이 북한으로 하여금 한국과의 합의 상항들을 이행하지 않으면 생존하기 어려운 국면으로 내 몰리고 있습니다.

이 같은 여건들을 감안할 때 우리는 하늘이 우리 민족을 긍휼히 여겨 분단 70년 만에 마련해 준 이 절호의 기회를 무슨 일이 있어도 놓치지 말아야 할 것입니다."

"그럼, 선생님, 앞으로 어떤 방식으로 평화 통일이 성취될 수 있을까요?"

"그 과정은 8.25 합의 사항에 구체적으로 명시되어 있으므로 그대로 실천만 되면 될 것입니다. 거듭 말하지만 그 합의 사항은,

첫째, 양측은 남북관계 개선을 위하여 서울과 평양에서 빠른 시일

안에 당국자 회담을 진행하기로 했다.

둘째, 북측은 비무장지대 남측 지역에서 발생한 지뢰폭발로 남측 군인들이 부상을 당한 것에 대하여 유감을 표명하였다.

셋째, 남측은 비정상적인 사태가 발생하지 않는 한 군사분계선 일대에서 확성기 방송을 8월 25일 12시부터 중단하기로 했다.

넷째, 북측은 준 전시 상태를 해제하기로 했다.

다섯째, 남북은 올 추석을 계기로 이산가족 상봉을 진행하고 이를 위한 적십자 실무 접촉을 9월초에 갖기로 했다.

여섯째, 남북은 다양한 분야에서 민간 교류를 활성화하기로 했다.

이 여섯 가지 합의 사항 중에서도 첫째, 다섯째, 여섯째가 특별히 주목을 끕니다. 남북 양측이 성의를 가지고 임한다면 반드시 좋은 결과를 만들어 낼 것입니다. 남북한과 외국에 사는 한국인들은 말할 것도 없고 온 세계가 주목하고 있으니 함부로 합의사항들을 과거처럼 제멋대로 위반하거나 도발을 감행하지는 못할 것입니다.

1945년 얄타에서 미국과 소련이 저들 마음대로 갈라놓은 남북 분단이 소련의 붕괴로 지금은 중국이 그 자리를 이어받아 미국과 중국이 훈수하는 가운데 남북이 실무 작업을 벌이고 있습니다. 동서독의 통일과는 또 다른 양상의 새로운 방식의 통일 역사가 펼쳐지고 있습니다."

"소련의 후신은 러시아이므로 러시아가 소련이 하던 일을 물려받아야 할 것 같은데 어떻게 되어서 러시아 대신에 중국이 소련을 대

신하게 되었는지 모르겠습니다."

"6.25 때 한국군과 유엔군의 파죽지세(破竹之勢)의 북진으로 남침을 주도한 김일성 집단이 완전히 괴멸되어 통일이 눈앞에 다가왔을 때 30여만의 중공군이 느닷없이 압록강과 두만강을 은밀히 넘어 침투해 들어오면서 전쟁은 새로운 양상을 띠게 되었고, 중국은 우리에게는 다 된 통일의 밥상에 콧물 떨어뜨린 훼방꾼으로 등장했습니다.

이때부터 한반도에서의 소련의 역할은 중국이 떠맡게 되었고, 중공군 10여만 명이 전사한 끝에 마침내 휴전이 성립되었습니다.

바로 이 때문에 박근혜 대통령이 미국과 함께 중국에도 통일 외교를 동시에 전개하지 않을 수 없게 된 것입니다."

"그럼 구체적으로 남북통일은 한국에 의한 흡수 통일이 아닌 평화통일이 한중 사이에 거론되고 있는데 그 구체적인 과정은 어떻게 될 것 같습니까?"

"그것은 내가 방금 전에 말한 8.25 합의 사항 첫째, 다섯째, 여섯째만 충실히 시행되어도 충분히 잘되어나갈 수 있을 것입니다.

다시 말하면 서울과 평양에서 빠른 시일 안에 당국자 회담을 열어서 거기서 결정된 사항들을 남북 당국이 꼼수 부리지 말고 충실히 이행하는 한편 이산가족 상봉을 정례화하고 남북 사이에 다양한 민간 교류를 활성화하면 평화 통일은 되지 말라고 해도 저절로 실현될 것입니다.

이것은 인류 역사상 동서독의 경우와는 다르게 처음 시도되는 분단국의 통일 과정이므로 양측은 전 세계 사람들이 지켜보는 가운데

다 같이 창의적인 노력과 지혜를 진지하게 쏟아 부어야 될 것입니다."

"그렇게 평화적인 방법으로 통일 작업이 무리 없이 잘 진행되어 나가는 사이에 남북 교류가 빈번해지면서, 최근에 있었던 비무장지대에서의 남쪽의 확성기 방송에서 입증된 것처럼, 북한 주민들이 깜짝 놀랄만한 각종 정보들이 지속적으로 흘러 들어가면 북의 주민들이 지금까지 새까맣게 속아 살아 온 사실을 깨닫게 될 것입니다."

"그러한 사태 발전은 결국 민중 봉기로 발전하든가, 아니면 후삼국 시대의 궁예처럼 수많은 측근들을 집권 이후 지속적으로 처형함으로써 공포 정치를 유지하고 있는 김정은에게 원한을 품은 측근들에 의한 변고가 우려되는데 그런 일이 일어나면 어떻게 될까요?"

"그럴 경우에 대비하여 한국, 미국, 중국, 러시아, 일본 그리고 유엔 안보리가 빈틈없이 대비하고 있다가 적절한 조치를 취하게 될 것으로 전망됩니다.

만약에 북한의 김씨 왕조가 갑자기 무너져버릴 경우 서독의 경우처럼 한국이 흡수 통일하는 것을 중국이 반대할 공산이 크므로 북한에 질서 유지를 위하여 유엔 평화 유지군이 파견되어 우선 질서가 유지되고 북한 주민의 공정한 비밀 투표에 의해 과도 행정부가 만들어질 수도 있을 것입니다."

"그래도 중국이 이의를 제기하지 않을까요?"

"중국은 북한 주민에 의한 공정한 비밀 투표에 의해 북한 주민들의 자기네 거취를 정하는 것을 반대할 명분은 없게 될 것입니다. 또 세계의 여론과 중국과 러시아 내의 친한 여론도 감안해야 할 것입니다.

유엔 평화 유지군이 주관하는 북한 주민의 투표에 의한 임시 통치 기구가 성립되든 지금의 김씨 왕조가 그대로 유지되든 간에 남북 사이에 다양한 민간 교류 하나만 제대로 이행되어도 통일은 사실상 실현된 것이나 마찬가지가 될 것입니다.

왜냐하면 그 다양한 민간 교류 자체가 통일의 기초 조건이니까요. 지난 70년 동안 통일이 안 된 것은 이러한 민간 교류가 북한에 의해 철두철미하고도 완벽하게 봉쇄되어 왔기 때문입니다.

그런 의미에서 자유로운 민간 교류가 실현되고 있는 대만과 중국 본토는 정치 제도만 다를 뿐 사실상 경제와 문화, 학술 분야에서는 통일이 된 것과 다름이 없습니다. 그래서 중국과 대만의 양안(兩岸) 사이에는 이산가족 상봉 같은 없습니다. 아무 때나 만나고 싶으면 상호간에 자유롭게 여행을 할 수 있기 때문입니다.

8.25 합의를 계기로 처음부터 너무 욕심부리지 말고 남북 주민들이 휴전선을 넘어 자유롭게 여행만 할 수 있도록까지만 남북 합의가 되어도 획기적인 큰 성과로 기록될 것입니다.”

“그건 그렇고요. 저는 일전에 티브이 조선의 장성민의 시사탱크라는 프로그램에서 본 것인데요. 북한이 갑자기 붕괴될 경우를 가상한 미 국방부의 계획서가 공개되었습니다.

그 계획서에 따르면 북한의 자강도와 양강도 그리고 신의주를 포함한 평안북도는 중국군이, 함경 남북도는 러시아군이, 북한의 강원도는 미군과 일본군이, 평양을 포함한 평안도 황해도는 유엔군이 점령하는 것으로 되어 있었습니다.

　　이러한 미 국방부의 계획안이 동맹국인 한국과 사전 합의를 거친 것인지는 밝혀지지 않았지만 저에게는 대단히 충격적인 것이었습니다.

　　유엔 평화유지군이라면 몰라도 중국군과 러시아군, 일본군이 한국의 동의 없이 한반도 북부에 주둔한다는 것 자체가 북한 지역을 또 다시 조각조각 갈라놓은 것이 되기 때문입니다. 만약에 이것이 사실이라면 미국이 한국과의 동맹 관계를 배신한 것이 아닌지 의심스럽습니다."

　　"북한이 갑자기 붕괴되었을 때를 가상한 잠정적인 시안에 지나지 않은 것이므로 지나치게 신경 쓸 필요는 없을 것입니다. 북한 정권이 갑자기 붕괴되어 무질서와 파괴와 난동을 방지하기 위한 임시방편일 것입니다.

　　북한 안에서 질서가 회복되고 나면 미국 중국 러시아 일본 한국 등의 5개국의 회담이 열릴 것이고 거기서 무슨 합리적인 대책이 나올 것입니다.

　　그건 그렇고 나는 북한의 현 체제가 무너지고 그 자리에 중국군, 러시아군, 미군, 일본군, 유엔군이 주둔하면 지난 70년 동안 북한 주민을 노예처럼 꽁꽁 묶어 놓았던 김일성 왕조의 올가미가 일단 풀리고 북한 주민들과 외부 사람들이 자유롭게 왕래할 수 있게 되고 각종 정보의 유통이 가능해지는 것 자체만도 북한 주민들에게는 지옥에서 벗어나 숨통이 트이는 크나 큰 행운이라고 아니 할 수 없을 것입니다.

　　진정한 통일의 희망은 바로 그러한 분위기 속에서만 싹틀 것이고

북한 주민들은 자기네 장래를 스스로 선택할 수 있는 길이 반드시 열릴 것입니다."

"중국군과 러시아군이 미군의 주둔을 이유로 북한 내의 치안이 안정된 후에도 철수를 거부한다면 어떻게 하죠?"

"그럴 때는 한국, 미국, 중국, 러시아가 합의하는 선에서 가장 합리적인 방안이 마련될 수 있을 것입니다. 여기서 무엇보다도 중요한 것은 한반도 안에서 북한 정권의 실체가 붕괴되어 사라져버린 이상 한국이 어디까지나 주도권을 행사해야 한다는 것입니다."

"어떻게 말입니까?"

"예컨대 한반도 안에 주둔한 모든 외국군을 철수시키는 대신에 한국을 스위스처럼 중립 국가로 만들고 자주 국방력을 대폭 강화하여 우리나라 주변의 중국, 러시아, 일본, 미국에 못하지 않는 첨단 강군을 육성해야 할 것입니다.

우리나라가 1876년에 일본과 강화도 조약 같은 치욕적인 불평등 조약을 맺지 않을 수 없었던 것은 이럴 때 우리에게 일본에 일격을 가할 만한 자주 국방력이 없었기 때문이었습니다.

지금부터 9214년 전에 환국(桓國)이라는 나라가 동아시아에 건설된 후 서기 1910년에 일본에게 주권을 빼앗기기 전까지 우리나라 주변에서 숱한 강국들이 흥망성쇠를 거듭했지만 단 한번도 우리나라가 주권을 빼앗긴 일이 없었던 것은 우리의 자주 국방력이 살아 있었기 때문입니다.

우리나라가 그때(1876년) 만약 지금과 같이 산업화되고, 자주 국방

력을 가지고 있었더라면 신흥국 일본 따위가 어찌 감히 강화도 조약 같은 불평등 조약을 강요할 수 있었겠습니까?"

"요컨대 우리 스스로 강해지는 길밖에 없군요."

"정확하게 핵심을 찔렀습니다. 우리 스스로 강해지면 우리 주변에 4대 강국이 아니라 10대 강국이 포진해 있다고 해도 아무도 겁낼 것 없습니다.

한국은 1945년 이후 식민지 등에서 독립된 142개국 중에서 유일하게 외국의 원조를 받는 나라에서 외국에 원조를 주는 나라로 탈바꿈했습니다. 그러한 우리나라가 자주 국방력을 확보할 수 없다든가 강대국으로 성장할 수 없다는 것은 말이 안 됩니다."

경의선(京義線), 경원선(京元線) 복구

2015년 9월 9일 수요일

우창석 씨가 말했다.

"남북은 10월 20~26일 금강산 면회소에서 이산가족 상봉 행사를 열기로 어제 합의했습니다. 양측은 상봉 장소와 규모 등에서는 비교적 쉽게 의견 접근을 이루었지만 상봉 시기와 '근본적 해결책' 등을 놓고는 줄다리기를 한 것으로 알려져 있습니다.

우리 측은 10월 10일 북한 노동당 창건 기념일 전후에 있을지도 모르는 북한의 장거리 로켓 발사나 4차 핵실험이 강행될 경우 이산가족 상봉은 물거품으로 돌아갈 것을 우려하여 그 전에 실현되기를 요구한 것입니다.

이번엔 우리 측의 양보로 어렵게 합의를 해놓고 나서도 엉뚱한 짓 잘하기로 유명한 북한이 장차 미국과의 대화에서 유리한 고지를 차지하려고 4차 핵실험이나 장거리 로켓을 발사할 때는 우리 정부는 어떻게 해야 할까요?"

"나는 북한의 김씨 왕조를 신임하지 않고 늘 냉정하게 관망하는 편이므로 그럴 때 우리가 당장 할 수 있는 일은 8.25 합의 사항 세 번째 항목대로 북한이 먼저 '비정상적인 사태'를 야기했으므로 비무장지대에서의 확성기 대북 방송부터 주저 말고 대대적으로 즉각 재

개해야 한다고 생각합니다."

"그렇군요. 만약에 북한의 김씨 왕조가 민중 봉기나 주민의 대량 탈북 사태로 인해 붕괴되고 미국과 중국 그리고 유엔의 중재로 잔류 북한 주민에 의한 민간 임시 정부가 수립되고 북한 주민들이 한국과의 통일을 원하여 한반도가 통일이 되었다고 칩시다.

그 뒤 한국과 중국 사이에 간도 지역 소유권을 놓고 100년 전에 구한국과 청국 사이에 분쟁이 있었던 것처럼 한중 간에도 다시 분쟁이 재연될 경우 우리 정부는 어떤 태도로 나와야 할까요?"

"그런 때를 대비해서 우리는 지금부터 원교근공책(遠交近攻策)으로 미국과의 동맹 관계를 한층 더 강화해야 합니다. 이웃 중국이 강대국 패권주의를 추구하는 한 우리 외교의 기본은 미국과의 동맹 관계 강화 외에 다른 선택의 여지가 없습니다.

그러나 그런 먼 장래의 일은 미래 세대에 맡겨 두고 우리는 지금 당장 일어나고 있는 사태를 하나하나 빈틈없이 처리해나가야 할 것입니다. 지금 당장 일어나고 있는 사태는 10월 20~26일로 예정된 이산가족 상봉과 남북 사이에 있을 다양한 민간 교류입니다.

이산가족 상봉은 지금의 방식대로 금강산에서 계속되어도 별 일은 없을 것입니다. 그동안 북한에서는 이산가족 상봉을 위하여 선발된 주민의 복장, 영양 상태 개선, 사상 교육 과정 등이 정례화되어 있을 것이기 때문입니다.

그러나 남북 사이의 다양한 민간 교류는 북한으로서는 별로 준비된 것이 없을 것으로 예상되어 자못 그 귀추가 주목됩니다."

"그 민간 교류를 가능케 하는 실제적인 방법들 중의 하나로 박근혜 대통령이 늘 주장해 온 유라시아 대륙 철도가 남북한을 관통하는 사업입니다. 인위적 남북 분단으로 끊어졌던, 경원선과 경의선 복구야말로 제일 먼저 실현되어야 할 빼놓을 수 없는 첫 번째 남북 교류 사업이라고 생각합니다."

"동감입니다. 경원선과 경의선 복구는 그동안 남북 당국자 회담에서도 논의된 바 있었지만 다 될 듯하다가 중단되곤 해 왔습니다.

북한으로서는 무엇보다도 체제 유지가 최우선이므로 남북간의 철도 복구로 외부 정보들이 북한 주민들에게 스며드는 것이야말로 바로 공포 그 자체일 것입니다. 북한이 확성기 방송을 극구 반대하는 것도 같은 맥락입니다.

그러나 북한은 과거 동서독이 합의하여 동독 영내를 통과하여 서독 영역인 서베를린으로 가는 철도가 동서독의 합의로 연결되었지만 동독은 통행료 수입만 올렸을 뿐 아무 이상도 없었던 점을 감안하여 경의선과 경원선 철도를 복구하는 데 집중적으로 열의를 다해야 할 것입니다.

한편 한국도 남북 교류의 상징 사업으로 남북 철도 복구는 무슨 일이 있어도 성취해야 할 최우선 사업으로 적극적으로 추진해야 할 것입니다.

이것은 중국과 러시아도 각기 자기네 국익을 위해 적극적으로 추진하는 사업이므로 박근혜 대통령도 집권 전부터 유라시아 대륙 철도 완성을 위해서 통일은 '대박'이라고 주장해 온 것입니다.

그러므로 이를 위해 좀 더 적극적으로 그리고 주도적으로 중국과 러시아 그리고 북한을 설득하여 임기 안에 무슨 일이 있어도 남북 철도 복구만은 기필코 실현시켜야 할 것입니다."

"그런데 탈북자들에 따르면 북한의 철도는 시속 10 내지 20km밖에 속도를 낼 수 없고 게다가 고장이 하도 잦아서 평양에서 양강도 혜산까지 가는 데 보통 주민의 경우 일주일에서 보름 내지 한 달까지도 걸린다고 하는데 그게 사실입니까?"

"사실입니다. 북한에는 고속도로 같은 것도 몇 개밖에 없고 주 교통수단이라고는 철도뿐인데, 일제강점기 이후 한번도 개량 작업이 진행되지 않아서 탈북자들이 말한 그대로입니다."

"북한에서는 철도 개량 작업이 왜 진행되지 않았을까요?"

"6.25 때 실패한 적화 통일을 달성하기 위하여 70년 동안 일구월심 주야장천 오직 군사력 강화에만 전념하여 온 그들은 장사정포, 고사포, 탱크, 잠수함, 핵무기와 미사일 개발 작업 등에 몰두하느라고 다른 일은 신경 쓸 엄두도 못 낸 것입니다.

그래서 북한의 철도를 살펴본 러시아 시찰단은 북한 철도는 하도 낡아서 몽땅 새로 깔아야 하는데 적어도 50억 달러는 든다고 말했습니다.

8.25 합의 첫째 조항은 남북 관계 개선을 위하여 서울과 평양에서 남북 당국자 회담을 진행한다고 되어 있습니다. 이 회담에서는 무엇보다도 먼저 북한에 철도를 새로 깔고 경의선과 경원선을 복구하는 문제를 제일 먼저 진지하게 논의되어야 할 것입니다.

북한은 당연히 외부 정보가 이 철도를 통하여 북한 주민들에게 침투될 것을 무엇보다도 두려워할 것입니다. 이해가 갑니다.

그러나 과거 동서독 합의로 동독 영토에 포위되어 외딴 섬처럼 고립되어 있던 서베를린 시에 연결되었던 철도 연변에는 가림막이 세워져 주민들의 접근을 막았다고 합니다. 이것 이외에도 연구만 하면 주민들의 접근을 차단할 수 있는 방법은 얼마든지 강구될 수 있을 것입니다.

어차피 언제 되어도 통일은 되어야 할 것이므로 한국은 과감하게 북한 철도 개량 사업에 자본과 기술을 투자해도 아깝지 않을 것입니다.

남북한 철도가 이어져 유라시아 철도와 연결되면 남한은 지난 70년 동안 사실상의 섬나라의 고립 상태에서 벗어나 스에즈 운하를 경유하는 선박 운임보다 훨씬 싼 철도로 우리 상품을 유럽에 수출할 수 있을 것이고 북한은 이로 인해 돈 한푼 안 들이고도 철도 통과 요금을 남한으로부터 꼬박꼬박 받아 챙길 수 있어서 외화 기근을 모면하는데, 금강산 관광이나 개성공단 이상으로, 큰 도움이 되는 윈윈 사업이 될 수 있을 것입니다.

아무리 혈통과 언어와 문화가 같은 민족이라고 해도 70년 이상 장시간 상호간에 왕래가 완전히 끊어지면 남북한의 경우에서 보여주는 것처럼 사실상 이민족이 되어버린다는 것을 명심해야 할 것입니다.

나는 박근혜 대통령이 남북한 철도 연결을 주도함으로써 통일의 실마리를 푼 대통령으로 역사에 오래오래 기록되기를 간절히 바랍니다.

그리하여 충청북도 월악산(月岳山) 일대에 오래 전부터 전해져 내려오는 다음과 같은 통일 예언이 부디 적중하기 바랍니다.

"월악산 영봉(靈峯) 위로 달이 뜨고 이 달빛이 물에 비치고 나서 30년쯤 후에 여자 임금이 나타난다. 그 여자 임금이 나오고, 3, 4년 후 (2015년 전후)에 통일이 된다.(자세한 내용은 『선도체험기』 109권 128쪽 이하를 참고 바람)"

가슴이 아픈 사람들

2015년 9월 15일 화요일

우창석 씨가 말했다.

"어저께 모 사찰에서 열린 약사여래상 개막식에 참석한 김무성, 박원순, 문재인의 세 유명 정치인들은 공교롭게도 약사여래상 앞에 서니 이구동성으로 가슴이 아프다고 호소했습니다.

이에 대하여 한 언론인은 김무성 새누리당 대표는 마약을 하는 사위 때문에 그리고 박원순 서울 시장은 아들의 병역 문제 때문에 가슴이 아프겠지만 문재인 새정치연합 대표는 자신의 욕심 때문에 가슴이 아플 것이라고 꼬집었습니다.

이처럼 무슨 일로 가슴이 아플 때 보통 사람들은 어떻게 해야 그 가슴 아픈 증세에서 벗어날 수 있을까요?"

"가슴이 아플 때는 아픈 가슴 그 자체를 관하면 됩니다."

"관한다고 하면 보통 사람들은 무슨 뜻인지 잘 모를 것 같은데 관이란 요컨대 무엇을 말합니까?"

"관이란 한자는 살펴 볼 관 자(觀)를 씁니다. 그러니까 가슴이 아픈 사람은 그 아픈 가슴을 관하라고 하면 그것은 자신의 그 아픈 가슴을 조용히 객관적으로 살펴보라는 뜻입니다."

"그럼 그렇게 아픈 가슴을 조용히 객관적으로 살펴보기만 해도 아

픈 가슴이 저절로 나을 수 있을까요?"

"그렇게 해 보고 그런 질문을 하십니까?"

"아뇨."

"실제로 그렇게 해 보면 그런 질문이 나오지 않을 것입니다."

"잘 알겠습니다. 그렇지만 제 생각에는 그럴 때 차라리 아픈 가슴을 손바닥으로 쓰다듬는 것이 낫지 않을까 생각되는데 그렇지 않습니까?"

"가슴 아픈 사람이 본능적으로 자기 손으로 자기 가슴을 두드리거나 쓰다듬기만 해도 아무 일도 안 하는 것보다는 생리적인 통증을 가라앉히는 데는 약간이라도 도움이 되겠지만 아픈 마음까지 가라앉히는 데는 관(觀)만큼은 효과가 없을 것입니다."

"그럼 가슴의 통증이 사라질 때까지 관만 하면 됩니까?"

"그렇습니다. 계속해서 아픔이 사라질 때까지 자기 가슴만 살펴보면 됩니다. 여기서 주의해야 할 것은 관을 하되 반드시 관찰하는 사람의 객관적이고 냉정한 눈으로 자기 자신의 아픈 가슴을 응시해야만 한다는 것을 잊지 말아야 합니다."

"그처럼 객관적인 눈으로 관하라는 것은 무엇 때문입니까?"

"자기 자신을 객관적인 눈으로 관찰하지 않으면 이기적인 관점에서 벗어날 수 없기 때문입니다. 그렇게 되면 반드시 그 원인을 자기 자신 속에서가 아니고 남에게서 구하게 될 것입니다.

자기 가슴을 아프게 만든 원인을 남에게서 찾을 때 그는 자정능력(自淨能力)을 상실할 뿐 아니라 객관적인 관점에서도 벗어나 버리고

맙니다. 그렇게 되면 그는 자기 성찰을 할 수 없는 속물이 되어 그 때부터 내공(內功)과는 차단된 그저 그렇고 그런 별 볼일 없는 범속한 인간이 되고 맙니다.

스스로 자기 약점을 개선하여 향상할 줄 모르는 사람에게서 국민들은 아무리 유명 정치인이라 한들 무엇을 기대할 수 있겠습니까?'

"결론적으로 말해서 앞으로 대중을 이끌어갈 야망을 가진 사나이라면 남들이 듣는 데서 시어미한테 꾸중 맞은 아낙네처럼 가슴이 아프다는 따위 약자의 비명 같은 하소연은 하지 말아야 하겠군요."

"각자 잘 알아서 할 일입니다."

남북통일 원치 않는 중국

2015년 9월 17일 목요일

우창석 씨가 말했다.

"박근혜 대통령이 9월 3일 중국의 전승절 행사에 다녀온 후 한반도의 비핵화와 평화적 통일을 원한다는 중국의 도움으로 통일이 되리라는 국민들의 희망이 점차 높아가고 있습니다.

이에 대하여 일각에서는 시진핑이 겉으로는 평화적 통일을 원한다고 말해도 그의 속셈은 한국의 통일을 전연 바라지 않는다고 말하면서 그의 외교적 수사(修辭)와 구두선(口頭禪) 즉 립 서비스(lip - service)에 현혹되지 말고 그의 본심을 꿰뚫어 보아야 우리의 살 길이 열린다고 말하는 사람들이 적지 않습니다. 선생님께서는 이러한 견해에 대해서 어떻게 생각하십니까?"

"충분히 일리가 있는 견해라고 봅니다."

"그 이유를 물어봐도 되겠습니까?"

"입장을 바꾸어 중국의 지정학(地政學)적 견지에서 한국을 바라보면 금방 알 수 있는 일입니다.

서기 660년 신라가 당과 군사동맹을 맺고 나당(羅唐) 연합군이 먼저 백제를 멸망시켰을 때도 당은 속으로는 신라가 삼국을 통일하여 강대국이 될 것을 우려하여 신라와의 동맹을 배신하고 나당 연합군

에게 항복한 백제의 영토를 저 혼자 먹어버리려고 군사행동을 개시했습니다.

그러자 미리부터 당의 이 같은 야심을 눈치 채고 만반의 준비를 갖추고 있던 신라는 즉각 특공대를 투입하여 동맹을 배신한 당군에 치명적인 타격을 가하여 참패를 안겨주었습니다.

그렇다고 해서 혼자서는 삼국통일 사업을 수행할 수 없는 신라는 당에 대한 동맹 관계는 유지한 채 외교력을 발휘하여 당을 회유하였습니다.

나당 연합군은 668년 드디어 고구려마저 멸망시키고 신라는 마침내 삼국통일을 완수했다고 하지만 고구려 영토의 대부분은 곧바로 고구려의 후신인 발해에 흡수되었습니다.

결과적으로 신라의 삼국통일은 사실상 신라와 백제의 이국 통일로 끝나고 그 후 약 250년 동안 같은 민족 국가인 발해와 신라의 남북조(南北朝) 시대를 연출하게 되었습니다.

임진왜란 때 명군(明軍)이 조선에 투입된 것도 조선을 명과 왜의 완충지대나 울타리로 보았기 때문입니다.

6.25 때인 1950년 겨울 한국군과 유엔군이 압록강과 두만강까지 파죽지세로 북진을 거듭하여 남침을 주도한 김일성 잔당의 완전 소탕을 눈 앞에 두고 있을 때 중공군 30만이 은밀히 압록강과 두만강을 건너 침투해왔습니다.

그 당시 중국은 국민당 군과의 내전에서 승리했지만 아직 그 뒷수습도 끝나지 않아 국가로서의 체재도 채 갖추지 못하여 어수선할 때

인데도 30만의 대군을 차출하여 한반도에 투입하지 않을 수 없을 정도로 다급했던 것입니다.

이유는 중국이 미국이 지원하는 한국에 의해 통일이 되는 것을 원치 않았기 때문입니다. 그래서 중국의 저우언라이 총리는 유엔군이 38선을 넘기 전에 '미군이 38선을 넘어 북진하면 중국은 그대로 방치하지 않겠다'고 경고했습니다. 그러나 미군은 이를 무시하고 북진을 계속했습니다.

미 국무장관을 비롯한 미국 정부의 여러 고위직을 지낸 헨리 키신저도 그의 회고록에서 '당시 유엔군이 한반도의 가장 잘록한 허리에 해당하는 진남포와 원산을 잇는 선에서 북진을 멈추고 휴전을 했더라면 북중 국경선은 살아남고 따라서 중공군의 참전은 합리화되지 못했을 것이라'고 말했습니다."

"중국이 그처럼 한국전쟁에 뛰어든 진짜 속셈은 무엇일까요?"

"그것은 미국과 군사 동맹을 맺었거나 그 당시의 한국과 같이 그에 준하는 미국의 지원을 받는 나라와는 무슨 일이 있어도 국경을 같이할 수 없다는 중국의 강한 안보상의 신념 때문입니다.

그래서 미군 기지를 가진 한국과 같은 나라와 직접 국경을 맞대는 일은 앞으로도 용납하지 못할 것입니다. 이것은 역으로 중국이 미국을 얼마나 두려워하고 있는가를 단적으로 말해주는 것입니다.

그래서 지금도 중국과 국경을 같이하고 있는 수많은 나라들 중에서 미국과 동맹 관계를 맺고 있는 나라는 단 하나도 없다는 것을 알아야 할 것입니다."

"그럼 중국이 박근혜 대통령을 자기네 전승절 행사에 초대하려고 그렇게 장시간 정성을 기울였던 이유는 무엇일까요?"

"그것은 근래에 중국의 말을 잘 안 듣는 북한을 다스리고, 동북아에서 일본과의 경쟁에서 패권을 장악하는 데 한국을 이용하기 위해서입니다.

따라서 중국이 제아무리 달콤한 귓속말로 듣기 좋은 소리를 해도 한국과는 일정한 거리를 두지 않을 수 없다는 것을 알아야 합니다. 그 실례로 한중 국방부 사이에 비상 연락을 주고받을 수 있는 핫라인을 개통하자는 우리 측 요구를 무려 7년 넘게 중국은 받아들이지 않고 있습니다.

박근혜 대통령도 집권 첫 해인 2013년 시진핑 주석과의 첫 회담에서 조속한 시일 안에 핫라인을 설치하겠다는 약속을 받아냈습니다. 그러나 이것 역시 2년 넘게 감감무소식입니다.

어디 중국만 그렇겠습니까? 러시아, 일본, 미국도 한반도 통일에 대해서 속셈은 마찬가지일 것입니다. 통일은 한국인들에게나 다급한 것이지 그들에게는 어디까지나 남의 일이고 강 건너 불일 뿐입니다.

또 이들 나라들에게는 한국의 통일이 자기네와 절실한 이해관계가 있는 일도 아닙니다. 그들에게는 분단되었던 한국이 통일되어 거의 일본에 버금가는 강대국이 하나 더 생겨나는 것이 도리어 버겁고 거추장스러울 수도 있습니다.

남북으로 나누어져 있을 때는 고분고분하던 한국이 통일이 되면 지금의 일본처럼 매사에 자국의 이익을 내세워 뻣뻣하게 나올 수도

있을 것입니다. 그러니 강대국이 하나 더 생겨나는 것을 좋아할 나라가 어디 있겠습니까?

그리고 미국, 중국, 러시아 일본이 한국 분단에 책임이 있다고 해도 역시 그들에게는 한낱 과거지사이고 남의 일이지 자기네 일은 아닙니다. 따라서 통일은 어디까지나 한국이 책임지고 열의와 창의력과 지혜를 짜내어 적극적으로 쟁취해야 할 목표입니다.

남들이 열심히 일하여 돈 벌고 기술을 축적할 때 멍청하게 사색당쟁이나 일삼던 우리나라 지식인들이 뒤늦게나마 그것이 크게 잘못되었다는 것을 뼈저리게 깨닫고 분발하여 다른 선진국보다 훨씬 짧은 기간 안에 산업화와 민주화에 성공하여 지금의 수준에라도 도달한 것을 우리는 무척 다행으로 알아야 할 것입니다. 그러한 민족에게는 분명 희망이 있고 통일의 기회도 생각보다 빨리 올 가능성이 있으니까요."

중국에게 북한은 무엇인가?

"그럼 중국에게 북한은 도대체 무엇입니까?"

"순망치한(脣亡齒寒)이라는 사자성어가 있지 않습니까. 입술이 떨어져 나가면 이가 시리다는 뜻입니다. 북한은 중국에게는 입술과 같은 존재입니다. 그러니까 6.25 때 내전의 뒷수습도 끝내기 전에 30만의 중공군을 한반도에 긴급 투입하여 10만 명이 전사자를 내는 것까지도 기꺼이 감수했던 것입니다.

아무리 인해전술을 썼다고 하지만 중공군 전사자 10만은 미군 전사자 4만 7천 명의 배가 넘습니다. 바로 이 때문에 지금 북중 관계가 제아무리 냉랭하다고 해도 중국은 북한이 망해버리도록 내버려두지는 않게 되어 있습니다. 입술이 떨어져 나갈 때 이가 시린 고통을 막기 위해서 입니다.

그러므로 미국을 동맹국으로 거느린 한국은 아무리 경제적으로 중국과 가깝다고 해도 여전히 중국에게는 공포의 대상이 아닐 수 없게 되어 있습니다. 그래서 중국은 한국이 요청한 핫라인 설치를 7년 이상이나 계속 미루고 있는 것입니다.

만약에 소련과 통일된 독일 사이에 폴란드라는 완충지대가 없었다면 소련은 동서독의 통일을 결코 용납하지 않았을 것입니다. 서독에는 미군이 상주하고 있었기 때문입니다.

또 러시아가 크리미아 반도를 먹어 치우고 우크라이나 사태를 일으킨 것도 그곳에 미군 기지가 설치되는 것을 지켜볼 수만은 없었기 때문입니다.

그리고 1960년대에 케네디 대통령이 쿠바를 침공했던 것 역시 쿠바가 미국의 코 앞에 소련이 공급해주는 미사일 기지를 설치하려 했기 때문입니다. 강대국의 안보 논리는 비단 중국뿐만 아니라 미국과 러시아 같은 다른 강대국에도 동일하게 적용된다는 것을 명심해야 할 것입니다."

"그럼 우리나라도 국경을 맞대고 있는 중국과 러시아가 강대국으로 버티고 있는 한 스위스처럼 이들 강대국의 적대국과 동맹을 맺지 않든가 중립국이라도 되지 않는다면 통일이 되기는 영영 어렵다는 얘기가 되는 건가요?"

"그렇다고 볼 수밖에 없습니다. 그것이 엄연한 현실이니까요. 중립국 역시 통일의 한 방안으로 고려해 봄직한 일입니다. 우리도 스위스 국민들처럼 중립을 지키고 국민들 각자가 이를 지키기 위해 결사 항전할 각오가 되어 있으면 가능한 일입니다.

스위스 국민들은 각 가정에 무기를 상시 비치해 두고 비상시에는 언제나 즉각 동원될 태세를 갖추고 있습니다. 그리고 우리나라와 같이 산악지대인 스위스는 물샐 틈 없이 전국 방방곡곡이 요새화 되어 있어서 2차 대전 때 히틀러의 나치 군대마저 감히 침공할 엄두를 못 낼 정도였습니다. 그만큼 국민개병제와 예비군 방위 태세가 철두철미하여 세계 최고 수준입니다. 우리 국민들도 그렇게 할 만한 각오

가 되어 있다면 얼마든지 중립국이 될 수도 있습니다.

우리나라는 환국 이래 9214년의 역사 중에서 환국, 배달국, 단군 조선 때까지는 동북아의 유일한 초강대국이었지만 북부여 이후 고구려, 백제, 신라, 발해, 고려, 이씨 조선을 거쳐 오는 2천 2백여 년 동안에는 거의 단독으로 중국의 침략과 맞서 싸워서 독립을 지켜온 역사와 DNA가 있으므로, 우리의 민족 구성원 각자가 국가를 위해서 멸사봉공(滅私奉公)하는 애국심을 발휘할 수 있다면 통일이 될 경우 충분히 중국에 맞서서 우리의 정체성을 지켜낼 수 있다고 봅니다.

지금도 이스라엘은 비록 미국의 암묵적인 지원을 받고 있지만 인구 7백만에 한반도의 10분의 1밖에 안 되는 작은 영토를 가지고도 2억의 인구와 이스라엘보다 수십 배의 영토를 가진 아랍 제국들을 꼼짝 못하게 제압하고 있지 않습니까?

일찍이 어떠한 강대국의 지원도 받은 바 없는 스위스 역시 인구 8백만에 남한 면적의 반도 안 되는 영토를 가지고도 국민들의 애국심 하나로 1천년 동안이나 영세중립국 지위를 끄떡없이 유지해 오고 있습니다.

그러나 우리도 스위스나 이스라엘처럼 되자면 국민들이 지금보다 더욱 더 부지런하고 더 애국적이고 창의적인 국민이 되어야 할 것입니다. 그리고 우리 민족의 고질적인 악폐인 큰 나라에 의존하는 사대주의적 근성에서도 완전히 벗어나야만 될 것입니다.

이스라엘과 스위스는 확실히 세계 어느 나라도 감히 넘보지 못하는 강소국(强小國)임에 틀림없습니다. 그러므로 우리나라도 남북이

51

통일만 되면 스위스나 이스라엘은 말할 것도 없고 영국, 독일, 프랑스, 이탈리아 못지 않는 강국이 분명 될 수 있습니다."

"그러나 아직 그 중요한 통일이 안 되고 있으니 문제가 아닙니까? 중국이 한반도 통일에 적극 발 벗고 나서게 할 수 있는 무슨 기발한 방법은 없을까요?"

한국이 중국의 입술이 되는 경우

"우리가 북한 대신에 중국의 입술 즉 완충지대가 될 것을 자청하면 중국은 우리의 통일을 반대하지 않을 것입니다. 다시 말해서 우리가 통일이 된 후에 지금의 중국과 국경을 맞대고 있는 다른 나라들처럼 미국과 동맹을 맺지 않고 한반도 안에 미군이 주둔하지 않게 할 경우에는 그렇게 될 수도 있을 것입니다.

그럴 경우 우리는 양자택일을 해야 할 것입니다. 우리 국민과 영토가 하나로 통일이 되고 중립국이 되든가 아니면 남한에 미군을 주둔케 하는 분단 상태를 계속 용납하든가를 국민투표에 부쳐서라도 결판을 내야 할 것입니다."

"그 말씀을 듣다 보니 우리는 겨우 이웃 강대국 중국 때문에 우리 스스로 원하지도 않는 중립국이 되어야 하는가 하는 일종의 자괴감(自愧感)마저 듭니다."

"중국의 역사를 살펴보면 하(夏), 은(殷), 주(周), 춘추전국(春秋戰國)시대나 삼국시대(三國時代), 오호십육국(五胡十六國) 시대처럼 조각조각 분열되었던 때도 장기간 있었고, 한(漢), 당(唐), 원(元), 명(明), 청(淸) 그리고 오늘날의 중국처럼 강대국 시대였던 때도 있었습니다.

중국이 그 전처럼 여러 나라로 분열되면 우리는 구태여 중립국으

로 머물러 있을 필요가 없을 것입니다.

1914년에 발발한 1차 대전 후부터 우드로 윌슨 미국 대통령의 주도로 민족자결주의가 계속 대세로 굳어가고 있으므로 창립 당시 51 개국에 지나지 않았던 유엔 회원국이 지금은 193개국으로 대폭 늘어났습니다.

따라서 중국이 앞으로 여러 작은 나라로 분열된다는 증산도 도전(道典)의 예언을 믿어 볼만도 합니다. 또 역사는 반복된다고 하니 그런 자괴감에 빠질 필요까지는 없습니다.

우리는 주변 여건에 따라 제때 제때에 융통성 있게 변신해 가면서 지혜롭게 우리 앞에 가로놓인 난관들을 차분하게 하나하나 극복해 나가면 될 것입니다. 미래는 미래 세대에게 맡겨 두고 우리는 무엇보다도 남북통일을 쟁취해야 할 현실 문제부터 차례대로 타개해 나가야 될 것입니다."

"우리가 중립국이 되기로 작정하고 남한에서 미군 철수를 요구하면 미국은 어떻게 나올 것 같습니까?"

"미국은 자기네 식민지였다가 독립한 필리핀이 미군 철수를 요구하자 미련 없이 철수한 일이 있습니다. 한국 정부가 미군 철수를 요구하면 미국은 그 전례를 따르지 않을 수 없을 것입니다.

미국은 6.25 직전에도 남한에서 한국 정부의 반대에도 불구하고 미군을 완전 철수한 일이 있었고 그때에는 남한을 애치슨 방어 라인에서 제외함으로써 김일성의 남침을 부추긴 일이 있습니다.

또 미국은 1905년에는 한국과의 기존 우호 관계를 어기고 일본과

태프트-가즈라 비밀협정을 체결하여 일본은 한국을 미국은 필리핀을 식민지화하기로 했습니다. 국제 사회에는 영원한 우방은 있을 수 없고 있는 것이란 오직 각국의 국익뿐이기 때문입니다.

한국에서 미군이 철수할 경우 중국은 자국에 이익이 된다면 북한이 한국에 의해 흡수 통일되는 것을 반대하지 않을 가능성은 있습니다."

"미군이 철수하면 북한은 핵 보유국이 될 명분이 없어지게 될 것이고, 기회는 이때다 하고 사생결단 제2의 6.25 남침을 감행하지 않을까요?"

"중국의 지원 없이 북한 단독으로 전면 남침을 감행할 수는 없습니다. 더구나 중국이 북한의 남침을 용납함으로써 동북아에 분란을 야기하게 하는 것은, 앞으로 더욱더 국력을 신장해야 할 처지에 있는 중국의 국익에도 맞지 않을 것이므로 반대할 것으로 보입니다.

내가 보기에는 이럴 때를 예상하고 스위스 은행에 막대한 자금을 예치해 놓은 김씨 왕조 요원들은 스위스 같은 중립국으로 망명을 시도할 것입니다. 70년 동안 인민들을 속이고 노예화하여 온 그들 집권 세력들은 이런 때를 예상하고 빈틈없는 망명 준비를 해 왔다고, 한국에 정착한 북한의 고위직 탈북자들은 한결같이 밝히고 있습니다."

"그러나 그와 동시에 남한에서의 미군 철수는 대단히 위험한 시나리오가 될 수도 있지 않을까요? 왜냐하면 중국이, 서기 660년에 당나라가 백제에 흑심을 품었듯이 언제 또 그러한 흑심이 또 발동되어 중립국이 된 한국을 아예 깡그리 꿀꺽 삼켜버리려고 시도할지 모르기 때문입니다. 그럴 경우 우리는 어떻게 해야 할까요?"

자주 국방만이 살 길

"그런 때를 예상하고 우리는 통일 초기부터 인구 7백만과 영토는 남한의 5분의 1에 지나지 않으면서도 2억 인구에 자기네보다 수십 배의 영토를 가진 아랍권을 제압하고 있는 이스라엘을 벤치마킹함으로써 중국의 엉뚱한 흑심과 맞설 수 있는 강력한 자주 국방력을 양성함으로써 빈틈없는 대비를 서둘러야 할 것입니다.

중국이 통일 한국을 침략할 경우 6.25 때처럼 미군과 유엔군이 달려오겠지 하는 사대주의적 발상에 안주하는 어리석은 환상에서는 일찌감치 벗어나야 합니다.

우리 스스로가 강대국이 되어야 하고 그렇게 되려면 어떠한 외침이든지 유비무환(有備無患)의 정신으로, 오직 우리 자신의 힘으로 뚫고 나간다는 투철한 각오로 임해야 할 것입니다.

이스라엘이 지금도 인구와 영토가 수십 배에 달하는 아랍제국들을 군사적으로 꼼짝 못하게 만들었듯이 우리도 당연히 군사적으로 중국을 그렇게 제압할 수 있는 군사강국이 되어야 합니다.

우리는 지난 2천여 년 동안 중국과 맞서 오는 동안 단 한번도, 중국에 굴복하여, 비록 조공을 바친 일은 있었지만, 나라의 주권을 중국에게 완전히 빼앗긴 일은 한번도 없었습니다. 우리나라는 일제강점기 35년 이외에는 단 한번도 외국에게 나라를 빼앗긴 일은 없었습

니다.

그러나 중국은 어떻습니까? 한족(漢族)이 근간을 이룬 중국은 몽골족이 세운 원나라에 정복당하여 1백 년 동안, 그리고 우리와 같은 동이족인 여진족이 세운 청나라에 패하여 3백 년 동안 도합 4백여 년 동안이나 완전히 나라 없는 백성으로 살았던 때가 있었습니다.

그리고 우리가 일제에게 35년 동안 나라를 빼앗겼다고 하지만 그동안 의병과 독립군, 삼일 독립 운동, 상해 임시정부가 조직적으로 일제와 맞서 싸웠던 덕택으로 1945년 카이로 회담 참가국 대표들로 하여금 한국의 국권 회복을 결의하게 만들었습니다.

일제의 침략을 받으면서도 우리는 민영환, 안중근, 윤봉길 의사를 배출했지만 중국은 그러지 못했습니다. 한족(漢族)과 배달족(培達族)은 질적으로 다르다는 것을 알아야 합니다. 우리에게 애국심이 살아있는 한 우리가 중국에게 나라를 빼앗기는 일은 결코 있을 수 없습니다.

왜 그러냐 하면 인구와 영토의 넓이만이 강대국의 요건은 아니기 때문입니다. 인구가 아무리 적고 영토가 비좁아도 그 나라의 지도층과 국민의 애국정신이 살아있고 똘똘 뭉쳐 있으면 제아무리 인구가 많고 영토가 넓은 강대국이라 해도 당해내는 재주가 없기 때문입니다.

여기서 참고로 주요 국가들의 연간 국가예산에 대한 국방비 비율을 살펴볼 필요가 있습니다.

미국 7%, 중국 7%, 일본 6%, 이스라엘 8%, 북한 60%, 한국 2.8%입니다.

    한국의 국방비 비율은 지난 70년 동안 선군 정책으로 남침 준비
에 불철주야(不撤晝夜) 날뛰고 있는 북한의 60%는 말할 것도 없고,
이스라엘의 8%에 비해 3분의 1 정도, 일본의 6%의 반도 안 됩니다.

    북한이 적화 남침을 노리고 핵과 미사일을 개발하는 이때에 이유
야 어떻든 간에 이래 가지고 어떻게 자주 국방을 논할 수 있겠습니
까? 자주 국방은커녕 경제 규모가 한국의 40분의 1 밖에 안 되는 북
한의 군사력에 비하여 미군 없는 남한의 군사력은 북한에 비하여
90% 정도밖에 안 된다고 국방부는 밝히고 있습니다.

    따라서 우리의 군사력이 북한과 대등해지도록 우리가 군비 증강을
할 때까지 사실상 미군 철수를 요구할 수도 없는 실정입니다."

    "우리의 국방비가 북한의 60%에 비해 겨우 2.8%로서 북한의 21분
의 1 정도에 머물러 있는 이유가 도대체 무엇입니까?"

    "북한의 비위를 건드릴까 겁나서 지난 10년 동안 북한인권법 통과
를 막아 온 한국의 제1야당이, 같은 이유로 국방비 인상을 가로막고
있기 때문입니다.

    한국의 야당은 여당보다 국회의원수가 적으면서도 국회선진화법이
라는 반민주 악법을 믿고 얼마든지 다수당을 억누를 수 있는 기묘한
역학 구조로 되어 있습니다.

    이것은 엄밀히 말해서 적전분열(敵前分裂) 상태이고, 우리나라가
얼마든지 강대국(强大國)이 될 수 있는 길이 열려 있는데도 이를 스
스로 마다하고 약소국(弱小國)의 길을 앙칼지게도 고집하는 것과 같
다고밖에 볼 수 없습니다."

"무슨 속 시원한 대책이 없을까요?"

"그것은 오직 국민들이 각성하여 각자의 투표 행위로 다음 총선과 대선 때 자주 국방력을 구축하려는 대통령과 여당이 제대로 일할 수 있는 환경을 만들어 주는 길밖에 없다고 봅니다.

그 밖에 방법으로는 다음과 같은 것이 있을 수 있습니다. 그러기 전에 먼저 알아두어야 할 것은 미국은 어디까지나 자국의 이익을 위해서 남한에 미군을 주둔시키고 있다는 것을 알아야 합니다.

1977년 미국의 지미 카터 대통령이 인권 문제를 둘러싼 자국의 요구를 들어주지 않는다고 한국에서 미군을 대폭 철수하기로 방침을 세우자, 박정희 대통령은 북한의 남침을 사전에 봉쇄하기 위해서 비밀리에 핵무기 개발을 서둘렀습니다.

한 나라의 국민의 생명과 재산 그리고 안보를 책임진 대통령이라면 누구나 이 정도의 조치는 당연히 취해야 한다고 봅니다.

핵무기 개발의 완성을 눈앞에 두고 박정희 대통령은 심복인 중앙정보부장 김재규에 의해 1979년 10월 26일 불행하게도 시해를 당했습니다. 그러자 미국의 압력으로 핵무기 개발은 중단되었습니다.

그때 우리가 북한보다 한 발 먼저 핵을 소유했더라면 오늘날과 같은 북핵 문제는 없었을 것입니다. 이것을 볼 때 국가 안보를 남의 나라에 의존하거나 간섭 당하게 하는 것처럼 어리석은 일은 없습니다.

이스라엘 역시 미국의 반대를 끝내 무릅쓰고 핵실험을 거치지 않은 채 핵 보유국이 되었습니다. 근년 들어 핵무기 제조 기술의 발달로 원자로를 가동하는 기술이 있는 나라는 짧은 시일 안에 핵실험

없이도 핵무기를 제조할 수 있다고 합니다.

지미 카터 대통령 외에도 태프트-가즈라 비밀 협정, 애치슨 방어라인, 6.25 직전 남한에서의 미군의 완전 철수의 경우를 보더라도 우리는 미국이 비록 동맹국이라고 하지만 앞으로 영원히 한국의 안전을 책임져 주리라고만 믿을 수는 없습니다.

이 밖에도 최근 미국 대통령 공화당 후보 경선에서 돌풍을 일으키고 있는 도널드 트럼프는 지난 8월 유세에서 '한국은 강력한 제조업 경쟁력을 지녔으며 엄청난 돈을 벌어가면서도 자기 나라의 안보는 미국의 희생에 무임승차하고 있다. 그런데도 우리는(한국에서) 얻는 게 하나도 없다. 이것은 미친 짓이다' 하고 외쳤습니다.

일각에서는 그를 막말꾼으로 취급하고 우리도 미군 주둔 비용의 일부를 부담하고 있으므로 안보 무임승차는 아니라고 말하고 있지만 그의 발언이 미국 보수층 속에 쌓여온 오래된 불만일 수도 있고 이러한 여론이 힘을 발휘할 수도 있는 가능성을 무시할 수도 없는 일입니다.

그 때를 대비하여 그리고 핵을 소유한 북한의 도발을 막기 위해서 우리는 빈틈없는 준비를 서둘러야 할 것입니다. 미국은 우리가 핵무기 제조만 못하게 한 것이 아니라 미사일 사거리까지도 엄격하게 제한하여 왔습니다. 지금까지 미사일 사거리를 500km로 엄격히 제한하여 왔는데 그것으로는 북한 전역을 사거리 안에 둘 수도 없습니다.

최근에 와서야 그것이 800km로 연장됨으로써 한국군도 2017년에야 비로소 북한 전체를 사거리 안에 둘 수 있는 미사일을 실전 배치

한다고 합니다.

그러나 미국은 F - 35 전투기의 4종의 첨단기술 이전을 거부함으로써 우리의 공군력 보강에 차질을 빚고 있습니다. 그러니 언제까지나 미국만 믿고 마냥 기다릴 수만은 없는 일입니다.

우리의 안보를 남의 나라의 호의에만 의존하는 어리석음에서 우리는 한시바삐 깨어나야 합니다. 그러기 위해서 우리는 완벽한 자주 국방을 실천하고 있는 강소국(强小國) 이스라엘과 스위스를 확실히 벤치마킹해야 합니다."

"도전(道典)에 따르면 중국은 앞으로 나라가 조각조각 나뉜다고 하지만 미국의 장래는 어떻게 될지 궁금합니다."

한국과 미국의 처지가 바뀐다

"미국의 미래에 대한 전문가들의 각종 분석과 도전(道典)의 예언들을 종합해보면 미국도 중국보다 나을 것이 없습니다.

지질학자들의 분석에 따르면 지구가 12만 9600년마다 타원형에서 구형으로 바뀌어 1년이 365일에서 360일이 되고 봄과 가을이 줄어들어 겨울과 여름만 남게 되는 지축정립(地軸正立) 시에 닥쳐올 지각지각변동으로 미국은 동부를 비롯하여 대부분이 바다로 변한다고 합니다.

그리고 도전은 개벽 때 괴질(怪疾)이 한국에서 유행하면 미군은 가지 말라고 해도 제 발로 떠난다고 했고, 그 후 미국과 한국은 처지가 바뀐다(도전 11편 261장, 1345 쪽)고 했습니다."

"처지가 바뀐다는 것은 구체적으로 무슨 뜻입니까?"

"지금은 전 세계 사람들이 미국을 세계 유일의 초강대국이고 스승의 나라로 알고 미국에서 문화와 기술을 배워가지만 앞으로는 한국이 그렇게 된다는 얘기입니다. 그리고 한국어와 한글이 지금의 영어처럼 세계어가 된다고 했습니다.

하긴 세상만사(世上萬事)가 변하지 않는 것은 없으니까요. 그래서 긴 눈으로 보면 흥망성쇠(興亡盛衰)는 다반사(茶飯事)입니다."

"그럼 일본은 어떻게 됩니까?"

"일본은 화산 폭발로 열도 전체가 해발 700m 이상의 고지를 제외하고는 거의 다 물 밑으로 가라앉는다고 했습니다."

"그럼 한국은요?"

"만국활계(萬國活計)남조선(南朝鮮)이요, 청풍명월금산사(淸風明月金山寺)라.

문명개화삼천국(文明開化三千國)이요, 도술운통구만리(道術運通九萬里)

라고 도전 712쪽에 나와 있습니다.

이것을 알기 쉽게 풀어 쓰면

지구촌 모든 나라들이 살아나갈 방도가 남한 땅에 있고,

맑은 바람 밝은 달이 우주의 주재자인 미륵불이 모셔진 금산사를 비추고,

지상선경(地上仙境)을 이룬 나라가 3천이요,

진리의 가르침이 구만리(九萬里) 우주에 두루 통한다.

1905년에서 1909년 사이에 증산 상제님을 둘러싸고 일어난 일들이 기록된 도전의 위 인용문에 나오는 만국활계(萬國活計) 즉 지구촌 국가들이 살아나갈 방도는 남조선에 있다는 구절은 이미 남한에서 벌어진 새마을운동과 함께 세계에서 가장 짧은 기간에 성취되어 온 세계를 놀라게 한 한국의 산업화 경험을 벤치마킹하려는 전 세계 개발도상국들이 계속 늘어남으로써 현실화되고 있습니다.

더욱 놀라운 것은 이 도전이 기록될 당시에는 미국과 소련에 의해 한반도가 남북으로 분단되기 35년 전인데도 미래의 상황을 정확히 내다보고 남한을 지칭하는, 지금 북한에서 쓰이는 남조선이라는 용어가 이미 등장했다는 겁니다.

1945년에 지구촌 전체에는 51개의 나라들이 있었지만 지금은 193개국으로 급격히 불어났습니다. 70년 동안에 무려 142개의 독립국이 식민지 등으로부터 새로 독립국으로 탄생된 것입니다. 한국도 그 나라들 중이 하나이지만 원조를 받던 나라에서 원조를 주는 나라가 된 것은 오직 한국이 있을 뿐입니다. 그래서 미국의 버락 오바마 대통령도 자국 국민들에게 기회 있을 때마다 한국을 본받을 것을 역설하고 있을 정도입니다.

그리고 지금으로부터 569년 전인 1446년, 세종 28년에 세종대왕에 의해 공표된 한글은 전세계 언어학자들로부터 그 과학성과 실용성에 있어서 세계 어느 나라 문자도 따를 수 없다는 평가를 이구동성으로 듣고 있습니다.

그러한 한글은 언어는 있으나 문자가 없던 인도네시아의 찌아찌아족의 문자로 채용되고 있고 남미의 볼리비아에 사는 인구 3백만의 아이마라족의 의사표현 수단으로 연구 중이라고 알려지고 있습니다."

"도전이 기존의 다른 예언서들과는 다른 점은 무엇입니까?"

"가령 성경의 요한계시록이나, 불경(佛經), 노스트라다무스의 제세기(諸世紀), 정감록(鄭鑑錄), 격암유록(格菴遺錄) 같은 예언서들은 기록된 지 2천 년에서 4백 년이나 오래된 것이어서 그 표현이 비유

적이고 모호한 문장이 많지만 도전은 불과 100년 전에 기록된 것이고, 지극히 구체적이고 명확한 것이 특징입니다.

실례를 들면 도전에는 여자의 지위가 크게 향상된다는 예언들이 자주 나오는데 불과 백 년 전이지만 엄격한 남존여비(男尊女卑) 시대였던 그때엔 상상도 할 수 없었던 지금의 여성 지위 상승 시대를 상세하게 예언하고 있습니다. 그러나 그 예언들은 그대로 적중되어 오늘날에 와서는 우리의 일상생활에서부터 빈틈없이 실현되고 있습니다.

그뿐 아니라 각종 첨단 기술의 발전으로 백 년 전에는 상상도 할 수 없었던 생활의 변화상들을 소상하게 예언하고 있는데 그것들이 현대를 살고 있는 우리가 보기에도 놀랄 정도로 맞아떨어지고 있습니다.

또 도전에는 우리와 관련이 있는 중국, 일본, 미국 등에 대한 예언들도 나오는데 모두가 백발백중입니다."

"그런데도 불구하고 도전이 지식인들에게 널리 읽혀지고 있지 않은 것은 무엇 때문일까요?"

"아마도 종교에 대한 편견 때문이 아닌가 생각됩니다. 나는 기독교인이 아니면서도 성경 신구약을 세 번 읽었는데 그 이유는 그것이 지금의 서양 문명의 기초를 이루고 있었기 때문입니다. 내가 도전을 여섯 번 읽은 것도 서학(西學)과는 대비되는 동학(東學)과 증산도를 공부하기 위해서였습니다."

상생(相生)의 길

"끝으로 한가지 의문이 있습니다."

"어서 말씀하세요."

"다른 게 아니라 이스라엘 인구는 겨우 7백만에 영토는 2만 평방 킬로로서 남한의 5분의 1밖에 안 되는 국력으로 그 방대한 영토와 2억 이상의 인구를 가진 아랍제국을 어떻게 군사적으로 꼼짝 못하게 제압하고 있는지 그 비결을 알고 싶습니다."

"첫째는 이스라엘의 7백만 국민들이 애국심으로 똘똘 뭉쳐있고 인공위성을 비롯한 온갖 첨단 정보기술로 상대의 움직임을 손금처럼 환히 드려다 보고 있다가 적의 공격 징후를 사전에 포착하여 적의 공격 개시 직전에 절묘하게 반격하는 전략전술을 용의주도하면서도 과감하게 구사하기 때문입니다.

6.25 때까지만 해도 중공군이 인해전술이 통했습니다. 그러나 지금은 중과부적(衆寡不敵)이란 말이 통하던 시대가 아닙니다. 다시 말해서 병력수가 승패를 좌우하는 시대가 아니라는 얘기입니다.

병력수가 승패를 좌우한다면 인구 2억에 달하는 아랍 국가들이 인구 7백만밖에 안 되는 이스라엘을 무서워할 이유가 없습니다. 현대는 병력 수보다는 파괴력이 강한 무기와 함께 첨단 정보 기술력이 강한 쪽에 항상 승산이 있습니다.

　그뿐 아니라 바로 이러한 첨단 정보 기술 때문에 이스라엘은 적의 공항에 납치 억류당한 자국민을 순전히 공군과 특공대의 힘만으로 족집게처럼 감쪽같이 구출해내는 고난도 기습 작전을 대담하게 성공시키기도 합니다.

　우리나라도 자주 국방을 달성하려면 이러한 길을 따를 수 밖에 없습니다.

　최근 한미연합사령부도 과거에는 작계 5027호로 적이 공격을 시작하면 일정 거리를 후퇴하는 방어 작전 후에 반격하게 되어 있던 기존의 작전계획을 폐기하고 새로운 작전 계획을 채택했습니다.

　새로 채택된 작계 5015호는 적의 공격 직전 시간을 정확하게 포착하여 휴전선 상공에 떠 있던 우리의 우세한 공군과 지상의 미사일과 방사포 등으로 방어와 동시에 반격을 개시하기로 되어 있습니다.

　이러한 작전이 아니고는 북한 진지에서 서울까지 날아오는데 15초밖에 걸리지 않은 북한의 신형 방사포를 제압할 수 없습니다.

　우리나라가 통일 후에 미군이 철수하더라도 중국이 비록 우리보다 영토는 한반도의 43배, 인구는 18배가 더 많다고 해도 작계 5015호 방식을 적용하면 적의 공격을 능히 제압할 수 있습니다."

　"그렇게 되면 중국 역시 그러한 작전을 아군에 대해서 역으로 구사하려 할 것이 아닙니까?"

　"우리는 어떠한 경우에도 적보다 먼저 공격을 하지는 않을 것이므로 중국이 어떠한 작전으로 나오더라도 우리가 작계 5015호의 초전 박살 작전으로 나온다면 사실상 전쟁은 일어나지 못할 것입니다.

따라서 한 중 간에는 지금의 이스라엘 대 아랍제국이나 북한군 대 한미 연합군의 대치사태 같은 것이 사실상 무한정 지속될 수밖에 없게 될 것입니다.

백병전이나 각종 포와 같은 공용화기나 소총의 사격전은 사라지고 공군과 해군 및 지상군의 미사일 발사 단추를 누르는 것만으로 적의 수뇌부 함몰과 동시에 적의 주요 시설들의 파괴와 함께 전쟁의 승패는 순식간에 끝날 것이므로 국지전은 몰라도 정보기술의 발달로 오히려 전면전은 더 일어나기 어렵게 되어 있습니다.

그러나 면밀하게 따져보면 이러한 방식의 전쟁 역시 일단 발생되면 적은 말할 것도 없고 아군 역시 적 못지 않는 타격을 입게 될 것이므로 전면전은 서로가 극도로 자제하지 않을 수 없게 되어 있습니다.

이 때문에 첨단 대량 파괴 무기의 발달로 중소 국가들도 초강대국과 맞서서 자국을 방어하는 데는 도리어 유리하게 되어 있습니다. 이 때문에 항상 준비가 잘 되어 있는 이스라엘 같은 작은 나라들도 투지만 있다면 얼마든지 큰 나라들과 맞서 싸우는 데 별로 어려움이 없게 되어 있습니다.

따라서 인류는 상극(相剋)보다는 상생(相生)을 위하여 온갖 지혜를 짜내지 않을 수 없게 될 것입니다."

"그런 의미에서는 핵과 미사일이 도리어 인류의 멸망을 미연에 방지하는 구실을 한다고 해도 되겠네요."

"전화위복(轉禍爲福)이란 사자성어의 뜻이 잘 맞아 떨어진 경우입

니다. 이로써 지축정립(地軸正立) 후에는 지상선경(地上仙境)이 열린다는 예언이 현실화될 가능성도 있다는 믿음을 갖게 됩니다."

교과서 파동

2015년 11월 2일 월요일

우창석 씨가 말했다.

"선생님, 요즘 매스컴에서는 온통 교과서를 국정으로 하느냐 검정으로 하느냐 하는 문제를 놓고 여야 정치인, 좌우 사학자들이 아우성들입니다.

여론 조사에 따르면 국정과 검정을 선호하는 국민들이 팽팽하게 맞서다가 최근에는 검정을 찬성하는 쪽이 약간 우세하다고 합니다.

여기서 문제의 초점은 국정으로 하느냐 아니면 검정으로 하느냐라기보다, 어느 쪽으로 하든지 교과서 내용이 비애국적이고 좌편향적이고 친북적이냐 아니면 역사적 사실과 진실에 충실하고 국가에 대한 자긍심을 심어주는 것이어야 하느냐에 쏠려 있다고 보아야 할 것입니다.

그런데 일반 국민들은 검정은 비애국적이고 친북적이고, 국정은 애국적이고 국가에 대한 자긍심을 심어주는 것과는 상관없는 것으로 잘못 알고 있거나, 양쪽을 혼동하고 있는 것 같습니다. 이것은 국정 교과서를 새로 만드는 데 대한 사전 준비와 국민에 대한 문교부의 사전 홍보가 미흡한데 그 원인이 있는 것 같습니다.

이런 혼란 속에서 여야가 맞선 채 국회에서는 처리할 일은 태산

같은데 서로 고성과 삿대질 속에 막상 해야 할 일을 제대로 처리 못
하고 있습니다. 이러한 교과서 파동의 추이를 어떻게 생각하십니까?"

"과거의 실례를 보면 아무리 심한 논쟁 거리가 매스컴을 발칵 뒤
집어 놓는다 해도 시간이 흐르면, 나라가 망해버리지 않은 한, 결국
은 다 해결의 실마리를 찾게 될 것이니 지나치게 걱정할 필요는 없
다고 봅니다."

"선진 외국에서도 이런 일이 있습니까?"

"있고 말고요. 미국과 영국에서도 교과서 파동이 있었다고 합니다.
미국의 교과서들은 초대 대통령 워싱턴을 홀대하고 학생들이 꼭 배
워야 할 인물과 사건은 빼먹고 이념적으로 편향된 내용들로만 채워
져 있었다고 합니다. 그러나 1995년을 고비로 상원을 중심으로 미국
적 가치를 지키고 이를 학생들에게 제대로 가르치기로 합심하게 되
었습니다.

영국에서는 자국의 역사를 폄하하고 영국의 부정적 역사를 들춰내
어 가르치는 것을 미덕으로 여기는 교사들이 있었지만 1979년 정권
을 잡은 마거릿 대처 총리 영도 하에 패배주의적 역사 교과서를 자
부심을 느낄 수 있게 바꾸어 놓았습니다.

당리당략이나 특정 이념에만 편중된 교과서는 결국은 국민의 외
면을 받게 되어 있으니까요.

그처럼 특정 이념 선전에 열중하는 사관(史觀)들 중에 민중민주
사관이니, 사회주의 사관이니, 좌편향 사관이니 종북 사관이니 하는
것들이 있습니다.

프랑스 공산당원인 피카소라는 사람이 6.25 때 황해도 신천에서 미군에 의한 주민 학살이 자행되었다고 북한이 조작한 허위 선동에 놀아나 격분 끝에 그린 '한국에서의 학살'이라는 그림이 우리나라 현행 역사 검정 교과서에 대문짝만하게 인쇄되어 있는데 그러한 종류의 역사 기술 방법을 종북 사관(史觀)이라고 하는 것 같습니다.

그러나 이처럼 특정 이념으로 쓰여진 교과서들은 제아무리 날친다 해도 시간이 흐르면서 밝혀진 사실과 진실 앞에서는 맥을 못 추고 무너지게 되어 있습니다.

대한민국은 태어나지 말았어야 할 나라이고, 국가의 정통성은 북한에 있고 북한이야말로 지상천국인 것처럼 기술된 역사 교과서로 교육받은 학생들에게도 눈과 귀는 엄연하게 작동하고 있어서 볼 것 다 보고 들을 것 다 듣게 되어 있습니다.

그들이 학교를 졸업하고 군인이 되어 전방이나 일선 함정에 배치되어 근무하다가 연평 해전이나 천안함 폭침이나 연평도 포격이나 목함지뢰 사건을 체험하고 나면 학교에서 배운 역사가 말짱 다 사기(詐欺)요 협잡(挾雜)이었다는 것을 깨닫고 격분하여 교과서 집필자들을 규탄하고 이들에 대한 관리를 소홀히 한 문교부 당국자들을 비난하면서 갑자기 애국자로 둔갑하게 됩니다.

그들은 김대중 노무현의 친북 좌파 정부 10년이 끝난 뒤에 등장한 이명박 정부 5년과 박근혜 정부 3년 도합 8년 동안에 보수 우익 정부들은 좌편향 교과서 하나도 고치지 못하고 도대체 뭘 하고 있었냐고 분통을 터뜨리고 있습니다.

　그들은 울분 끝에 현역 지원 연장 신청서를 내고, 전역된 경우는 예비역 소집을 지원함으로써 엉터리 교과서를 쓴 사학자들과 그들을 열렬히 지원하는 야당 정치인들에게는 회복불능의 치명적 타격을 안겨주고 있습니다. 사실과 진실은 한때 덮어버릴 수는 있지만 영원히 감출 수는 없기 때문입니다."

　"그럼 지금 한창 기승을 부리고 있는 교과서 파동은 어떻게 결말이 날 것 같습니까?"

　"긴 안목으로 볼 때, 여야를 막론하고, 국정이든 검정이든, 아직도 살아있는 사람들이면 누구나 다 훤히 다 알고 있는, 사실과 진실에 바탕을 둔 근세사를 기술한 교과서를 학생들에게 공급하는 쪽이 결국은 승리하게 될 것입니다."

　"요컨대 바르고 정직한 쪽이 최후 승리자라는 말씀이시군요."

　"정확합니다."

　"그런데도 불구하고 야당인 새정치연합 문재인 대표는 친일과 독재 교과서와 역사왜곡 교과서를 반대한다고 염불처럼 외우고 다니는데 이에 대해서는 어떻게 생각하십니까?"

　"그건 그야말로 소가 들어도 포복절도할 억지 코메디입니다. 왜냐하면 새 교과서는 아직 저자들이 선정되어 집필도 되지 않았는데 어떻게 그런 말을 할 수 있겠습니까?

　그것은 마치 처녀와 총각 사이에 혼담만 오가고 있는 단계인데 그들이 결혼하여 낳은 아이가 자라나 친일파와 독재자가 되거나 역사를 왜곡할 것이라고 비난함으로써 결혼 자체를 파국으로 몰아넣으려

는 어설픈 연극과 같습니다."

"현행 검정 교과서에서 가장 문제가 되는 것은 무엇인지 아시면 좀 말씀해 주시겠습니까?"

"그러죠.

첫째, 대한민국은 태어나지 말았어야 할 나라이고 그 통치권은 휴전선 이남에만 국한되고, 국가의 정통성은 북한에 있는 듯이 서술하고 있습니다.

둘째, 소련군대는 해방군이지만 미군은 점령군이라는 인상을 심어주고 있습니다.

셋째, 6.25는 분명히 남침인데 전쟁 책임은 남북 양쪽에 다 있다는 생각을 갖도록 유도하고 있습니다.

넷째, 프랑스의 애국 소녀 잔 다르크에 비유되는 일제 식민지 시대의 유관순 열사의 애국 활동은 몽땅 다 빼버리고 엉뚱하게도 김일성의 보천보 습격 사건은 크게 부각시켰습니다.

김일성이 지휘했다는 보천보 전투의 일본군 전사자는 겨우 7명뿐이고 김좌진, 홍범도, 이범석 장군이 이끈 독립군의 청산리 대첩에서는 일본군 3000명이 전사함으로써 한국의 독립운동 역사상 일본에게 대 참패를 안겨준 엄청난 사건인데도 이것을 대수롭지 않은 듯 아주 짧게 서술했습니다.

다섯째, 이승만 대통령의 기나긴 독립투쟁과 자유민주주의와 시장 경제에 바탕을 둔 대한민국의 기초를 닦은 건국 공로는 모조리 다 빼버리고 독재와 부정 선거만 크게 다루었습니다.

중국에서는 죄 없는 주민을 5천만 명이나 학살한 모택동도 그의 장점과 단점을 7대 3비율로 하여 국부(國父)로 추대하건만 이승만 초대 대통령에 대한 혹평은 터무니 없이 가혹하다고 말하지 않을 수 없습니다.

여섯째, 전세계가 경악하는 한국의 새마을운동과 산업화 성공 과정은 전부 다 빼버리고 최루탄과 시위 장면만 크게 부각시켰습니다.

이러한 교과서로 공부한 순진한 학생들은 멋도 모르고 북한에 대한 무지개 빛 환상에 사로잡혀 자기도 모르게 대한민국에 태어난 것을 저주하고 조국에 대하여 자긍심을 갖기는 고사하고 은근히 자기가 태어난 한국을 저주하고 종북 세력에 가담하지 않을 수 없게 유도하고 있습니다.

사람에게 있어서 국가는 몸이고 역사는 영혼이고 정신입니다. 처음부터 좌편향 교과서에 의해 영혼과 정신이 이처럼 썩고 병들어 버리면 어찌 나라가 바로 설 수 있겠습니까? 우리나라 역사학자들의 80%가 이러한 자학적인 종북 사관을 가지고 있는데 현행 교과서는 몽땅 다 이들이 썼습니다.”

“그렇다면 그것이야말로 국가의 존망이 걸린 중대 사항이 아닙니까?”

“그래서 그동안 벼르고 벼르다가 이번에 문교부가 칼을 빼어 든 것입니다.”

“그렇게 중대한 일을 문교부 단독으로 할 수 있을까요?”

“교과서 문제는 행정부의 고유 권한에 속하는 일입니다.”

"비록 그렇다 해도 문제의 핵심은 교과서 내용이 비애국적이고 친북적이냐 아니면 사실과 진실에 충실하고 애국적인 것이냐를 가리는 것인데 국민들은 그 두 가지를 검정 또는 국정하고 혼동하고 있습니다.

이것부터 교통 정리하는 것이 무엇보다도 시급하게 정부 당국이 착수해야 할 일이라고 봅니다."

"그리고 새정치연합은 이 문제를 정치투쟁화하고 있는데 이에 대해서는 어떻게 생각하십니까?"

"국정 교과서가 잘못된 것이라면 출판이 된 후에 2016년 4월의 다음 총선과 그 다음해의 대선에서 국정과 검정 교과서를 놓고 유권자의 선택을 받으면 됩니다.

그렇게 하지 않고 교과서 문제를 지금처럼 정부와 여당이 제출한 긴급한 서민 일자리 문제, 창조 경제, 중국을 비롯한 외국과의 FTA 협정 비준과 같은 다른 중요 안건들과 연계시켜 국회 업무를 마비시킨다면 지금까지 멋도 모르고 무조건 좌편향 검정 교과서로 세뇌 당해 온 2030대 젊은 유권자들까지도 실상을 깨닫고 결국 야당에 등을 돌리지 않을 수 없게 될 것입니다.

실제로 10.28 보궐 선거에서는 야당이 참패를 당했습니다. 이것은 국민여론은 국정 교과서 반대가 우세하다는 야당의 주장과는 달리 10.28 보선에서 유권자들은 그들의 주장을 반대하고 있음을 보여주고 있습니다."

"2차 대전 이후에 독립된 142개 나라들 중에서 오직 대한민국만이 원조를 받던 나라에서 원조를 주는 나라로 변신했는데 그 원동력은

우리나라만이 그 짧은 기간에 산업화에 성공했기 때문입니다.

좌편향 교과서가 한결같이 노려온 초점은 바로 이 산업화를 이끈 박정희 대통령의 업적을 완전히 깔아뭉개어 없애버리자는 것이었습니다.

검정 교과서 집필자들이 보기에는 산업화 성공이 없었더라면 1975년의 월남공화국처럼 한국도 북한에 의해 쉽사리 적화 통일되었을 텐데 그렇게 되지 않는 것이 통한(痛恨)이 되었을 것이기 때문입니다.

산업화 성공만 아니었다면 대한민국을 사회주의 국가로 전환시킨 후 북한과의 연방제 통일을 달성하자는 것이 검정 교과서 집필자들과 그들을 후원하는 정치인들의 최종 목표인 것으로 보입니다.

여기서 제가 알고 싶은 것은 박정희 대통령이 이끈 산업화 성공담이 검정 교과서 집필자들에게는 과연 흔적도 없이 지워져 버려야 할 정도로 하찮은 것인가 하는 것입니다. 한국의 산업화 과정을 비교적 객관적으로 지켜 본 외국 저명인사들의 평은 어떤지 알고 싶습니다."

"어렵지 않은 일입니다. 요즘 신문에 보도된 해외 유명 인사들의 평을 간추린 것이 여기 있습니다.

'광둥성은 아시아 네 마리 용인 한국, 대만, 홍콩, 싱가포르의 경제 발전, 사회질서, 사회 정세도 반드시 따라붙어야 한다. 특히 박정희를 주목하라.'(중국의 덩샤오핑 주석)

'박정희 정권 18년 동안의 목표는 자립 경제력을 갖춘 현대 국가의 건설이었다. 그는 성공했고, 세계가 놀랐다. 박정희에 과한 자료를 빠짐없이 모두 다 수집하라.'(러시아의 블라디미르 푸틴 대통령)

"그의 인권 탄압이나 독재 정권은 인정할 수 없다. 그러나 그는 진정으로 국력을 키웠다. 그는 다른 후진국 지도자와는 달리 결코 부패하지 않았다.'(미국의 시카고 대학 교수 브루스 커밍스)

'러시아가 민주주의와 경제 발전을 동시에 추구하다가 어떤 결과를 초래했는지 잘 알고 있지 않은가. 박정희의 판단이 옳았다는 것이 뚜렷이 증명되었다.'(미국의 전 국무장관 헨리 키신저)

'제2차 세계대전 이후 인류가 이룩한 가장 놀라운 기적은 바로 박정희의 위대한 지도력으로 경제 발전을 이룩한 대한민국이다.'(미국의 경영학자 피터 드러커)

'민주화란 산업화가 끝나야만 비로소 가능한 것이다. 자유란 그 나라의 수준에 맞게 제한된다. 이를 독재라고 매도하는 것은 말이 되지 않는다.'(미국의 미래학자 앨빈 토플러)

이처럼 중국의 작고한 덩샤오핑 주석과 지금도 살아있는 러시아의 푸틴 대통을 비롯하여 미국의 세계적인 석학들이 이구동성으로 합창

이라도 하듯 한국의 산업화 성공을 극찬하고 있건만 대한민국 교과서 집필자들만은 도대체 그러한 성공담에 대하여 무슨 억하심정이 있기에 그처럼 일제히 입을 다물고 있을까요?

게다가 한 술 더 떠서 도대체 박정희 성공담 따위는 금시초문이라는 듯이 교과서에서는 의식적으로 무시되고 외면까지 당하고 있으니 이상하지 않습니까?

그들도 과연 대한민국 국민인지 북한 학자인지 의문을 품지 않는다면 그것이 도리어 이상한 일이 아닐까요? 교과서를 그렇게 씀으로써 이익을 얻는 측은 과연 누구일까 하고 곰곰이 생각해 보지 않을 수 없습니다.

이런 때 한국 사람이라면 아무리 철없는 어린애요 무식한 촌 농부라고 해도 그들 교과서 집필자들의 뒤에는 틀림없이 남침 적화를 노리는 북한 당국과 함께 남한 내의 종북 세력과 그들을 지원하는 정치 집단들이 도사리고 있지 않고는 교과서 집필자들이 이렇게 과감하게도 단군 이래 처음인 우리의 성공담을 그처럼 깡그리 뭉개어버릴 수는 없지 않을까 생각됩니다."

"정확하게 지적해 주셨습니다. 그 배후 세력의 존재를 입증이라도 하듯 평양 방송은 새정치연합의 주장을 지지하고 정부 당국을 비방하는 날 선 비난을 한동안 퍼부었습니다. 그러자 야당 대표가 그러한 평양 방송은 국민들로부터 도리어 오해를 사기 쉽다고 논평하지 평양 방송은 그 즉시 중단되었습니다.

그건 그렇고요. 앞으로 어떻게 해야 이번 교과서 파동이 원만하게

수습될 수 있을까요?"

"지금 학교에서 가르치고 있는 검정 교과서들이 모조리 다 예외없이, 반 대한민국적이고 종북적이라는 것이 명명백백하게 밝혀진 이상 야당은 집필도 되지 않은 국정 교과서들이 나오기도 전에 친일독재 왜곡 교과서라고 말도 안 되는 헛소리만 내뱉을 것이 아니라, 이미 밝혀진 반 헌법적이고 북한의 주장만 대변해 주는 교과서 내용에 대하여 국민이 납득할 수 있는 합리적인 해명부터 해야 합니다.

그리고 문교 당국은 이러한 터무니없는 검정 교과서들이 보수 정부가 들어선 지 이미 8년이 지난 지금까지 그대로 이용되고 있었으니 그동안 도대체 무엇을 했는지 해명부터 해야 할 것입니다.

이러한 작업이 끝난 뒤에 온 국민들과 지식인들의 지혜를 한데 모아 대한민국 국민이면 누구나 다 수긍할 있은 질 좋고 품위있는 교과서를 만들어 내야 할 것입니다.

국민들은 그 교과서가 검정이냐 국정이냐보다 사실과 진실에 입각하여 쓰여진 것이냐 아니면 북한의 세습독재 왕조를 찬양하는 주체사상 사관으로 쓰여진 것이냐에 관심이 있지 국정이냐 검정이냐에 관심이 있는 것은 아닙니다."

생식과 수명

2015년 12월 24일 목요일 0/6 흐림

오행생식신문의 손찬영 편집장의 청탁으로 회원들에게 2016년 새해 덕담이 될 칼럼을 써달라는 청탁을 받고 나는 다음과 같은 글을 써 보냈다.

내가 밥 대신에 오행생식을 먹게 된 지도 어언간 24년이란 세월이 흘렀다. 오행생식을 하게 된 동기는 그 당시 선도 수련의 일환으로 21일간 단식을 한 뒤 복식을 하는데 이상하게도 익은 음식을 먹을 수 없게 되었기 때문이었다.

집안에서 익지 않은 음식을 찾아보아도 채소와 계란과 생쌀 따위가 고작이었다. 생쌀을 물에 불궈서 씹어먹어 보았지만 이가 아파서 먹을 수가 없었다. 이 고충을 선도 수련을 같이 하고 있던 문화영 도반에게 상의했더니 관악산 등산로 입구에 지하 점포를 운영하고 있던 김춘식 원장을 소개해 주었다.

그때가 1991년 5월 28일이었다. 그날로 김춘식 원장의 처방대로 오행생식을 실천하게 되었는데 나에게는 안성맞춤 그대로였다. 때마침 오행생식 요법사 8기생 강습이 시작되는 때라 나도 등록했다.

먹거리가 바뀌고 오행생식요법, 황재내경 침법, 사관침법 등 그때

까지 전연 몰랐던, 일종의 대안 의학이기도 한 생소한 동양 학문의 세계를 접하면서 서양 의학의 한계와 약점들을 속속들이 알게 되었고 그 심오하고 독특한 세계에 매료당했다. 내 능력이 미치는 한 도와야 한다는 사명감도 갖게 되었다. 그 결과로 나온 것이 『선도체험기』 8, 9, 10권에 등장하는 김춘식 원장의 오행생식 강의록이었다.

오행생식요법 강의를 듣는 동안 김춘식 원장은 앞으로 오행생식을 하면 누구나 수명이 획기적으로 연장된다고 자주 언급했다.

그 근거로 환단고기의 기록을 예로 들었다. 환인 시대는 7명의 환인천제가 3301년간을 다스렸는데 환인 천제 한 분의 평균 통치 기간은 471년이었다. 대체적으로 30세에 등극했다고 가정하면 평균 수명은 501년이 된다. 그 당시에 살았던 사람들의 평균 수명도 그랬을 것이다.

그런데 그 다음의 환웅천황 시대는 1565년 동안에 18대의 환웅천황들이 다스렸는데 평균통치 기간 86.9년이고 30세에 등극한 것으로 볼 경우 평균 수명은 116.9세가 된다. 따라서 환웅시대는 환인시대보다 평균 수명이 거의 5분의 1 수준 이하로 대폭 낮아졌다. 그리고 단군시대 2096년 동안에는 47명의 단군임금들이 다스렸는데 평균 수명은 75세로 삼국시대 이후인 지금과 비슷하다.

겨우 2천년도 안 되는 사이에 인간의 평균 수명이 6분의 1 이상 확 줄어든 것은 환인시대에는 생식을 했었는데 환웅시대에는 생식과 화식을 혼용했고 단군시대 이후에는 벌써 지금과 같은 화식시대로 접어들었기 때문인 것이 틀림없다는 것이었다.

모든 식재료는 불에 익히는 조리과정에 변질되어 영양가가 6분의 1로 줄어드는 비율과 똑같이 인간의 수명도 화식시대에는 생식시대의 6분의 1로 줄어든 것이다.

나는 이러한 이론을 내 개인에게 대입해 보았다. 내가 지금까지 생식을 24년 해왔으니까 앞으로 나는 24년 곱하기 6 하면 144년은 더 살수 있다는 계산이 나온다.

금년에 나이가 50세인 오행생식 회원이 20년간 생색을 해 왔다면 120세를 더 살아야 하므로 최소한 170세까지는 살게 된다. 게다가 오행생식을 장기간 애용하게 되면 각종 성인병에는 걸리지 않을 것이므로 170세까지 무병장수하게 될 것이다.

환인시대의 평균수명 501세가 단군시대의 평균 수명 75세로 6배 이상 대폭 떨어지는 데 약 2천년이 걸렸으므로 앞으로 환인시대의 평균수명을 회복하자면 어느 정도의 시간이 걸릴지는 아무도 모른다.

그러나 우리시대의 생식의 선구자들인 국내외의 오행생식 회원들과 오행생식 제조업체의 창의력과 노력 여하에 따라 그 기간은 얼마든지 단축될 수 있다고 본다.

그렇게 되면 화식의 맛 때문에 6분의 1로 줄어들었던 환인시대의 501세의 평균수명을 회복할 날도 멀지 않을 것이다. 오행생식 일꾼들의 분발을 바란다.

개성공단 중단

2016년 2월 17일 수요일 오후 3시

우창석씨가 말했다.

"지난 12일 박근혜 대통령에 의한 개성공단 전면 조업 중단 조치가 몰고 온 파장이 국내외에서 천파만파로 번져나가고 있습니다. 더민주당 대표 자리에서 물러난 문재인 씨는 '북한과 전쟁을 하자는 것이냐'고 강력하게 반발을 하는가 하면 한국 갤럽 여론 조사에 따르던 개성공단 중단 조치를 반대하는 쪽이 30%에 비해 찬성하는 쪽이 55% 우세한 것으로 나타나고 있습니다.

이에 대한 보복으로 북한은 겨우 40분 여유를 두고 개성공단 남측 인원의 공단에서의 전원 철수를 통고할 정도로 이성을 잃은 짓을 했습니다. 제가 보기에는 남북 관계에서 김영삼, 김대중, 노무현 정부 15년 동안 내내 우리가 북한에게 질질 끌려 다니면서 북한이 요구하는 쌀, 비료, 비전향 장기수 석방 등은 다 들어주면서도 회담을 깨지 않는 것만을 감지덕지하던 것과는 달리 이번에는 우리 쪽이 처음으로 주도권을 행사한 것을 속 시원해 하는 국민들이 다수를 차지하고 있는 것 같습니다. 더불어민주당의 김종인 대표는 이번 조치에 대해서 별로 비판적인 발언을 하지 않았지만 야당 인사들은 좀 더 신중을 기했어야 했다고 말하고 있습니다. 선생님께서는 이러한 견

해에 대하여 어떻게 생각하십니까?"

"김영삼 대통령 이후 23년 동안 핵과 미사일로 자행한 북한의 배신행위에 대하여 우리가 그만큼 신중에 신중을 기했으면 되었지 더 이상 어떻게 더 신중을 기할 수 있겠습니까?"

"그럼 문재인 전대표의 '전쟁을 하자는 것이냐'는 견해에 대해서는 어떻게 생각하십니까?"

"평화를 지키기 위해 전쟁을 할 수밖에 없는 형편이라면 해야 합니다. 평화란 그것을 지킬 만한 능력이 있어야만 즐길 만한 권리도 있습니다. 세계 역사상 전쟁할 각오를 하지 않는 나라로서 평화를 유지한 예는 일찍이 없습니다.

그렇지 않아도 북한과 같은 악랄한 공산독재왕조의 수없이 많은 도발에 대해 지금까지 우리가 신중에 신중을 기해 온 것이 사실입니다. 만약에 전쟁이 무서워 우리가 시종일관 신중하고 양보만 한다면 결국은 나라까지도 통째로 내어줌으로써 결국 김일성의 한반도 공산통일 야망 달성을 도와주게 될 것입니다."

"그러나 막상 전쟁을 한다고 해도 저들은 핵과 미사일이라는 비대칭 전력을 갖고 있지만 우리는 그것을 가지고 있지 못한 것이 현실이 아닙니까?"

"미국의 제재와 간섭이 아니라면 우리는 박정희 전 대통령의 집권 말기에 이미 핵과 미사일 보유국이 되었을 것이고 그때 이미 북한의 핵 보유 시도를 제압할 수 있었을 것입니다."

"그렇지 않아도 이번에 북한이 4차 핵실험을 하고 장거리 미사일

을 발사하고 나서 김정은은 앞으로 미사일 발사를 더 많이 해야 한다고 말하자 많은 국민들이 우리도 핵과 미사일을 보유해야 한다고 이구동성으로 외치고 있습니다. 그에 대해서는 어떻게 생각하십니까?"

"그게 바로 민심이요, 천심입니다. 그것을 안 이상 우리는 국민이 일치 단합하여 앞으로 통일에 대하여 우리나라 주도로 안보를 위한 새 판을 반드시 짜야 합니다."

"새 판을 짜려면 기존의 통일 정책을 새롭게 바꾸어야 하는데 구체적으로 어떤 점이 달라져야 할까요?"

"지난 23년 동안 대화와 타협, 햇볕정책, 퍼주기, 경제협력 등 온갖 정책을 모조리 다 시도해 보았지만 깡그리 다 실패했습니다. 저들은 우리에게서 물질적 실익을 챙기는 것 외에 다른 데는 일체 관심이 없음을 명확히 드러냈습니다.

이제 우리는 북한의 김씨 왕조의 의도가 시종일관 적화 통일 바로 그것임을 확인한 이상 그들과의 대화로 무슨 관계 정상화를 기한다는 어리석기 짝이 없는 생각부터 완전히 뜯어고쳐야 합니다.

그러자면 김씨 왕조가 남한을 적화 통일하려고 온갖 재주를 다 부리는 것처럼 우리도 김씨 왕조를 부정하고 북한을 민주화하기 위해서 비록 뒤늦기는 했지만 치밀한 작전과 대책을 세워 빈틈없이 실천해 나가야 할 것입니다.

내가 생각하기에는 박근혜 대통령도 그것을 깨닫고 지금까지 개성공단이 북한의 핵과 미사일 개발을 위한 외화를 대준 것에 대하여

불편한 심정을 토로했던 미국과 중국의 관계 당사자들의 불평을 해소하기 위해서 뒤늦게나마 개성 공단 중단 조치부터 전격 단행한 것일이라고 봅니다."

"개성공단을 폐쇄한 이외에 남북이 협력하여 운영하던 다른 유사한 공단이 없는 이상 더 이상 폐쇄할 공단이 없으니 그 다음은 북한에 대하여 무슨 대책을 세워야 할까요?"

"남북 분단이 된 지 71년이 된 지금까지 남한에 대하여 북한이 무슨 짓을 해 왔는가 하는 것을 되새겨보면 좋은 아이디어가 떠오를 수 있을 것입니다.

우선 굵직한 사건들만 들어봅시다. 1950년의 6.25 남침 전쟁 도발, 1968년의 김신조 일당의 1.21 청와대 기습, 울진 삼척 공비침투, 판문점 도끼만행, KAL기 폭발, 아웅산 테러, 천안함 폭침, 연평도 포격, 비무장지대 대인지뢰 도발, 각종 무장 간첩 침투, 잠수정 및 잠수함 침투 그리고 끈질기게 자행된 핵과 미사일 개발 등입니다.

북한의 무장 테러 및 침투 사건들은 아군에 의해 격퇴되거나 수습되었고 우리가 대응책으로 참고할 만한 것들은 아닙니다. 그러나 아쉬운 것은 이러한 도발에 대하여 우리가 적절한 응징을 해 오지 못한 것은 반성해야 합니다."

"그럼 우리가 북한에 대하여 실천할 수 있는 효과적인 대책들은 어떤 것이 있을 수 있겠습니까?"

"북한의 김씨 왕조의 약점들을 파고 들어가면 반드시 효과적인 대책들이 나올 수 있을 것입니다. 이 방면에서 도움을 받을 수 있는

인적 자원이 있습니다."

"그들이 누구죠?"

"최근에 한국에 정착한 3만 명에 달하는 탈북자들입니다. 이들에 따르면 적지 않은 북한 주민들은 지난 70년 동안 북한 당국의 거짓말에 아직까지도 세뇌되어 남한 동포들이 지금도 헐벗고 굶주리고 있고 북한을 지상천국으로 알고 있다는 것입니다.

이들이 남북한의 실상을 제대로 알게 되면 김씨 왕조는 탈북자들의 급증으로 과거의 동독처럼 인재 공동 현상으로 곧바로 무너지고 말 것이라고 합니다. 그래서 탈북자 단체들은 요즘도 휴전선 일대의 주민들의 결사반대를 무릅쓰고 없는 호주머니를 털어 대북 전단을 만들어 날려 보내고 있습니다.

우리 정부가 이들의 사업을 인수받아 더욱 조직적이고 대규모로 대북 전단을 정부 차원에 조직적으로 날려 보내면 될 것입니다."

"그런데 중국 공안은 이들 탈북자들을 잡는 족족 북측에 넘겨주고 있다고 하지 않습니까?"

"그렇습니다. 탈북자들을 죽음으로 내모는 중국의 북송 행위는 세계를 관리하는 미국을 상대하는 G-2 국가로 부상한 강대국 중국의 체면에 맞지 않는 인류에 대한 보편적인 인권유린 행위입니다.

우리 정부는 이점을 유엔 등 세계 인권 단체들의 호소하여 중국의 인권 유린 행위를 강력하게 규탄함으로써 탈북자들을 북송하지 못하도록 외교 역량을 발휘하여야 합니다.

그뿐 아니라 탈북자들에 대한 지금까지의 정부의 소극적인 태도를

지양하고 한국에서 살기를 희망하는 중국 내의 탈북자들은 무조건 다 받아들여야 합니다.

지금도 백 만 명의 외국 인력이 한국에서 와서 돈을 벌어 자국에 송금을 하는 것을 감안할 때 탈북자 수용은 가능한 일이라고 봅니다."

우리도 핵을 보유해야 하나

"그리고 새누리당의 원유철 원내대표를 위시한 다수 국민들은 우리도 독자적인 핵과 미사일 개발을 해야 한다는 주장에 대해서는 어떻게 생각하십니까?"

"주권국가 국민으로서 북한의 핵과 미사일 개발을 감안할 때 당연한 주장입니다. 그러나 우리나라가 처한 현실을 감안할 때 냉정하고 객관적으로 이해득실을 면밀하게 따져보아야 할 것입니다. 우창석씨는 지금 전 세계에 핵보유국이 몇 나라인지 아십니까?"

"미국, 러시아, 중국, 영국, 프랑스, 인도, 파키스탄, 이스라엘 모두 8개국입니다."

"그러나 그 8개국 중에서 완전한 핵보유국은 미국, 러시아, 중국, 영국, 프랑스 5개국밖에는 안 됩니다. 명실공히 핵보유국이 되려면 세가지 요건이 구비되어야 하는데 그러한 나라들은 위에 말한 다섯 나라밖에 없기 때문입니다."

"그 세 가지 구비조건이 무엇입니까?"

"첫째로 목표에 따라 쓸 수 있는 크고 작은 다양한 형태의 핵무기를 소유해야 하고 둘째로 각종 미사일, 인공위성, 폭격기, F-22 랩터 등 최신예 전투기 등 운반수단을 구비해야 하고 세 번째로 핵 미사일을 수중에서 발사할 수 있는 잠수함을 가져야 합니다.

인도, 파키스탄, 이스라엘은 이 세 가지를 다 갖추고 있지 못하므로 완전한 핵보유국 대우를 받지 못하고 있습니다.

만약 우리가 NPT 등 국제단체들의 제재를 무릅쓰고 핵개발을 강행할 경우 이란, 이락, 리비아처럼 결국은 버텨내지 못하고 핵을 포기하지 않을 수 없게 됩니다. 그래서 독일, 일본, 캐나다, 호주 같은 한국보다 앞선 나라들조차도 핵보유국이 될 엄두를 못 내고 있습니다.

게다가 수출로 먹고 사는 한국과 같은 신흥산업국이 핵보유국이 되려다가 핵우산을 제공하는 동맹국인 미국을 잃을 경우 쥐 잡으려다가 장독까지 깨버리는 어리석음을 범하게 됩니다. 심사숙고해야 할 일입니다.

그건 그렇고 나는 핵에 대하여 생각하노라면 인류 역사상 처음이자 마지막으로 제2차 세계대전 말기인 1945년에 일본의 히로시마와 나가사끼에서 미공군의 B-29전폭기에 의해 투하된 두 개의 원자탄을 떠올리게 됩니다.

이때 단 두발의 원자탄으로 30만 명 이상의 주민들이 피폭되어 일시에 떼죽음을 당했습니다. 그때의 전황으로 보아 이 원자탄 투하만 아니라면 일본은 상당기간 미국과 싸울 수 있는 여력이 있었건만 일왕 히로히또는 이 원자탄으로 인해 마침내 미국을 비롯한 연합국에 무조건 항복을 하고 말았습니다.

그 후 위에 말한 미국 이외의 핵보유국들이 핵을 만들기는 했지만 아직 핵무기로 사람을 대량으로 희생시킨 일은 단 한번도 없었습니다. 이것을 생각할 때 북한이 지금 핵과 미사일을 개발한다고 제아

무리 벼랑 끝에서 날뛰어 보았자 자기네도 죽을 각오를 하지 않는 이상 핵으로 한국이나 미국이나 일본이나 그 어느 나라도 때리지는 못하게 되어 있습니다.

게다가 나도 모르게 어쩐지 핵무기로 또다시 사람이 대량 희생되는 것은 하늘의 뜻이 아니라는 강한 믿음을 갖게 되었습니다."

"그래도 그것은 하나의 믿음일 뿐 주변 사람들도 그 믿음을 공유케 할 만한 설득력은 없지 않습니까?"

"그건 나도 인정합니다. 그러다가 최근에 나는 우연히 증산도 도전(道典)을 읽다가 증산 상제가 여러 번에 걸쳐 화둔(火遁) 공사하는 장면이 나오는 것을 읽었습니다. (도전 659, 661 쪽) 이 공사야말로 전 세계의 핵탄두의 폭발을 미리 방지하기 위하여 근 백 년 전에 시행된 천지공사(天地公事)라고 봅니다.

지금 세상 돌아가는 것이 전부 다 그때 증산 상제가 천지 공사한 그대로 빈틈없이 진행되는 것으로 보아 앞으로 핵무기가 폭발하여 인류가 대량 살상되는 일은 없을 것이라고 봅니다. 물론 내 말은 믿거나 말거나 그건 듣는 사람들의 자유이긴 하지만 말입니다."

"그리고 이종걸 더민주당 원내 대표가 개성공단 중단에 항의하여 앞으로 반드시 개성공단을 다시금 부흥시키는 법안을 통과시키겠다고 말했는데 이에 대해서는 어떻게 생각하십니까?"

"김대중 노무현 정부 10년 동안에 이룩한 상징적인 남북 협력 사업인 개성공단이 폐쇄당한 것이 그에겐 가슴 아프겠지만 북한이 한반도 비핵화를 위한 남북 합의를 배신하고 핵실험을 4차까지 실시하

고도 모자라 장거리 미사일 발사를 앞으로도 계속하겠다고 다짐한 이 마당에 핵실험용 외화의 자금줄인 개성공단을 부흥시키겠다는 그의 요구를 찬성하는 국민은 극소수의 종북주의자 외에는 없을 것입니다.

이종걸 대표는 이런 때는 친북 정권 10년 동안의 햇빛 정책과 퍼주기로 북으로 넘어간 30조 원의 자금이 북한의 핵과 미사일 개발에 유용하게 쓰였음을 감안하여 당분간이라도 자숙하는 것이 좋았을 것입니다.

요컨대 친북 정권 10년의 일방적인 퍼주기는 총체적인 실패였다는 것을 반성하는 기간을 갖는 것이 무조건적인 대여 투쟁을 선언하는 것보다는 국민들이 보기에도 좋았을 것입니다. 대여 반발보다는 좀 더 자성의 시간을 가진 다음에 국민이 납득할 수 있는 실질적인 대안을 제시했어야 한다고 봅니다.

문재인 전 대표도 개성공단 중단에 대하여 아무런 대안도 제시하지 않고 '전쟁을 하자는 것이냐. 아들을 군대에 보내고 밤잠을 못 이루는 부모의 안타까운 심정을 생각해야 된다'고 말했는데, 어쩐지 국군의 최고 통수권을 갖게 될 대통령에 출마하려는 후보자답지 않은, 무식한 시골 할머니의 나약한 잠꼬대로밖에는 들리지 않습니다.

다수 국민의 생명과 재산을 보호해야 할 1차적인 책임이 있는 대통령이라면 필요할 때는 언제든지 전쟁을 결심할 수도 있어야 합니다. 군대에 간 아들의 안위로 잠 못 이루는 부모 심정을 생각하느라고 적군과 싸워야 할 시간을 놓쳐버리는 멍청한 대통령을 국민은 절

대로 원치 않는다는 것을 잘 알아두어야 할 것입니다.

요컨대 안보 문제에 관한 한 반대를 위한 반대보다는 유용하고 실용적이고 합리적인 대안으로 국정에 보탬이 되는 것이 야당 지도자들이 할 일이라는 것을 알아야 할 것입니다."

"그건 그렇고 선생님, 그동안 지난 23년간 추구해 온 남북 화해 정책을 냉정하게 객관적으로 되돌아볼 때가 되지 않았나 하는 생각이 듭니다. 남북 화해 시대 23년은 햇빛 정책과 퍼주기로 인하여 결과적으로 북한은 사사건건 실익을 챙겼지만 우리는 북이 달라는 것은 다 챙겨주면서도 북의 의도에 말려들어 실컷 퍼주고도 뺨 맞으면서 질질 끌려 다니는 우를 범한 것입니다.

그 대신 박정희 시대 18년과 신군부 시대 12년 도합 30년 동안의 남북 대결 시대에는 '싸우면서 일하자'라는 구호 아래 국민들이 단합하여 북한과의 체재 경쟁에서 북을 따돌리고 압도함으로써, 온 세계를 놀라게 한 산업화와 경제 기적을 이룩하는 성과를 올렸습니다.

이런 것을 생각하면 이제는 실패만 거듭해 온 25년 동안의 화해 추구 시대를 끝내고 대결 시대로 돌아가야 할 때가 오지 않았나 하는 생각이 듭니다."

"그 25년 동안의 화해 추구 시대에 약화된 대공 정보 능력만 대결 시대만큼 복원된다면 앞으로 잘하면 우리는 제2의 도약의 시대를 맞이할 수도 있을 것입니다."

"혹시 북의 무모한 군사 도발이 자행되지 않을까요?"

"동맹국들과 잘 협조하여 만반의 대책을 빈틈없이 강구해야 합니

다. 유비무환(有備無患)입니다. 우리의 대비만 철저하면 적은 감히 도발을 해 오지 못합니다.

거란 침략, 몽란(蒙亂), 임진왜란(壬辰倭亂), 병자호란(丙子胡亂), 경술국치(庚戌國恥), 6.25 등은 대비책이 없어서 당한 민족의 환란이었습니다."

"앞으로 북한은 어떻게 나올 것 같습니까?"

"개성공단 중단으로 이번엔 우리가 북한에 대해 제재의 선두를 끊은 이상 앞으로 미국, 일본, 유엔 등에서 계속 이어지는 외부 압박으로 북한은 정신을 차리기 어려울 것입니다. 북한이 핵과 미사일에 그처럼 악착같이 매달리는 이유는 현재의 왕조체재를 유지하고 북한 주민들을 결속시키고 미군을 철수시키자는 데 있습니다.

그러나 주민들을 굶겨 죽여 가면서 설상가상으로 국외로부터 외화 자금줄이 계속 조여드는 것을 북한이 얼마나 감당할 수 있을지 두고 볼 일입니다. 식량난으로 굶어 죽어가는 주민들의 동향도 예의 주시해야 할 것입니다."

"그럼 북한은 앞으로 어떻게 변해 갈 것 같습니까?"

"북한은 어떠한 형태로든 변하지 않고는 지금의 김씨 왕조 체재가 계속 버티어나갈 수는 없을 것입니다. 그 첫째 가능성은 굶주리고 죽어가는 주민들이 살아남기 위해서 과거의 동독 주민들처럼 결사적으로 북한을 탈출하는 길이 있습니다.

그러나 북한의 우방국인 중국의 공안들이 지금처럼 계속 탈북자들을 체포하여 북송한다면 주민들이 이판사판 생존하기 위해서라도 한

국에서 이승만 독재에 항거하여 4.19 항거를 일으키듯 폭동을 일으킬 공산이 큽니다.

이때를 예상하고 4.19 때 미국이 한국에서 그러했듯이, 배후에서 기존 탈북자 단체들에게 자금을 대 준다면 그 폭동은 김씨 왕조를 넘어뜨릴 수 있는 가능성이 충분히 있습니다. 그렇게 되면 4.19 때처럼 정권 교체가 북한 땅에서 처음으로 일어날 수 있습니다. 김씨 왕조가 무너지고 적어도 지금의 중국처럼 공산당 집단지도 체제가 이루어지기만 해도 남북 관계는 획기적으로 개선될 수 있을 것입니다."

"그렇게 되면 남북 관계는 어떠한 형태로 변하게 될까요?"

"지금의 중국과 한국처럼 또는 중국 본토와 대만처럼 상부상조의 관계로 탈바꿈하게 될 수 있을 것입니다. 경의선과 경원선 철도가 개통되고 남쪽의 자본과 기술이 대거 북한 땅에 진출하여 짧은 시일 안에 민족의 동질성이 회복될 것입니다."

"그러자면 역시 김씨 왕조가 사사건건 최대의 걸림돌이군요."

"그렇습니다."

주부 수련생의 견성

사십대 중반의 박희영이라는 주부 수련생이 말했다.

"선생님 저는 요즘 좌정만 하면 금방 깊은 삼매경에 빠지는데 그 때마다 저 자신의 몸이 허공에 퍼지는 연기처럼 분해되어 사라져 버리는 광경을 보곤 합니다."

"그때의 기분은 어땠습니까?"

"법열(法悅)이라고 할까 뭐라고 말할 수 없이 황홀합니다."

"삼공재에 나오신 지 얼마나 되었죠?"

"3년 됐습니다."

"지금의 운기 상태로 보아 견성(見性)을 하셨습니다."

"견성이라면 자성(自性)을 보았다는 말씀인가요? 제가!"

"그렇습니다. 견성이란 글자 그대로 자신이 태어난 근본인 부모미생전본래면목(父母未生前本來面目)을 보았다는 뜻입니다. 심방변에 날생자를 쓰는 견성(見性)이란 한자의 성(性)자는 마음이 태어남이라는 뜻입니다. 박희영 씨의 마음이 바로 하늘입니다. 그 하늘이 바로 진리(眞理)이고 도(道)이고 부모미생전본래면목입니다."

"그 하늘은 겉으로 보기에는 연기나 안개와도 같거나 아무것도 없는 공간에 지나지 않는 데도요?"

"그렇습니다. 그 연기는 허공에 흡수되면 아무것도 아닌 것 즉 무

일물(無一物)이 되어버리고 맙니다. 그러나 그 아무것도 아닌 것이야말로 우주 그 자체이고 삼라만상(森羅萬象) 그 자체의 원점입니다. 전체이고 동시에 하나입니다. 시공(時空)과 물질을 극복한 존재이므로 생사와 유무를 초월해 있습니다."

"아무것도 아닌 안개와 같은 것이 어찌 그럴 수 있습니까?"

"그 아무것도 아닌 것이 바로 우주 전체입니다. 왜 그러냐 하면 아무것도 아닌 것은 허공입니다. nothing이지만 everything이고 무일물(無一物)이지만 삼라만상(森羅萬象)입니다. 진공이면서도 없는 것이 없는 진공묘유(眞空妙有)입니다.

아무것도 아닌 무일물(無一物)이니까 바로 우주의 삼라만상을 모조리 포용하고 관리할 수 있는 무한한 능력을 구사하게 됩니다. 그 아무것도 아닌 것이 바로 절대적 실체이고 생사(生死), 유무(有無), 물질(物質)이 지배하는 현상계는 한낱 꿈이요 환상이요 허상에 지나지 않습니다. 만약 그렇지 않다면 그 순간에 박희영 씨가 그처럼 법열에 휩싸여 황홀함을 느낄 수 없었을 것입니다.

내가 이렇게 비교적 자상하게 설명을 하는 것은 나 역시 수련 초기에 모 수련단체에서 수련 중에 박희영 씨와 비슷한 경험을 했지만 그때에는 내 주변에 그것을 제대로 설명해주는 사람이 아무도 없었던 경험을 가지고 있기 때문입니다."

"선생님, 그럼 저는 이제부터 어떻게 해야 합니까?"

"지금 삼공재에 일주일에 한두 번씩 나오시는 것 외에 어떤 수련을 하고 계십니까?"

"운기조식은 기본이고 일주일에 한번 6시간씩 등산하고 등산 안 하는 날에는 달리기나 걷기와 도인체조를 각기 한 시간씩 하고 수시로 정좌수련을 합니다."

"그럼 앞으로도 그 수련을 변함없이 계속해야 합니다. 지금 체중은 얼마입니까?"

"키 165에 체중 55입니다."

"그 체중에 이상이 없게 건강 관리를 지속적으로 해 나가야 합니다. 그리고 『천부경』과 『삼일신고』를 하루에 세 번 이상씩 꼭 암송하시면 됩니다."

"그 외에 보림(補任)은 따로 안 해도 됩니까?"

"체중을 지금 상태로 끝까지 유지하는 것이 바로 보림입니다. 어떤 비구니 스님처럼 대각(大覺)을 하고도 비만 때문에 75세에는 앉았다가 일어설 때 옆에서 제자들이 부축해 주어야만 일어설 수 있을 정도로 체중 관리에 실패한다면 그것이 바로 보림을 잘못한 겁니다."

"기 공부와 몸 공부는 그렇게 하면 되겠군요. 그럼 마음 공부는 어떻게 해야 됩니까?"

마음 공부와 『천부경』

"마음 공부는 『천부경』을 염송하면서 『천부경』의 원리 전체를 자연히 깨닫도록 하여 자성의 실체를 체득하는 것도 좋은 방법이 될 것입니다. 가령 일시무시일(一始無始一)과 일종무종일(一終無終一)할 때 하나의 뜻을 다음과 같이 제대로 터득해야 합니다.

즉 하나는 시작 없는 하나에서 시작되어 끝없는 하나로 끝나는 하나입니다. 바로 이 하나가 묘하게 퍼져나가 온갖 것으로 변하면서 쓰임은 변할지언정 근본은 변하지 않습니다. 그리고 그 하나는 우주의 근본이고 전체이면서도 한 부분임을 말하고 있습니다. 그리고 우리들 자신의 본성 속에 우주와 삼라만상 전체가 다 고스란히 들어 있습니다.

따라서 우리가 사는 현상계는 시간과 공간 그리고 물질에 구속되어 우리의 생사유무는 한낱 꿈, 환상, 거품, 그림자, 이슬, 번개와 같은 허깨비에 지나지 않습니다. 그리고 변하지 않는 절대계의 실체는 바로 하나이면서 본성이고 자성임을 깨달아 삶과 죽음을 초월하게 합니다.

바로 이 때문에 앞으로 지구상에 어떠한 지각변동과 변화와 환란, 지축변동(地軸變動), 천지개벽(天地開闢)이 닥쳐와서 온 인류가 전멸당한다 해도 자성(自性)과 본성(本姓)을 각자의 중심에 품고 있는

우리는 추호도 흔들리는 일이 없게 됩니다. 다시 말해서 내일 비록 지구의 종말이 와도 오늘 사과나무를 심을 수 있는 마음의 여유를 갖게 됩니다.

이렇게 볼 때 『천부경』, 『삼일신고』, 『참전계경』은 상고 시대에 수행자들이 견성을 한 뒤 보림용 교재로 이용되었음을 알 수 있습니다.

왜냐하면 『천부경』을 수없이 염송함으로써 수행자가 자기도 모르게 자기 존재의 실체인 자성을 볼 때 감지하는 도와 진리의 정체를 실감할 수 있게 하기 때문입니다."

"그렇지 않아도 선생님의 말씀을 듣는 동안 제 온몸이 활화산처럼 닳아 오르는데도 제 마음은 그지없이 편안한 법열 속에 감싸이고 있는 것 같습니다."

"그것을 일컬어 생사를 벗어난 부동심(不動心)이라고도 하고 평상심(平常心)이라고도 합니다."

"선생님 고맙습니다."

"박희영 씨의 존재의 실상인 자성에게 고마워하세요."

자녀 학대

2016년 2월 22일 월요일

오한미라는 50대 주부 수련생이 말했다.

"요즘은 매스컴에서 자녀 학대 또는 살해 사건이 자주 보도되고 있는데, 도대체 세상이 어떻게 되려고 그런 끔찍한 일이 일어나는지 모르겠습니다. 전에 없이 부부가 합세해서 자녀를 살해하는 이런 참사가 일어나는 이유가 도대체 무엇일까요?"

"모두가 다 지나친 이기심 때문입니다."

"요즘은 선진 외국보다도 우리나라에서 유달리 이런 엽기적 사건이 자주 보도되는 것 같아서 안타깝기 그지없습니다. 펭귄 같은 말 못하는 짐승도 위급할 때는 새끼를 위해서는 기꺼이 자기 몸을 새끼들 먹이로 희생하건만 만물의 영장이라는 사람으로 태어나서 부부가 작당하여 자기들이 낳은 초등학교에 다니는 딸애를 때려죽여 미이라로 만들어 집안에 보관하거나 암매장을 하다니 말이 됩니까?"

"지나친 이기심 때문에 공동체 의식이 파괴되고 있기 때문입니다. 선진국 가정들에서는 이웃집에서 일어나는 폭력 행사는 무조건 경찰에 신고부터 해 놓고 보는 것이 관례가 되어 있는데 우리나라에서는 비록 이웃집에서 아동 학대 폭력 사태가 일어나도 부모가 자식 가르치느라고 그렇겠지 하고 모른 척하고 넘어가는 경향이 있습니다."

"이러한 참사를 예방할 방법은 없을까요?"

"희생된 아이와 부모 외에는 가장 밀접한 관계에 있는 학교 단임 선생님이 결석한 제자들에게 관심을 두고 결석 즉시 가정 방문을 하고 미심쩍으면 무조건 경찰에 신고하는 체제를 갖추어야 할 것입니다. 그리고 이웃들도 수상할 때는 외국에서처럼 경찰에서 신고부터 하는 것을 습관화해야 합니다.

그리고 중요한 것은 우리나라 부모들은 자녀를 소유물로 여기는 경향이 있는데 이런 의식부터 바로 잡아야 합니다. 자녀는 부모의 소유물이 아니라 낳고 키우고 가르쳐서 독립할 때까지 돌보아주어야 할 하늘이 맡겨준 귀한 손님이라는 것을 깨닫고 실천해야 합니다. 그런데도 불구하고 자녀를 학대하고 때려죽이는 모진 부모들이 우리 이웃에 살고 있다는 것을 생각만 해도 끔찍한 일입니다.

우리나라 역사를 되돌아보면 한 마을에 불효자가 발생하면 그 집을 허물고 집자리를 파내어 아예 물웅덩이로 만들어 다시는 사람이 살 수 없는 곳으로 만들었습니다."

"선생님, 부모를 죽인 존속살해범(尊屬殺害犯)과 자식을 죽인 비속살해범(卑屬殺害犯)도 인과응보라고 볼 수 있을까요?"

"그렇습니다. 우리가 사는 현상계에 인과응보의 영향을 받지 않는 존재는 있을 수 없습니다."

"그렇다면 그러한 부모 자식 사이는 전생의 원수들이 부모 자식으로 환생했다는 얘기가 되는 겁니까?"

"결국은 그렇습니다."

"그럼 그들이 다음 생에 정상적인 부모 자식으로 바뀌려면 어떻게 해야 합니까?"

"과거생의 얽히고 설킨 온갖 참극의 원인을 각자가 모두 남의 탓이 아니라 내 탓으로 돌려야 합니다."

"왜 그래야 합니까?"

"그래야만 남을 원망하는 마음을 갖지 않게 될 것이기 때문입니다. 남을 원망하지 않게 될 때 비로소 우리는 우주의 중심으로부터 우리들 각자의 중심으로 무한한 에너지를 공급받을 수 있기 때문입니다."

사드 협박

2016년 2월 24일 수요일

우창석 씨가 말했다.

"추궈훙 주한 중국대사가 23일 김종인 더불어민주당 대표를 찾아가 고고도 미사일방어체계인 사드의 주한미군 배치에 대해 상식적으로 도저히 납득하기 어려운 다음과 같은 발언을 했습니다.

"이런 문제들이 중국의 안보 이익을 훼손한다면 양국 관계는 순식간에 파괴될 수 있고 회복이 쉽지 않을 것이며 시간이 오래 걸릴 수 있다"

이어서 그는 말했습니다.

"사드가 없었으면 새로운 유엔 결의안이 채택되었을 것인데, 사드가 최선인지, 한국 안전을 지키는 방법인지 다시 생각해 달라."

대사쯤 되는 사람이 이렇게 문제의 선후 관계를 가려 볼 줄도 모르고 주권 국가인 대한민국을 과거의 제후국 수준으로 폄하하는 듯하는 발언을 한 것 같아서 심히 불쾌하기 짝이 없습니다.

도대체 사드 문제가 무엇 때문에 야기되었습니까? 두말 할 것도 없이 북한이 한반도에서의 비핵화 약속을 어기고 한국과 미국과 중국 그리고 유엔의 반대를 무시하고 4차에 걸친 핵실험과 장거리 미사일 발사를 강행한 데서 발단이 되지 않았습니까?"

"그거야 이미 세상이 다 아는 일이 아닌가요?"

"그러게 말입니다. 온 세계가 북한의 핵과 미사일 실험을 반대했건만 지구촌에서 오직 중국만은 말로는 반대를 한다면서도 은근히 뒤로는 북한을 도와주었습니다. 이란, 이라크, 리비아 같은 나라도 일찍이 핵보유국이 되려고 온갖 시도를 다 했었지만 그들에게는 중국과 같이 은밀하게 도와주는 강대국이 없었으므로 결국은 핵을 포기하고 정상적인 국가로 환원되고 말았습니다.

그러나 북한의 명줄을 움켜쥐고 있는 중국만은 끝까지 북한을 도와주었으므로 북한은 4차에 걸쳐서 핵실험을 할 수 있었던 것입니다. 주한미군과 한국 정부가 남한 땅에 사드 배치 문제를 논의하게 된 것도 알고 보면 한국은 비핵화 조약대로 핵소유국이 되려고 하지 않는데도 북한이 조약을 위반하고 핵실험을 네 번이나 하고 중국은 이것을 은근히 지원해 주었기 때문에 주권 국가의 자위권 확보를 위한 부득이한 조치입니다.

추궈훙 중국 대사는 이러한 과정을 모를 리 없을 텐데 그런 망발을 한 것은 우리 국민 이성과 감정으로는 도저히 용납할 수 없는 일이라고 봅니다.

이것은 제가 보기에는 한강에서 뺨 맞고 동대문에 가서 화풀이하는 격이어서 이웃 나라 대사답지 못한 일이라고 봅니다. 선생님께서는 어떻게 보십니까?"

"나 역시 우창석 씨와 전적으로 동감입니다. 그러나 우려되는 것은 추대사의 발언으로 이 이상 양국 관계가 악화되는 것은 바람직스

럽지 못하다는 겁니다.

그리고 추 대사가 비록 이웃 나라에 대국의 위세를 떨치려고 그러한 이치에 맞지 않는 발언을 했다고 해도 우리는 조금도 겁먹거나 기죽을 필요가 없다는 겁니다."

"그 이유가 무엇입니까?"

"우리는 이웃을 침략하지 않고 어떻게 해서든지 바르고 평화롭게 모든 나라들과 상부상조하면서 잘 살려고 최선을 다하여 노력하는 민족이었습니다. 앞으로도 그렇게 되려고 노력하는 한 하늘은 항상 우리 쪽이라는 확고한 믿음이 있기 때문입니다.

6.25 때를 생각해 보세요. 그때야말로 소련과 중공의 강력한 지원을 받은 막강한 북한군의 갑작스런 전면 남침으로 한국은 바람 앞에 촛불 신세였습니다. 그러나 우리는 바르고 선량했고 자국의 안보를 지키려고 심신을 아끼지 않았으므로 미국을 비롯한 전세계의 16개국의 지원을 받아 기사회생할 수 있었습니다.

그때에 비교하면 지금의 한국의 지위는 하늘과 땅의 차이로 막강합니다. 또 앞으로도 우리는 계속 그렇게 발전할 수 있는 잠재력이 있습니다. 나는 이러한 한국민의 숨은 힘이 중국에 비해 못하지 않을 뿐 아니라 도리어 그들을 압도할 수 있다는 확신을 가지고 있기 때문입니다."

우울증 해소법

2016년 2월 25일 목요일

여러 해 만에 찾아온 정지현 씨가 말했다.

"선생님께서는 요즘도 등산, 달리기, 도인체조를 하십니까?"

"등산과 달리기는 못하지만 등산 대신 걷기와 도인체조는 그런대로 하고 있습니다."

"왜 등산은 안 하십니까?"

"3년 전에 등산 중에 외상을 당한 후로는 등산과 달리기는 못하고 있습니다."

"그래도 큰 부상을 당하시지 않은 것이 다행입니다."

"젊었을 때 어떤 역술인(易術人)이 내 사주를 보더니 수명이 67세라고 말한 일이 있었는데 지금 84세까지 17년을 더 살아있는 것을 보면 순전히 등산, 달리기, 도인체조, 단전호흡 등으로 35년 동안 심신을 단련했기 때문이라고 봅니다."

"그럼 그때 부상당하신 지 얼마 만에 다시 걷기 시작했습니까?"

"2013년 5월 19일에 부상당하고 6월 20일 즉 31일 만에 다시 걷기 시작했습니다. 그 이후론 등산과 달리기는 상처의 후유증도 있지만 노화(老化) 때문에 아무리 해 보려고 해도 힘이 부쳐서 할 수 없었습니다. 그래도 집필에는 전혀 지장이 없으니 그나마 다행입니다."

"그걸 보면 앞으로 글만은 계속 쓰시라는 것이 하늘의 뜻인 것 같습니다. 체중이 혹 늘어나지는 않았습니까?"

"그렇지 않아도 나 역시 그 점에 신경이 쓰였는데 키 170cm에 체중이 57kg를 넘은 일은 없습니다. 그 대신 하루에 40분 걷기와 50분 동안의 도인체조는 거르지 않습니다."

"그럼 부상 전까지는 암벽 등반을 하셨습니까?"

"아뇨. 세월 이기는 장사 없다고 75세 전후까지는 나를 따르는 일행을 리드하여 암벽타기를 계속했었는데 그때를 고비로 암벽과는 서서히 멀어져 갔습니다. 그리고 등산 속도도 조금씩 느려져서 일행에 지장을 주지 않으려고 나 혼자 등산을 해왔습니다."

"사모님과 같이하면 되지 않습니까?"

"집사람은 70대에 접어들면서 힘들어서 더 이상 등산은 못 하겠다고 해서 부득이 나 혼자서 해왔습니다."

"선생님 요즘 고령자들 사이에는 너나없이 우울증이 계속 퍼져나가고 있는데 무슨 그럴 듯한 해결책이 없을까요?"

"세월의 흐름과 더불어 어김없이 닥쳐오는 질병과 죽음에 대한 혐오와 공포가 그 원인일 것입니다. 해결책은 질병과 죽음에 대한 혐오와 공포를 말끔히 털어버리면 됩니다."

"어떻게 하면 질병과 죽음에 대한 혐오와 공포를 말끔히 털어버릴 수 있을까요?

"나이 들어 몸은 죽어가도 마음도 함께 죽는 것은 아니라는 실상을 깨달으면 됩니다. 몸을 자가용 자동차라고 한다면 마음은 운전자

라고 생각하면 됩니다. 자동차가 낡고 고장이 나면 폐차하고 새 자동차로 바꾼다고 생각하면 됩니다.

사람을 형성하는 몸은 시간과 공간 물질의 한계를 넘지 못하고 생로병사의 과정을 거쳐 시들어가지만 시작도 끝도 없는 마음은 영원히 죽는 일이 없다는 것을 터득하면 우울증 따위는 금방 날려버릴 수 있습니다."

"선생님 그 마음이 도대체 무엇입니까?"

"그 마음이야말로 이 무한한 우주를 다스리는 엄청난 에너지의 집결체이기도 합니다. 우리의 마음은 바로 그 거대한 에너지 집결체의 한 부분입니다. 이 실상을 깨닫는 순간 어떠한 우울증도 단 한방에 날려버릴 수 있습니다."

"그게 혹시 선생님께서 『선도체험기』에서 늘 말씀하시는 우주심(宇宙心)이 아닙니까?"

"그렇습니다. 모든 우울증은 우리들 각개인 갖고 있는 그 무한한 우주심의 실상을 전연 깨닫지 못했기 때문에 일어난 결과입니다."

"그 우주 에너지의 정체가 무엇입니까?"

"그 우주 에너지가 바로 우리의 마음들로 뭉쳐진 큰 하느님입니다. 그래서 2천 년 전에 이미 예수 그리스도는 하늘나라가 어디에 있느냐는 제자의 물음에

"하늘나라는 바로 너희들 가운데 있다.(The Kingdom of God is in the midst of you. 누가 17:21)"고 말했습니다.

2천 5백 년 전의 석가모니도 "모든 중생들에게는 하느님의 마음이

있다"고 했습니다. 이것을 『열반경(涅槃經)』에서는 일체중생실유불성(一切衆生悉有佛性)이라고 표현하고 있습니다.

또 『천부경』에도 인중천지일(人中天地一)이라고 하여 '사람 속에 우주가 하나 되어 들어있다'고 나와 있습니다.

또 인내천(人乃天)이라고 하여 우리 민족은 아득한 옛날부터 '사람이 곧 하늘'이라는 믿음을 갖고 있었습니다.

우리나라 속담에 '업은 아기 삼 년 찾는다'는 말이 있습니다. 우리는 바로 자기 마음 속에 하느님이 있는 것도 모르고 평생을 이욕(利慾)만 찾아 헤매다가 우울증으로 신음하는 어리석음을 범하고 있으니 실로 안타까운 일이 아닐 수 없습니다."

"어떻게 하면 모든 사람들이 자기 자신 속에 하느님이 주재하고 있음을 깨닫게 할 수 있을까요?"

"어떠한 불행이 닥쳐와도 남의 탓을 하지 말고 내 탓으로 돌리면 누구나 그렇게 될 수 있습니다."

"그 까닭이 무엇입니까?"

"남의 탓으로 돌리면 반드시 남을 미워하고 원망하게 되어 온갖 불상사가 증폭되지만 모든 것을 내 탓으로 돌릴 때는 바로 하늘의 마음과 하나로 합쳐질 수 있기 때문입니다.

그리고 모든 사람들은 원래 하나였기 때문에 남을 나 자신처럼 사랑하면 곧 우주심과 하나로 합칠 수 있습니다. 우주와 하나가 된 사람이야 말로 부동심(不動心)과 평상심(平常心)을 자기 것으로 만들 수 있습니다. 바로 이 부동심과 평상심이야 우울증을 날려버릴 수

있는 여의봉입니다."

강간당한 신혼부부

정지현 씨가 말했다.

"제 먼 사촌 형제 하나가 아파트에 신혼살림을 차렸는데 공교롭게도 깊은 밤에 정신없이 자다가 만능키를 가진 아파트 따기 전문 도둑에게 강도를 당하고도 모자라 신부가 신랑이 뻔히 보는 데서 강간까지 당했습니다."

"아니 저런. 그럼 두 사람이 강도 하나를 못 당하고 그런 일을 당했단 말입니까?"

"날쌔고 익숙한 아파트 전문 강도에게 제압되어 둘은 격투 끝에 꼼짝 못하고 결박되었고 신혼부부는 테이프로 입까지 봉해져서 꼼짝없이 당했다고 합니다. 신혼 가정은 순식간에 박살이 났고 현금 카드와 귀중품은 모조리 털렸습니다. 그런데 며칠 뒤 그들 부부는 경찰의 호출을 받았습니다.

이들 부부가 경찰에 출두해 보니 바로 그 강도강간범이 잡혀와서 심문을 받고 있었습니다. 담당 경찰은 신랑의 이름과 주소가 찍힌 현금카드를 내 놓으면서 강도에게서 압수한 것인데 이것 외에 다른 금품을 도난당하지는 않았느냐고 물었습니다.

바로 그 순간이었습니다. 강도범의 눈과 신랑의 눈이 마주쳤는데 '아니라고 말해 달라'는 애원의 눈짓이었습니다. 신랑은 다음 순간

경찰에게 말했습니다.

"우린 그런 거 강도당한 일 없습니다. 그냥 분실했을 뿐입니다. 앞으로 이런 일로 다시 오라 가라 하지 말아주세요" 하고는 신부가 미쳐 입을 열 기회도 주지 않고 그녀를 끌고 경찰서를 빠져 나왔다고 합니다.

"왜 그랬죠?"

"신랑은 강도강간 당한 사실이 매스컴을 통해서 밖에 알려지면 창피해서 얼굴을 들고 다닐 수 없을 것 같아서 순간적으로 그랬다고 합니다."

"그럼 그 강도범은 어떻게 됐습니까?"

"다른 아파트에서 턴 장물들이 증거가 되어 강도 혐의로 검찰에 송치되었다고 합니다."

"그럼 무엇이 문제입니까?"

"두 가지 의문이 있습니다. 신랑의 처사가 옳았는지 하는 것과 신랑은 도대체 무슨 업장으로 그런 끔찍한 사고를 당했을까 하는 겁니다."

"이런 사건의 원인은 금생에서 찾을 수 없으면 거의가 다 전생과는 거꾸로라고 보면 틀림이 없습니다."

"아니 그렇다면 전생에는 신랑이 강도강간범이었다는 얘기입니까?"

"그렇습니다. 혹시 신랑이 신부에 대한 불만은 없습니까?"

"아직 그런 말은 없습니다. 그런 경우 마땅히 신랑은 약한 신부를 보호할 책임이 있는데 그런 꼴을 당했으니 제가 입이 열 개라도 무슨 할 말이 있겠습니까? 아내가 밤길 가다가 개한테 물린 정도로 생

각하는 것 같았습니다."

"당연히 그래야죠. 신랑이 그렇게 책임감을 느끼고 있다니 다행입니다. 이제 우리 사회에서 조선시대의 남존여비 사상이 사라지고 있고 여권이 점점 더 신장되는 추세인 것은 바람직스러운 일입니다."

"경찰서에서의 신랑의 처사는 어떻게 생각하십니까?"

"어쨌든 신랑이 강도강간범에게 복수심을 갖지 않게 된 것은 다행한 일입니다. 만약에 신랑이 강도강간범의 실제 범행 사실을 밝혔더라면 복수의 악순환은 계속되었을 것입니다. 결과적으로 그러한 악순환의 고리를 이번 생에서 끊어버린 것은 잘한 일입니다."

【이메일 문답】

아들 가진 조상님

안녕하세요, 선생님. 부산의 신지현입니다.

증산도 도전을 구입하여 읽고 있습니다. 개정판으로 구입했고 확인해 보니 인터넷에 나오는 내용과 다름이 없었습니다.

인터넷에는 왼쪽 아래 노트 모양을 누르면 완전하진 않으나 설명이 나와서 이해하기 좋은 점이 있었고, 책은 읽는데 흐름이 끊어지지 않아서 좋았습니다.

저녁 내내 도전을 읽다가 2편 36장에서 조선이 신명 대접을 잘하는 나라라고 나오는 부분을 보고 문득 아들의 친가를 생각하게 되었습니다. 친가 쪽은 기독교인으로 제사를 지내지 않았고 명절에도 가족끼리 명절음식 해 먹고 예배를 보고 돌아왔습니다. 전 남편의 외가도 마찬가지였습니다.

그렇다면 그 조상님은 어떻게 되는 것인가 생각을 했는데 의외의 것을 보고 말았습니다.

아들의 조상님인 듯한 분 두 명이 저에게 절을 하고 빌면서 치성하고 있었습니다.

그럼 내 조상님은 어찌하고 계시나 생각했더니 남자 조상 신령님

들이 조선시대의 문중 회의에 모이신 듯 단정한 흰옷 차림에 검은 망건을 쓰시고 점잖게 계셨습니다. 아들의 친가 조상 신령님들은 저에게 치성하신 것이 하루 이틀이 아닌 듯했습니다.

아들의 친할머니는 권사로 열심히 교회에 다니며 예수님께 기도드리는데 그 조상 신령님들은 저한테 빌고 있으니 이상하고 어이없고 웃겼습니다.

내가 뭐길래 그분들의 조상 신령님들이 저러실까 싶어서 의사를 건네어 보았습니다. 그랬더니

"할 말이 없소."

하셨습니다.

아마 이혼하면서 생긴 일들을 의미하는 듯하였습니다. 왜 저에게 절하고 비시는 거냐고 물었더니

"부모 마음이야 다 똑같지" 하시길래 저한테 바라시는 게 뭐냐고 여쭀습니다.

"애나 잘 키워 주시오."

하셔서

"눈에 넣어도 안 아프고 제일 사랑하고 있다"

고 했더니

"고맙소."

하셨습니다. 그러나 뭔가 겉도는 느낌의 대화였고 따로 바라는 게 있는 게 아닌가 싶었습니다. 현재 전 남편과 왕래하지 않고 있으며 양육비도 거절하였습니다. 양육권도 저에게 있으므로 남이나 마찬가

지입니다.

하지만 아들의 반쪽은 친가의 피가 흐르고 있는데 그 조상님들을 외면하는 것은 도리가 아니지 않는가 하는 생각이 들었습니다. 천도해 드려야겠다고 마음을 먹자 가슴과 백회가 막힌 느낌이 들었고

"염치가 없소."

하는 소리가 들렸습니다.

조상님들이 여러 분이신 듯하고 우중충한 기색으로 절을 하듯 모두 부복하고 계셔서 아침까지 불편했는데 조금씩 나아지더니 지금은 거의 천도된 듯 합니다.

결과적으로 잘된 일인 듯싶습니다만 저는 갑자기 겪은 일이라 뭔가 생각이 많은데 잘 정리가 되지 않습니다.

어쨌든 도전을 다시 한번 읽는 것이 목표이므로 열심히 읽어보도록 하겠습니다. 선생님께서 주인공과 대화를 나누라 하셨지만 저는 호연이 수준입니다. ㅎㅎ

2015년 8월 18일 신지현 올림.

【회답】

기독교 개신교 신자들은 기독교를 받아들일 때 조상 제사를 중단함으로써 아득한 옛날부터 대대로 내려오면서 제사를 받아오던 조상 신명들은 예고 없는 갑작스런 일로 당황하여 후손들에게 원한을 품

게 되었습니다. 그 때문에 온갖 불상사가 일어나곤 했습니다.

우리나라뿐만 아니라 일본에서도 이 때문에 큰 소동이 일어났다고 합니다. 그 소상한 내용이 일본의 구도자인 다니구찌 마사하루의 '생명의 실상'이라는 36권짜리 시리즈물에도 소상하게 나옵니다.

가톨릭에서는 이 때문에 폐지했던 제사를 부활했는데 개신교보다는 확실히 지혜와 융통성이 있는 것이 틀림없습니다. 도전을 보면 하느님과 조상신명과 그 자손은 삼위일체라고 나와 있습니다. 실제로 도전의 말이 실제와 부합된다는 것을 알 수 있습니다.

신지현 씨에게 그만한 영능력이 있으므로 아들의 조상들이 제사 못 받게 된 억울함을 호소한 것이고 그로 인해 소기의 목적을 달성한 것으로 보입니다. 아주 잘한 일입니다.

도술에 관한 이야기

빠른 답장 감사드리며…. 마치 제가 책 속에 들어가 있는 듯한 기분이 들었습니다.

지금은 먹고 있는 생식이 있어서 다 먹고 나면 선생님께 연락드리고 가겠습니다.

감사합니다.

저는 요즘 『선도체험기』에 나와있는 증산도 도전을 구입해서 읽어보고 있습니다.

아직 앞부분만 읽어보고 있긴 한데, 도술에 관한 이야기라서 재미있긴 한데 어디까지 믿어도 되나 하는 생각이 드네요.

아무튼 근시일 내에 연락드리겠습니다.^^

2015년 8월 15일 조세미 올림

【회답】

도전에는 도술에 관한 이야기가 많이 나오는 것은 사실이지만 상제님의 의도는 도술을 알리자는 것이 아니고 후천 시기에 보편화될

진리를 널리 알리려는 하나의 방편으로 도술을 이용하신 것을 알 수 있습니다. 『선도체험기』를 100권 이상 읽으신 내구력이라면 미구에 그것을 꼭 아시게 될 것입니다.

차례 지내기

안녕하세요, 선생님.

부산의 신지현입니다.

지난 메일에 아들의 친가 조상님 영가를 천도시켜 드렸다고 적었는데 계속 뭔가 찜찜해서 추석과 설날 차례를 지내기로 마음먹었습니다.

제사 도구는 큰 상과 접시 몇 장만 사기로 하였습니다. 생선 종류는 새우튀김과 마른 오징어하고, 전은 제가 좋아하는 두부전과 새송이전만 부치고 새우튀김은 파는 것이 맛있으니까 시장에서 사오고 다른 것은 성의껏 하겠다고 어떠시냐고 아들의 조상님들께 전했습니다.

조상님의 대표는 아들의 증조할아버지신 듯한데 거절도 안 하시고 "주는 대로 받지요."

하시니 마음이 짠하기도 하고 대체 제사가 뭐길래 이러시나 하는 의문이 들었습니다. 아직 저는 귀신이라든가 영혼의 현실적 관련성에 대한 인식이 부족한 것 같습니다.

또 제사는 정신적으로도 큰 의미를 가지고 있는데 전 남편 집안과 인연을 끊고도 그쪽 조상님 차례는 지낸다고 하는 것은 사실 우습다는 생각이 들었습니다.

하지만 자식 하나 있는데 조상님께 적어도 해꼬지를 당하지는 말아야지 하고 생각하니 꼭 지내야 한다고 다짐하게 되었습니다.

솔직히 말씀드려서 제사 안 지내고도 잘 사는 사람들이 있는가 하면 종갓집으로 열심히 제사를 모시지만 가난하고 안 풀리는 집이 있는 것을 보면 제사가 뭐가 중요한가 하는 생각이 듭니다.

제사는 지내기로 하였으나 계속 거기에 대해서 고민했더니 조상님이 저희 아들에 대해서는 최선을 다하겠다고 의사를 보내셨습니다.

저는 삼공수련은 하고 있으나 과학적 합리성과 보이지 않는 세계의 양쪽에 발을 걸치고 내내 의심하고 납득하고 의심하고 납득하다가도 또 의심하고 있습니다. 어떤 현상이 있을 때마다 속을 들들 볶고 생각하고 또 생각할 수밖에 없습니다.

얼마 전 목침만큼 두꺼운 증산도 도전을 새로 사서 세 번째로 읽었습니다. 첫 번째로 산 도전은 생활 도전이라고 사전같이 얇은 종이에 두께도 크기도 보통 책 같고 얼핏 보면 성경책 같기도 하였는데 설명이 하나도 없어서 다시 구입하게 되었습니다.

큰 도전은 역사적 증인과 사진자료들, 설명이 많아서 실감나게 읽을 수 있었습니다. 선생님 말씀대로 시간 가는 줄 모르고 몰입해서 읽었습니다. 볼 때마다 새로운 사실을 발견하고 기껏 백 년 전의 우리나라 역사에 무지한 저 자신을 발견하고 부끄러움도 느꼈습니다.

도전은 여러 각도에서 드릴 말씀이 많은 책이지만 아들의 친가 조상님과 제사에 대해 생각하다 보니 유난히 선령(先靈) 신과 제사에 관한 부분이 눈에 들어왔습니다.

제사는 꼭 지내야 하며 소원을 빌면 선령신이 듣고 같이 빌어주어야 하늘이 들어주는 것이며, 화려함보다 밥 한 그릇과 청수 한 그릇

올려도 성의가 있어야 한다는 것이 중심 내용으로 도전 곳곳에 제사에 대해 이런 저런 이야기가 많이 나왔습니다.

도전에 대한 의심은 많지만 제사에 대해서 그르다는 생각은 들지 않아서 다가오는 추석 차례 준비를 하니 맘은 편합니다.

생각해보면 다 자식 잘되라고 하는 일이고 자식이 잘되어야 저 자신이 맘 편할 테니 결국은 저를 위해서 하는 일이 아닌가 합니다.

2015년 9월 19일 신지현 올림.

【회답】

아들의 선령신에게 차례를 올리기로 한 것은 참으로 잘한 일입니다. 도전에도 나와 있지만 선령신을 계속 거슬러 올라가면 마지막에 상제(上帝)님이 나온다고 했습니다. 그래서 직접 상제님에게보다 자기를 이 세상에 있게 만든 선령신에 먼저 제사하고 선령신이 상제님에게 빌도록 해야 제대로 된 제사라고 했습니다. 따라서 상제님, 선령신, 그 자손은 삼위일체가 되는 것입니다.

그리고 신지현 씨는 영안이 열렸으므로 차례 때 선령신들을 친견할 수 있고 대화도 나눌 수 있어서 앞으로 차례가 계속될수록 그 분들과도 친밀해질 수 있을 것입니다. 그리고 될 수 있으면 상제님과 태모님도 지방 쓸 때 제일 윗자리에 초청하는 것이 좋습니다.

손바닥을 마주하고

손바닥을 마주하고 있으면 뜨겁습니다.

뜨거워진 손바닥으로 몸 정면을 위아래로 움직이고 있습니다.

따뜻한 장심이 하단전으로 중단전으로 상단전으로 옮기는 것을 실행하고 있습니다.

잘 안 되지만 해 보렵니다.

2015년 9월 22일 오주현 올림

【회답】

그렇게 수련법에 없는 방식으로 하지 말고 정식으로 하기 바랍니다.

배꼽 5cm 밑 단전에 의식을 집중하고 단전호흡을 하여 단전 속에 기(氣)의 방(房)이 형성될 때까지 축기를 해야 합니다.

충분히 축기가 되면 기운이 대맥을 한 바퀴 돌아 임맥을 통해 회음으로 내려가서 독맥의 출발점인 장강을 거쳐 백회로 올라가 임맥을 통하여 인중, 천돌, 전중을 거쳐 단전으로 되돌아오게 되어야 합

니다. 이렇게 하여 소주천을 완성한 다음에 대주천에 도전해야 합니다.

기운은 지속적으로 느껴집니다

안녕하세요? 선생님.

조성용입니다. 수행을 지속하려 노력하지만 번번히 실패하고 호흡만 하는 실정입니다. 기운은 지속적으로 느껴지는 편입니다. 빙의가 심하면 못 느끼다 얼마간 지나면 기가 들어오는 식입니다.

다섯 달 이상 허리가 아프긴 하지만 단전에 느껴지는 기운을 믿고 통증을 견디며 지내고 있습니다.

제 얘기만 했네요. 송사는 어떻게 잘 해결이 되었는지요? 체험기 110권은 나왔나요? 혹 발간 됐으면 우송 부탁드려요.^^

이제 추석이 며칠 남지 않았네요. 건강하시고, 풍성한 한가위 보내세요.

2015년 9월 24일 대전에서 조성용 올림.

【회답】

기운이 지속적으로 느껴진다는 것은 하늘에 계신 선계의 스승님들이 조성용 씨를 여전히 관리하고 있다는 증거입니다. 일심으로 호흡

에 집중하여 수련 수준을 스스로 높여나가야 합니다.

『선도체험기』 110권이 추석 직후에 나갈 것입니다. 송사 얘기가 실려 있으니 읽어보시기 바랍니다.

처음 치르는 추석 차례

안녕하세요, 선생님.

부산의 신지현입니다.

추석 잘 보내셨는지요? 저는 오전에 아들의 조상님과 증산 상제님, 태모님의 차례를 지냈습니다.

제사는 전에 한번도 지내 본적이 없는 어설픈 솜씨였지만 하면 된다고 이럭저럭 어떻게 하다보니 차례상을 차렸습니다.

지방은 아들에게 한글로 증조할아버지, 증조할머니 그 외 조상님이라고 쓴 것 합해서 두 장 쓰게 하고, 저는 한글로 증산 상제님, 태모 고수부님이라고 한 장 썼습니다. 아들에게는 조상님께 2배를 시키고 저는 상제님과 태모님께 '사배심고'라는 하늘을 끌어당기고 땅을 어루만진다는 반천무지(攀天撫地)의 배례를 하였습니다.

아들이고 저고 절에 익숙하지 않아서 어색하기 짝이 없었습니다. 처음 하다 보니 술을 올리는 순서도 틀리고 까먹고 안 올린 음식은 나중에 올리기도 하였습니다.

중간에 음식을 드신다는 합문(閤門) 때 둘 다 부복하고 있었는데 아들의 조상님이 "고맙소, 원을 풀었소" 하는 텔레파시가 전해졌고 태모님의 사진에서는 하회탈과 합성한 듯 웃는 모습이 계속 보였습니다.

태모님께서 "내가 너에게 도를 가르칠 것이다. 너의 소원도 이루도록 하여라," 비슷한 말씀을 하셨는데 어떻게 생각해야 할지요? 진짜인지 아닌지는 가봐야 아는 일일 듯합니다.

아들과 저는 명절 오전 시간을 하는 일 없이 보냈는데 음식을 준비하고 차례를 지내면서 의미 있고 즐거운 시간을 보냈다는 생각이 듭니다. 또한 부족한 차례상이라도 노력하는 마음이 중요하다는 생각도 들었습니다. 열심히 수련하겠습니다.

2015년 9월 27일 신지현 올림.

【회답】

제사 지내는 방식은 지방 또는 가문마다 달라서 뭐라고 말하기가 어렵습니다.

그러나 제상을 차려놓고 상제님 태모님과 조상님을 합사할 때 나는 편의상 헌작한 뒤 식구들과 함께 반천무지의 4배를 하고 합문을 합니다.

이때 나는 그 자리에 앉아서 초청된 분들과 마음으로 교류를 합니다. 그러나 다른 식구들은 영안이 열리지 않았으므로 그 자리에서 떠나 있다가 초청된 분들이 춤을 추고 흠향을 마치신 후 이야기를 나누시다가 자리를 떠나실 임시에 다른 식구들을 들어오게 하여 이별 인사로 4배를 하고 제례를 마칩니다. 대단히 간소화한 방식입니

다.

태모님이 하신 말씀은 일반의 오해를 살 여지가 있어서 약간의 수정을 가했습니다.

나는 남한에서 처음 조상님들에게 제례를 지낼 때 이북에 살 때 아버님의 방식을 따랐고 부족한 부분은 1984년에 발간된 허 명 교수가 쓴 '가례, 서식 대전'이란 책을 참고했습니다. 요즘도 이런 종류의 저서들이 나와 있을 겁니다. 참고하시기 바랍니다.

【답장】

감사합니다, 선생님.

이번 차례는 처음이라 정신없이 허둥거리고 합문 시간도 짧았던 것 같습니다.

차례상 준비에 치중하다 보니 아무 생각 없이 멍해져서 막상 닥치자 그분들의 말씀만 듣고 후다닥 끝내는 기분으로 지냈습니다. 다음에는 합문할 때 좀 더 긴 시간을 할애하고 대화도 나눠보도록 하겠습니다.

다음 설날 차례 때는 이번의 실수를 보완하여 선생님의 말씀 참고하여서 잘 지내겠습니다.

그리고 태모님 말씀은 선생님께서 잘못된 것이라 꾸짖지 않으신 것이 더 무섭습니다.

제가 헛것을 들은 것은 아닌가 의심스럽습니다. 뭔가 실제적인 결

과가 있어야 저도 수긍할 것 같습니다. 열심히 수련하겠습니다.

2015년 9월 28일 신지현 올림.

【회답】

지금은 오직 열심히 공부할 때가 아닌가 합니다. 그러나 미구에 상구보리(上求菩提)하고 하화중생(下化衆生)할 수 있는 능력과 지혜가 어느 수준에 도달하여 윗분으로부터 받은 소중한 임무를 수행할 때가 신지현 씨에게 반드시 찾아올 것이라 믿습니다.

마음 공부

선생님께

가족들은 선생님의 염려 덕분에 다들 건강하게 지내고 있습니다.

등산을 다시 시작하신다니 선생님 건강에 대한 걱정은 한시름 놓는 것 같습니다. 밭에는 여러 작물을 심었는데 특히 호박 농사가 잘 되었습니다

감나무에도 조그만 가지에 감이 주렁주렁 열렸습니다.

다람쥐, 토끼, 두더지 외에도 각종 새들 때문에 다른 과일나무는 아직 열매를 맺기는 어려워 보입니다. 첫 수확물을 들고 선생님께 인사를 가고 싶은 마음만 꿀떡 같습니다.

김구 선생의 자서전에 관상보다 몸이요 몸보다 마음이란 글귀에 큰 깨달음이 있었다는데 저도 새삼스럽게 마음 깊이 와 닿습니다.

제가 고향을 떠나 미국까지 와서 이렇게 원치 않는 직업과 꽉 막힌 생활의 여건 속에 주어진 운명도 결국엔 마음 공부를 시키기 위해서가 아닐까 생각합니다.

2015년 9월 30일 미국에서 이도원 올림

【회답】

사람에게 있어서 몸은 옷과 치장이고 육안으로는 보이지 않는 마음이야 말로 진짜 알맹이입니다. 이 세상의 그 어떤 난관도 뚫고 나갈 수 있는 지름길은 오직 마음을 어떻게 먹느냐에 달려 있습니다.

우리가 평생 수련을 해도 다함이 없는 것 역시 마음을 다루는 공부입니다. 따라서 자기 마음을 마음대로 다룰 수 있는 사람을 우리는 도인이라고도 하고 신인(神人)이라고도 말합니다. 도인과 신인은 이미 하느님의 분신입니다. 이도원 씨도 그 길에 이미 들어섰습니다.

일체유심소조(一切惟心所造) 즉 모든 것은 마음먹기에 달려있습니다. 백범 선생의 자서전도 그걸 말하고 있습니다. 계속 용맹정진하기 바랍니다.

세 가지 질문

저는 올해 37세의 남자로 98년도부터 선생님의 독자로서 처음으로 글을 올려봅니다. 당시 시골집에서 선생님의 책을 없는 형편에 구입하여 읽으면서 큰 감동을 받았고 그 뒤 상경하여 힘들게 재수를 하여 지금은 어엿한 공무원이 되었습니다. 살아가는 데 선생님의 책이 큰 힘이 되었던 것 같습니다

사실 요즘에는 『선도체험기』를 계속 읽고 있지는 못합니다. 비단 『선도체험기』뿐만 아니라 사는 게 바쁘다는 핑계로 수련을 게을리 하고 있는 거 같습니다.

그러나 한 가정의 가장이 되고 보니 먹고 사는 문제가 만만치 않음을 느낍니다.

선생님께 한가지 여쭙고 싶은 것은, 『선도체험기』가 선도에 관한 기술적인 부분은 소홀한 면이 좀 있는 거 같습니다.

항상 기억에 남는 건 행주좌와어묵동정(行住坐臥語默動靜) 염념불망의수단전(念念不忘意守丹田)입니다. 그래서 몇 가지 평소 궁금했던 것을 용기 내서 여쭤보고자 합니다.

첫째로, 호흡이 깊어지려면 허용 한도에서 가급적 점점 길게 하는 게 좋은 것인지요?

둘째로, 타 단체에서는 단계가 올라가면 지식을 하기도 하는데 굳이 지식을 할 필요는 없는지요?

셋째로, 가장 큰 고민인데 아직도 수련이 며칠 잘되면 몽정이 되곤 하는데 이런 식으로 계속해도 수련이 향상될 수가 있는지요?

갑자기 글을 올려 질문을 여쭤봐서 죄송합니다. 그럼 안녕히 계십시오.

2015년 10월 11일 대전에서 선생님의 오랜 독자 법학도 올림

【회답】

첫째 질문, 호흡이 깊어지려면 허용 한도에서 가급적 점점 길게 하는 게 좋은 것인지요?

답, 호흡을 의식적으로 길게 한다고 해서 깊어지는 것도 아니고 길어지는 것도 아닙니다. 그럼 어떻게 해야 호흡이 깊어지고 길어지는가?

단전에 축기가 많이 되면 호흡은 수행자 자신도 모르게 길고 깊어지게 되어 있습니다. 축기가 많이 되려면 행주좌와어묵동정 염념불망의수단전을 끊임없이 해야 합니다. 그리하여 신체의 어느 부위에서든지 기를 느껴야 합니다. 기를 느끼지 못하는 상태에서는 아무리 단전 호흡을 열심히 해도 축기(蓄氣)는 되지 않습니다.

요컨대 기를 느낀 다음에 꾸준히 단전호흡을 하면 단전 안에 기(氣)의 방(房)이 형성됩니다. 기의 방이 형성되었는데도 계속 운기조식(運氣調息)을 해나가면 단전의 기운이 임맥(任脈)으로 흘러 대맥(帶脈)이 열리고 뒤이어 임맥과 독맥(督脈)이 열리어 소주천(小周天)이 완성됩니다.

이처럼 수련이 축기 완성, 소주천, 대주천으로 단계적으로 향상되어야만이 호흡도 길어지고 깊어집니다. 그런데 내가 보기에 법학도님은 이러한 수련 단계들을 하나하나 통과하지 못하고 아직 축기도 되지 않는 단계에 머물러 있는 것 같습니다.

둘째 질문, 타 단체에서는 단계가 올라가면 지식(止息)을 하기도 하는데 굳이 지식을 할 필요는 없는지요?

답, 삼공 선도에서는 호흡의 길이나 지식 같은 것에는 관심이 없습니다. 호흡은 수련 단계가 향상되면 자연히 길어지게 되어 있을 뿐입니다. 따라서 호흡이 길이보다는 운기조식으로 수련의 단계를 높이는 데 더 많은 관심을 기울입니다. 그러므로 지식을 할 필요를 느끼지 않습니다.

셋째 질문, 가장 큰 고민인데 아직도 수련이 며칠 잘되면 몽정이 되곤 하는데 이런 식으로 계속해도 수련이 향상될 수가 있는지요?

답, 아직도 몽정을 하는 것은 축기가 완성되지 않았기 때문입니다. 소주천만 되어도 연정화기(煉精化氣) 즉 정액을 기운으로 바꿀 수 있는 능력을 갖게 되므로 몽정은 사라지게 되어 있습니다.

연정화기에 대해서는 『선도체험기』에서 하도 여러 번 그리고 상세하고 구체적으로 다루었으므로 생략하겠습니다.

『선도체험기』에 언급된 몽정과 연정화기 항목만이라도 꼼꼼하게 읽고 그대로 실천하였더라면 몽정에서는 벌써 벗어날 수 있었을 것입니다.

『선도체험기』만으로는 도저히 문제가 해결되지 않을 경우 부디 좋은 스승을 택하여 체계적으로 수련을 지도받으시기 바랍니다.

빙의령이 보입니다

삼공선생님께,

별고 없으시죠?

석 달 전에 몇 년 만에 선생님 목소리가 많이 그리워서 전화 드 렸었는데 하필 한국 시간이 일요일인데다가 수련 시간이 아니어서 실례를 범했습니다. 그냥 육성을 듣고 안부를 전하기 위해 전화 드 린 것이었습니다. 해결 못할 정도의 큰 문제가 있어서 도움 받고자 전화 드린 것은 아닙니다.

원래 그날 이메일을 바로 보내 드리려 했는데 제가 계속 써오던 한 메일 계정이 해킹을 당하여 복구 방법이 없는데다가 다시 이사를 하게 되어서 책을 포장하는 바람에 이메일 주소를 알 길이 없어서 주저하다가 이리 오랜 시간이 지났습니다.

세월은 빨리 가는데 수련을 집중하다 중단하다 반복하다 보니 결 국 그 자리에 그대로 입니다. 많은 반성과 성찰을 하고 있습니다. 그래도 수련의 끈은 절대 놓지 않고 있습니다. 아이 둘 키우면서 수 련에 발전을 한 단계씩 더하게 되면 더 큰 만족과 기쁨과 발전이 있 지 않을까 하는 생각을 항상 하고 있습니다.

첫째 애가 심한 자폐로 진단을 작년에 받으면서 근 1년 동안 미 국 특수교육 기관에서의 테스트 및 교육으로 정말 바쁜 시간을 보냈

습니다. 지금은 1년여 동안의 집중적인 한방치료로 거의 정상으로 돌아왔습니다.

거의 정상으로 돌아오니 아이에게 천재적인 능력이 보인다는 평가도 나오고 그렇습니다. 인생의 명암을 보는 것 같습니다. 자폐증은 교육도 중요하지만 몸이 정상이 되지 않고서는 결코 좋아질 수 없다는 사실을 알게 되었습니다. 그리고 선생님 말씀처럼 이기주의 즉 자기중심의 세계를 깨는 전제가 있어야 한다는 것도 알게 되었습니다. 약과 침으로 최적화된 방법을 곧 만들어 낼 것 같습니다.

우연히 알게 된 자폐아동 모임에서 아이들을 보게 보게 되면 인당 부근에 안 좋은 사기 즉 빙의령이 밀집되어 있는 것이 보입니다. 전에는 막연히 알았지만 자폐 또한 전생에 의한 업에서 비롯된다는 사실을 체험으로 알게 되었습니다. 항상 감사드립니다.

저의 호흡 수련은 전과 같이 변함없이 현묘지도 호흡과 같이 순서대로 몸이 움직입니다. 특히 하단전에 두드리면서 단련되듯 단전 부분만 불룩불룩 하면서 배가 저절로 움직이면서 강하게 꾹꾹 누르며 좌우로 상하로 두드리듯 움직이는 것이 있습니다.

그리고 단전 호흡과 별도로 단전에 기운을 모으려고 호흡을 조금 강하게 3분 정도 집중해서 하면 손가락과 팔 전체가 마른 나무처럼 단단해지면서 힘을 가득 주고 편 것처럼 쭉 펴지고 강한 기운이 손가락 끝에서 팔 전체로 쥐가 나듯이 타고 들어갑니다.

특히 심소장 경맥으로 굵고 강하게 흐릅니다. 그리고 명상 중 보이는 현상은 마장으로 간주하고 집중 안 하려고 노력하고 있습니다.

얼마 전까지 수많은 무서운 얼굴의 사람과 동물의 형상이 명상하는 눈앞에 컬러 티비와 같은 선명함으로 나타나곤 했는데 제 본성에 물어보니 제 마음의 형상이라고 알고 나서 사라졌습니다.

여기 LA 또한 수많은 사람들이 빙의령에 의해 심각한 영향을 받고 있는 것이 보입니다. 지금은 그런 사람들을 마주치게 되면 아직은 그럴 능력이 되지 않아 제가 마음의 기운의 방어를 하고 '극락왕생하세요.' 속으로 말하며 조용히 지나갑니다만 어떠한 것이 옳은 것인지 아직 모르겠습니다.

그리고 가끔 빙의령이 방심한 틈을 타서 어떠한 실수를 하게 만들려는 속닥거림도 느껴지고 합니다만 관을 하면 즉시 사라집니다. 본성이 밝아집니다.

이번에는 여기까지 보내드리고 다음에는 좀 더 발전된 수련기 보내드리겠습니다.

항상 감사드립니다. 보고 싶습니다. 선생님!

2015년 10월 17일 김종완 드림

【회답】

김종완 씨는 대주천 수행자임을 잊지 말아야 합니다. 빙의령이 보이면 피하지 말고 그 빙의령을 관하십시오. 관하는 사이에 빙의령은 천도될 것입니다.

빙의령을 천도하는 것도 하화중생(下化衆生)하는 것입니다. 그 공덕이 쌓여야 수행이 지속적으로 향상됩니다. 『선도체험기』가 110권까지 나갔으니 꼭 구해서 읽기 바랍니다. 유정희 씨의 근황도 좀 알려주시기 바랍니다.

최근 수련 상황

안녕하세요. 선생님. 요 근래 수련 상황에 대해서 알려드리고자 메일을 쓰게 됐습니다.

요즘은 마음 공부보다는 기 공부 몸 공부 위주로 진행을 많이 하고 있습니다.

몸 공부는 웨이트 트레이닝 1시간 30분에서 2시간 그리고 출퇴근할 때 걷는 시간이 40분 정도 됩니다.

그리고 회원 지도하면서 중간 중간 스트레칭은 자주 해줍니다. 그 외에 다른 몸 공부는 안 한 지 꽤 됐습니다.

다음은 기 공부입니다. 대회 이후에 다소 지지부진하던 기 감각이 삼공재에 다시 방문하고부터 많이 살아났습니다.

처음에는 태을주 위주로 암송하다가 중간에 신성주도 같이 해 봤는데 이전보단 기운이 많이 들어오고 편안해진 듯해서 신성주 위주로 암송하다가 일단 한가지만 제대로 파야겠다고 생각해서 다시 태을주만 암송하고 있는 중입니다.

처음에는 장심으로 기운이 조금씩 느껴지다가 중간에 진동이 한번씩 오면서 진동이 몸 전체로 기가 세게 들어오는 게 느껴집니다. 장심→대맥→독맥 쪽으로 기운이 느껴지다가 대추혈 이상으로는 기운이 뻗어나가지는 않고 있습니다.

기 수련은 잘 되어가는 느낌인데 빙의와 명현이 둘 다 와서 그런

지 몸이 많이 힘들다는 느낌을 많이 받는데 그 중에 제일 큰 건 수면인 듯합니다. 수면 시간은 7시간 정도로 충분한 듯한데 졸린 느낌이 계속 들어서 잠 보충을 해주는데도 아직은 부족하다는 느낌이 가시지 않네요. 일단 적응될 때까진 관해봐야 될 듯합니다.

요새는 훈련량 유지 때문에 생식은 기본적으로 하지만 거기서 추가된 화식 양이 좀 늘어났습니다. 운동량 때문에 군살이 확 붙거나 하지는 않지만 확실히 생식만 할 때에 비해서는 정신적이나 몸의 컨디션이 많이 떨어진 느낌이긴 합니다. 예전부터 운동과 수련을 하다 보면 고민이 되던 부분이긴 한데 이번에 합의점을 잘 찾아 봐야 될 거 같네요.

마음 공부는 이전에 책을 읽으면서 많이 되었다면 지금은 실생활에서 그 부분을 많이 공부하는 듯합니다. 요 근래 센터 주변 환경이나 여러 가지 요건들이 바뀌면서 회원들과 부딪힐 일들이 많은데 합의점 찾는 부분이나 그 과정에서 제 감정의 문제는 관을 하면서도 충돌 순간만큼은 조절이 안 될 때가 나타나는걸 보면 아직은 멀었다는 걸 느낍니다.

지금까지 상황에 대해서 적어 봤는데 다음에 변화가 생기면 다시 메일 보내도록 하겠습니다. 오늘도 좋은 하루 되세요.

2015년 10월 21일 성민혁 올림

【회답】

헬스센터에서 트레이너로 일하는 손민혁 씨는 특별히 몸 공부를 따로 할 필요는 없다고 생각됩니다. 그 대신 기 공부와 마음 공부를 위해서 더 많은 시간과 정성을 할애하는 것이 좋습니다.

단전에서 출발한 기운이 임맥을 통하여 회음까지 내려갔다가 독맥을 거쳐 대추혈에서 더 이상 올라가지 못하는 것은 단전에서 형성된 기의 방 속에 축기가 덜 되어 있기 때문입니다. 이럴 때는 단전을 응시하면서 축기에 당분간 전념해야 합니다.

일단 생식을 하기로 작정했으면 시종일관 생식으로 승부를 보아야지 화식을 하는 것은 잘못입니다. 생식과 화식을 섞어서 하면 죽도 밥도 아닌 얼치기가 되고 말 것입니다. 태도를 확실하게 해야 합니다.

그리고 회원들과 충돌이 일어나는 것은 구도자의 자세가 아직 덜 확립되었기 때문입니다. 회원들에게 친절과 정성을 다하려고 노력하기 바랍니다.

자존심 같은 것은 접어두고, 회원들과 충돌이 일어나는 것은 기본적으로 내 탓이라는 것을 깨닫는다면 모든 일이 원만하게 수습될 것이고 회원들로부터 도리어 존경받는 트레이너가 될 것입니다.

도봉산 등산

삼공선생님, 그동안 안녕하셨습니까? 도율입니다.

저와 가족들은 잘 지내고 있습니다. 아들이 조용하다 다시금 문제를 일으키곤 하지만 점점 저와 아내가 아들이 자기의 길을 가는 것을 지켜보자는 심정을 가지려고 노력하니 좀 마음이 편해지는 것 같습니다.

지난주에는 오랜만에 친구들과 도봉산에 다녀왔습니다. 십여 년 전에 비해 등산로가 상당히 많이 정비되어 있었습니다. 릿지 코스는 접근 금지 구역으로 해놓은 곳이 많아 바위를 제대로 타지는 못했습니다.

선생님께서도 이젠 도봉산에 가시는지 모르겠습니다. 틈나는 대로 다시 도봉산에 가야겠다는 생각을 했습니다. 바위에 몸을 대는 순간 찌릿찌릿 상쾌한 기분이 들었습니다. 역시 도봉산은 명산임에 틀림없는 것 같습니다.

지난번 출판물에 의한 명예훼손 사건은 제 예상대로 항소심이 유죄를 그대로 인정하고 다만 형만 선고유예로 변경하는 것으로 그쳤습니다. 참 안타깝지만 지금 사법부의 상황과 역량으로는 진실을 밝혀 무죄를 선고하기엔 무리인지도 모르겠습니다.

이 사건이 현재 대법원에 계류 중이고 조만간 결론이 나오겠지만

결과에 연연하지 마시고 앞으로도 계속 좋은 글로서 많은 후배들을 이끌어 주시기 바랍니다. 법조인으로서 억울한 피해자가 생기지 않도록 더욱더 노력하도록 하겠습니다. 다음 『선도체험기』가 나오기를 기대하겠습니다. 안녕히 계십시오.

2015년 10월 24일 도율 올림

【회답】

도봉산에 갔었다니 가슴이 뜁니다. 30여 년 동안 일요일마다 등산을 하는 사이 관악산 다음으로 가장 많이 간 곳이 도봉산이었건만, 이제는 언감생심 대모산에도 못 가는데 어찌 도봉산을 쳐다보기나 하겠습니까? 세월의 위세를 절감할 뿐입니다.

소송에 관해서는 우리나라 법관 백 사람 중 단 한 사람이라도 정당한 판결을 내리기를 기대하는 심정일 뿐입니다. 그런 인재가 지금은 비록 가물에 콩 나 듯하지만 이들이 불씨가 되어 암울할 것만 같았던 조국의 장래를 환히 비춰주는 횃불이 되는 날이 속히 오기를 바랄 뿐입니다.

태을주 수련

안녕하세요 선생님.

지난 토요일 방문 드렸던 홍의철입니다.

바로 메일 올린다는 게 좀 늦어서 죄송합니다. 선생님께서 저에게 말씀하신 내용은 천안에서 오신 송과장님을 통하여 문자로 받았습니다. 병원에 입원하기 전에 1주일 정도 청수를 떠놓고 태을주 수련을 한 후 그래도 차도가 없으면 병원치료를 받는 게 좋겠다는 선생님의 말씀에 따라 수련의 경과를 지켜본 후 결정을 내리기로 마음먹고, 오늘부터 청수를 떠놓고 도전 제일 앞에 있는 심고문을 읽은 다음, 태을주 수련을 하였습니다.

그리고 도전을 2번째 읽고 있으며, 11편을 읽고 있는 중입니다.

제가 귀가 안 들려 답답하셨죠? 귀가 안 들려도 처음엔 금방 나으려니 생각하다 10일이 넘어가니, 초조한 마음에 금요일에 병원의 요구대로 입원수속을 받으려다, 토요일에 선생님 의견을 들어보고 결정을 하는 게 좋겠다고 생각하여 선생님께 여쭙게 된 상황이었습니다.

삼공재와 가까운 서울에 살다 보니 메일을 올릴 일이 없었는데 메일로 인사드리려니 새로운 기분이 듭니다.

항상 선생님께 감사드리고, 다음 기회에 수련에 대한 내용을 올리

도록 하겠습니다.

감사합니다.

2015년 10월 26일 홍의철 올림.

【회답】

태을주 수련을 하는 동안 조금이라도 차도가 보이면 수련으로 승부를 걸겠다는 결연한 자세로, 병원에 갈 생각은 단념하고, 21일, 49일, 100일 순으로 수련 기간을 늘여나가기 바랍니다.

도중에 조금이라도 차도가 보이면 그 자세한 상황을 메일로 알려주기 바랍니다. 홍의철 씨의 태을주 수련이 성공하도록 나도 기운을 보낼 것입니다.

들고나는 빙의령

안녕하세요? 선생님. 조성용입니다.

『선도체험기』 110권을 읽어보니 스승님의 송사가 좋은 방향으로 가고 있는 것 같은 느낌이 들어서 반가웠습니다. 사필귀정이라고 결국에는 옳은 판결이 나오겠지요.

저는 어제부로 가을 추수를 모두 마쳤습니다. 그동안 허리와 왼쪽 다리가 저리고 아파와서 애를 먹었습니다.

그러는 와중에도 빙의령이 여럿 들고나고 했는데, 그 중에는 제법 강하다 싶은 영가가 둘 있었습니다. 그들이 허리와 무관하지 않다고 느껴집니다.

현재 병원에서는 엑스레이를 찍어보고 디스크가 의심된다고 MRI를 찍어보는 게 좋겠다고 하나 저의 자성은 물리치료만 잘하고 관을 하여 천도를 시켜나가면 충분히 치료가 가능하다고 말하는 듯합니다.

이번 아픔이 어서 수련하라는 하나님의 숙제 같은 느낌이 듭니다. 이를 계기로 몸 수련을 제대로 하려고 합니다. 그동안 모르고 지냈던 건강한 몸에게 감사히 여기면서 말입니다. 물론 날 공부시키기 위해, 아픈 몸에게도 고마워해야겠죠.

그 일환으로 그동안 늘 한번은 해보고 싶던 단식을 7일 정도 해

보려는데, 조언 부탁드립니다.

이번 체험기에 10일 단식한다는 도우의 글이 있길래 유심히 읽었습니다. 저는 현재 특별한 일이 없어 휴가를 얻은 것과 같아 답글에 하신 당부 조건은 충족된 상태입니다.

빙의령 천도에 관해서 의문이 있는데요. 신지현 씨 답글에 언급하셨던 가피력에 의한 천도가 저도 이루어지는 것 같기도 하고 또 스스로도 천도가 된다고 여겨지는데, 직전에 삼공재에서 뵈었을 땐 다수의 빙의령을 달고 왔다 하셨습니다. 그렇다면 제 수준을 어찌 봐야 할까요? 빙의령을 보지 못하니 정확하게 알지 못하겠어요.

날씨가 많이 쌀쌀해지는 요즘 건강 조심하시고 안녕히 계십시오.

2015년 10월 29일 조성용 올림.

【회답】

조성용 씨가 삼공재에 다녀간 지가 꽤 오래 되었으니 가능하면 한번 다녀갔으면 합니다. 단식 여부는 그때의 몸 상태를 보고 판단하는 것이 좋을 것 같습니다.

도망치고 싶은 마음

안녕하세요, 선생님.

부산의 신지현입니다.

추석의 제사 바로 직후에는 아무 생각 없이 괜찮았다가 삼일쯤 뒤 후폭풍이 왔습니다.

그게 그런 뜻이었던가, 진짜인가, 진짜라면 정말로 인류가 전멸 직전까지 간다는 것인가?

무섭기 짝이 없지 않습니까?

제가 오랫동안 삼공재에 발을 끊었던 이유는 저에게 '스승이란 무엇인가'에 대한 화두가 떠올랐을 때 하늘에서 저에게 뭔가를 시키려는 것이 아닌가 생각했습니다.

저는 자신도 없고 무서워서 여러 가지 핑계를 대며 도망갔습니다.

그 당시 '두려워하지 말라'라는 목소리가 계속 들려왔는데 저는 도대체 뭘 두려워하지 말라는 것일까 의문이 들었습니다.

최근 들어 깨달은 것은 제가 정말로 잔 다르크와 앤 설리반이었다면 타인의 귀감이 되는 삶을 살았지만 본인으로서는 다시 겪고 싶지 않은 고달픈 삶을 살았던 것입니다. 다시 뭔가 사명 같은 것을 받게 된다면 이득 없고 힘들기만 한 일을 하고 싶지 않았겠지요.

결국 막판에 저는 사명을 받으라면 받고 스승을 하라면 하지 뭐

하고 치열했던 마음의 정리를 한 뒤에 다시 삼공재를 찾았고, 태을주 수련도 하게 되었습니다. 그런데 얼마 안 가서 태모님의 말씀을 듣고는 다시 도망갈까 하는 생각이 들었습니다.

이미 마음은 도망치고 있었습니다. 하지만 이미 한번 도망갔다가 결심까지 한 뒤라 허탈하게 웃으며 시키면 할 수밖에 없다고 마음을 다잡았습니다.

웃기는 것은, 그렇다고 해서 태모님 말씀을 완전히 믿는가 하면 그럴 수도 있고 아닐 수도 있다고 생각합니다. 결국 또 양다리 걸치고 있습니다만 어쨌든 수련은 열심히 할 것입니다.

위의 내용은 안 쓰셨으면 합니다. 수정하신다면 상관없습니다. 그리고 지난번 메일은 어떻게 수정하셨는지요? 박동주가 물어보면 선생님께서 수정하신 대로 말하려고 합니다. 그리고 박동주는 거창으로 이사 가서 딸기농사 짓고 있는데 매우 바빠서 눈코 뜰 새가 없는 듯합니다.

추석이 지나고 난 뒤 도전을 네 번 읽었습니다. 그리고 인터넷에서 강증산 상제님에 관한 자료를 검색하여 읽고 많은 것을 알게 되었습니다. 제가 잘 알지도 못하면서 메일에 적은 내용도 있어서 민망하였습니다.

도전과 도전의 원본이 되는 여러 전경, 사람들의 해석과 의견들을 조사하고 읽으면서 남는 것은 결국 도전 8편 51장의 도심주와 11편 67장의 마음심(心) 자에 대한 내용이 아닐까 합니다.

마음심의 점 세 개는 불선유(佛仙儒)라고 하셨는데 문득 『선도체

험기』에 여러 종교의 경전들을 번역하여 실어놓으신 것이 생각났습니다. 백 권이 넘는 『선도체험기』를 읽다 보니 고전들은 기억이 희미해져 있었습니다.

그래서 며칠 전부터 43권의 홍자성의 채근담, 42권 주자의 대학, 중용 41권의 불교의 금강경, 반야심경의 번역본을 읽었습니다.

다른 권에도 나오긴 하지만 40권의 노자의 도덕경을 시작으로 52권까지 성경을 포함한 여러 고전을 집중 번역해 놓으셔서 이제부터 정독하기로 하였습니다.

42권의 주자의 대학은 완전히 처음 보는 듯하였습니다. 상제님의 말씀에 그대로 나오는 것이 많았고 태모님은 격물이 도통이라고 대놓고 말씀하셨습니다.

100년 전 시대의 보편적 기준이 어땠는지 조금 알 수가 있었고 격물은 불교에서 말하는 견성과 거의 같은 것으로 보였습니다.

마음의 변화인 격물치지하지 못하고 자신의 영화를 위해 유리한 도술을 달라고 한 셈이니 태모님이 도통이 두통이다 하시면서 신도들을 때린 심정이 이해가 갔습니다.

그러나 남 말하기는 쉬워도 과연 나는 잘하고 있나 스스로에게 물어보면 그렇지 못하기 때문에 한숨이 나옵니다.

책을 쓰시는 선생님이나 주자나 노자나 내가 따라갈 수 있는 경지인가 걱정이 됩니다.

열심히 수련하겠습니다.

2015년 10월 29일 신지현 올림.

【회답】

도망치고 싶은 마음이 들더라도 개의치 말고 계속 공부에 일로매진하다가 보면 그 도망치고 싶은 생각조차 가뭇없이 사라져버릴 때가 반드시 오게 될 것입니다.

그와 함께 마음은 그지없이 편안해질 것입니다. 이른바 부동심(不動心)을 말합니다. 그렇게 되면 내 마음이 하늘의 마음과 하나로 통해 있다는 깨달음이 저절로 찾아올 것입니다.

그렇다고 해서 상제님처럼 마음대로 신통과 조화를 부릴 수 있는 것은 아닙니다. 하느님의 분신이 되어 무슨 사명을 받더라도 피해 다닐 생각이 들지 않아야 합니다.

그렇게 될 때까지 계속 분발하시기 바랍니다.

나의 선도 수련 체험기

스승님 안녕하십니까? 저는 광주에 사는 김광호입니다.

사모님도 건강하시지요?

저의 선도 수련 체험기를 도우들과 공유함으로써 중간 점검도 하고 다시 수행에 매진코자 합니다.

〈삼공선도 배우기 전 새벽 수련기〉

2014년 8월15일 갑자기 지리산 천황봉을 가보고 싶은 충동에 밤 24시에 배낭에 찰떡 한 봉지 사서 넣고 광주를 출발 남원을 경유하여 경남 산청군 지리산 중산리에 새벽 4시에 도착하였다.

주차장에 차를 주차시키고 약간 휴식을 취한 후 4시 30분부터 등산을 시작하였는데 새벽이라 어두워 이마에 야간 산행용 랜턴을 달고 올라갔다. 새벽 홀로 산행이라 지리산 곰 출현 우려 등 어두운 환경에 약간 무서움은 있었으나, 계속 올라갔다.

지리산 천황봉에 9시 도착하고 천황봉 정상에서 기념사진 찍고 차 한잔 하면서 주변 경치 감상한 후 맑은 기운을 담고 나서 다시 하산하기 시작하여 13시에 중산리 매표소에 도착하고 점심 후 출발하여

광주에 도착하였다.

지리산 새벽 등산 후 문득 나는 등산과 운동은 주말에만 하지 말고 "양의 기운이 가장 좋다는 인시에 해보자"라는 생각이 들어서 2014년 9월 5일부터 4:30분에 일어나 월봉산 새벽운동을 50분 동안 하기 시작하였다.

2015년 5월 17일까지 150일간 새벽 수련 실시하였다.

주요 수련 내용은 산행과 산행 중 호보법(虎步法, 호랑이 걸음 걸이), 상하좌우 박수치기 하루 300회, 태극권 수련, 수목지기(소나무와 참나무에 등을 기대고 하는 호흡 수련)를 했다. 이때는 혼자서 호흡, 기공 관련 책을 보고 기공 능력 향상을 목적으로 수련하였다.

운기 능력을 향상시킴으로써 아내가 B형 간염으로 간이 안 좋은데 기공 치료로 도움이 되어주고 싶었다. 또한 전에 허리 어깨가 아파 한 달에 한번씩 한의원에 가서 침 치료를 했는데, 새벽 수련을 매일 하면서 한의원은 가지 않아도 될 정도가 되었다.

호보법 운동이 허리를 개선하는 데 많은 도움을 주었다. 유튜브에 "호보법"을 검색하면 동영상 몇 편이 올라와 있으니 허리 통증 치료가 필요한 사람은 활용해 보면 효과가 있으리라 생각된다.

이 새벽 수련으로 노궁과 용천의 기감이 향상되었고 새벽 운동 후에는 집에서 아내의 배 마사지를 해주어 도움을 주게 되었다.

〈삼공선도 수련기〉

저는 고향이 남원이라 일요일이면 농사일 도와주러 가는데 시골에서 생산되는 농산물을 부모님이 주셔서 가져와 반찬 걱정 없이 잘 먹었다. 부모님 집에 갈 적에 얌체형 인간이 되지 말고 작은 과일이라도 사 가는 거래형 인간이 되고자 실천하고 있다.

시골에서 고향 친구와 막걸리 한잔 하면서 김태영 작가가 쓴 『선도체험기』란 책이 있는데 구하기가 어렵긴 하지만 어떻게 하든지 구입하여 보내주기로 약속하였다.

집에 돌아와 인터넷에서 조회해 보니 『선도체험기』는 한 권이 아니고 100권이 넘었다. 와우! 『선도체험기』란 제목으로 100권 이상 글을 쓴 작가의 지구력이 정말로 대단하다고 느껴졌다. 친구에게 우선 열권을 구입 택배로 배달시키고 나도 2권을 사서 보았는데 내용이 술술 읽히고 아주 재미가 있었다.

『선도체험기』를 읽으면서 홀로 기공 수련을 하기보다는 단학 수련원 나가서 정식으로 배워 보고 싶은 생각이 강하게 들었다.

그래서 집 근처에 있는 단학 수련원에 5월 18일 등록, 본격적인 단학 수련을 시작하였다.

1994년 삼성에서 7시 출근 4시 퇴근제를 도입하면서 취미 활동비 지원해줄 때 태극권 18식을 3개월 배운 적이 있는데 그때 처음으로 손에서 기를 느꼈고 이후에 정식으로 배운 것은 이번 단학 수련원에 다닌 것이 처음이었다.

단학 수련원에서는 단학 도인체조, 103배 절 운동과 『천부경』을

배웠다.

『선도체험기』읽으면서 궁금한 점이 있어 김태영 선생님께 2015년 6월 12일 전화 드렸는데 다행히 연결이 되었다. 스승님은『선도체험기』에서 가르치는 대로 공부하고 궁금한 것은 이메일로 문의하라고 했다.

수련 내용 및 궁금한 내용은 이메일 교신하며 수련하기 시작하고, 또한 최근 수련 상황을 알기 위하여 선도체험기 전체를 구입하여 읽고 수련을 하고 있다.

선도 수련 주요 일정은 2015년 5월 18일 단학 수련을 시작하여 26일간 기본 도인체조 배우고 6월 12일부터 삼공선도 본격 수련 시작하였고 8월 3일 하계휴가 기간을 이용하여 삼공재를 처음 방문하여 스승님께 인사드리고 오행생식 구입하고 명상수련을 하였다.

8월 7일까지『선도체험기』50권 독서 완료하였고 8월 25일 선도 본격 수련 100일 달성했다. 드디어 9월 11일 까지『선도체험기』109권 전량 다 읽었다.

독서는 집에서 가까운 방송대학교 도서관에서 했다. 매일 저녁 6시부터 10시 30분까지『선도체험기』및 구도 관련 도서를 읽고 있다.

『선도체험기』109권을 완독하는 날 목욕재계하고 김태영 스승님께 감사하는 마음으로 103배 수련을 했다.

10월 28일 현재 176일 선도 수련이 진행 중이다. 『선도체험기』를 다시 읽기 시작하여 35권째 읽고 있다.

1. 선도 수련 내용

하나, 마음 공부 ~ 중심은 『선도체험기』 읽기, 역사서 읽기 (대발해, 고구려 등), 구도 관련 서적 읽기, 『천부경』, 『삼일신고』, 『대각경』을 매일 낭송하고 있다. 특히 생활 속에서 얌체형 인간이 아닌 거래형 인간이 되고, 역지사지 방하착, 애인여기, 여인방편 자기방편을 구도자로서 실천하며 노력하고 있다.

올해 1월에 회사 조직장에서 물러나 후배 조직장 밑에 있을 때 타인을 많이 원망했다. 술 한잔 먹으면 나에게 피해를 주었던 사람에게 하소연을 한 적도 있다.

그러던 중 『선도체험기』 속에서 스승님의 가르침 중 인과응보의 법칙이 이해가 되었다. 또한 역지사지 방하착 즉 타인의 입장에서 생각하고 나와 타인과의 관계에서 오는 선업, 악업은 모두 내 책임이라는 의미를 알게 되었다.

대인 관계에서는 항상 모든 것이 내 탓임을 먼저 깨달은 자가 솔선수범해야 한다고 보고 노력하고 있다.

등산을 하면서 문득 남한에만 명산 100개가 있는 데 내가 무등산이 좋다고 무등산만 등산하길 집착한다면 다른 명산 99개의 산에는 갈 수가 없겠구나 하는 깨달음을 얻으면서 그동안 마음속에 자리 잡고 있던 응어리가 사라짐을 느꼈다.

요즈음은 명상하면 삼매경에 들어가는데 내 생각에 이게 무아지경이 아닌가 생각한다.

매일 명상수련 하면서 망상이 떠오르면 내려놓고 관찰하고 대우주

와 내가 합일되고 성통공완할 수 있도록 밀어붙이겠다.

둘, 몸 공부~매일 새벽 4: 30분 기상하여 집 앞 월봉산을 오르면서 평탄한 구간은 달리고 경사 구간은 호보법을 통한 척추운동을 한다. 정상에 넓은 평지가 있는데 주로 왕복 달리기 운동을 하면서 천부경과 대각경을 주로 암송한다. 또한 유튜브에서 신무라는 운동을 배워 날마다 하고 있다. (신무는 간단한 수직 수평 운동을 통한 몸의 균형을 잡아주는 무술임.)

주말은 남한의 명산 중에서 골라서 아내와 함께 등산하며 몸의 탁기를 빼고 몸 운동, 기 운동을 하고 있다.

현재 키는 168cm 몸무게는 56kg이고 식사 세끼는 아침과 저녁은 오행생식 하고 중식은 화식으로 하고 있다.

몸은 특별히 아픈 데는 없고 건강한 편이다. 아내는 산행 및 도인체조 운동을 매일 하고 있으며, B형 간염으로 인한 간경화 초기 상태여서 오행생식으로 치료할 수 있도록 도움을 주고 있다. 빨리 건강해졌으면 좋겠다.

셋, 기 공부~과거 94년에 기공 및 태극권 배우면서 어느 날 저녁 퇴근하여 걸어가다가 손바닥에 무언인가 달라붙는 느낌 때문에 자꾸 뒤돌아보았더니 기분이 좋았던 일이 생각난다.

이후 정식으로 수련은 안 하였지만 의식을 집중하면 손바닥에 약간 기운을 느끼고 있다. 2015년 5월 18일부터 본격적으로 선도 수련

을 하면서 많이 향상되고 있다.

특히 스승님이 6월 18일 메일 답신에서 "먼저 단전에 축기를 완성해야 한다." "단전에 기의 방이 형성되고 축기가 완성될 때까지 밀어붙이세요"라는 가르침을 받아 본격적인 축기를 시작하여 지금은 단전에 기운이 넘쳐 나고 있다.

현재 단전 축기는 새벽 인시 월봉산 산행 달리기 후 달과 별을 보면서 입공 및 축기를 하는데 노궁으로 기운이 심장 박동 시에 뛰는 것처럼 쿵쿵 진동되면서 들어온다.

또한 매일 회사 옥상에서 아침에 뜨는 태양을 보면서 20분간 명상하고 있고, 저녁 시간에는 방송대 도서관에서 『선도체험기』 읽으며 의자에 반가부좌하고 앉아서 호흡 수련을 병행하고 있다.

특히 저녁 오행생식 후 도서관에 도착하면 단전이 달아오르고 용천, 노궁이 아리도록 달아올라 차 안에서 기분 좋은 명상 수련을 30분하고 있다.

도서관 벽에 걸려있는 무궁화 그림을 보고 있으면 신기하게도 노궁 용천 백회로 강하게 운기되는 것을 느낀다. 그림에 투입된 작가의 기운과 교류되는 현상이 아닌가 생각된다.

더욱더 축기에 성공하여 임맥과 독맥이 뚫려서 소주천 일주 유통이 될 수 있도록 노력하고 있다.

넷 : 삼공재 방문 수련~1회 수련 (8/3) 첫 수련 체험 내용 : 15:00부터 1시간 30분 명상수련 실시 치질이 명현 현상으로 무척 아

팠으나 의념으로 집중하여 관찰하며 극복하려고 노력하였다. 생식이 운기에 영향이 있는 것 같다. 노궁과 용천으로 기운이 강하게 운기 되는 것이 느껴졌고 백회 주위에 묵직하게 기운이 몰리면서 빙의령이 빠져 나가는 느낌이 들었다.

2회 수련 (8 / 14): 명상 수련 시 기운의 바다에 빠지는 무아지경을 체험하였고, 백회에 기운 몰렸다가 시원해짐을 느꼈다. 스승님은 "임맥과 독맥을 무리하게 운기하려 하지 말고 오직 축기하여 자연스럽게 소주천이 되도록 해라. 주 2~3회 방문하면 좋으나 지방에 있으면 그럴 수 없으니 월 2회를 목표로 삼공재 수련을 하도록 하라"고 말씀하셨다.

3회 수련 (8 / 22) : 명상 수련 삼공재 1층 소나무 쉼터에서 시간 있어서 명상하니 백회에 기운이 많이 들어오고 삼매경에 들었다. 허리가 아파서 백회 아문 대추 아픈 부위를 지속 관찰하니 덜 아팠다.

오늘도 치질이 아파서 말씀드렸더니 대장이 안 좋으니 금 생식을 한 숟가락씩 더 먹으라고 말씀하셨다. 또한 대맥운기 되고 있다고 말씀드렸더니 단전의 기의 방에 지속 축기하고 축기가 완성되면 소주천 운기가 자연스럽게 이루어 진다"고 말씀하셨다.

4회 수련 (9 / 5) : 지인 결혼식이 강남에서 있어서 광주에서 새벽에 출발하여 참석하고 나서 시간 여유가 되어 선정능 가서 산책하고 몸수련 기수련을 하니 기분이 좋았다.

도심 속에 왕릉과 숲이 있어 세속의 오염을 정화하고 있구나 하고 생각해 보았다. 삼공재 명상 수련 시 어깨가 아프고 머리 조임 현상

이 심하다가 시원해진 것 같아 빙의령이 천도되었구나 하는 느낌이 왔다.

5회 수련 (9/12) 명상수련 수련 시에 선생님의 30년 전 모습이 바로 나 모습이었겠구나 하고 생각하였고 선도수련에 좀 더 노력하고 열심히 수련하여 반드시 상구보리 하화중생을 실천하는 구도자가 되자고 다짐 해본다.(올해 나이 54세) 명상 중 망상은 단전에 넣고 없애는 의념을 하고 마음은 스승님을 따라간다.

6회 수련 (9/19) 명상수련 백회에 무거웠던 기운이 아주 상쾌하고 가벼워져 삼매 수련이 되었다.

스승님은 "수련에 매진하고 전력으로 밀어부쳐야 소주천을 뚫을 수 있다. 중간에 멈추지도 방심도 하지 말고 밀어부쳐라"고 말씀하셨다. 고속버스 타고 내려오는데 독맥에 따뜻한 물 같은 기운이 넘치고 흐르는 것을 느꼈다.

7회 수련 (10/10) 명상수련 노궁 용천 백회의 운기가 강화되어 기분 좋은 수련이 되었다.

단전 축기 지속하고 저수지 물이 넘치듯 온몸으로 기운이 흐르게 수련에 매진하려고 한다.

오행생식을 표준식으로 구입하였다.

8회 수련 (10/17) 명상 수련 : 한 도반이 갑자기 귀가 안 들린다며 혹시 빙의가 아닌지 점검 해달라고 하였다.

한 젊은 도반이 운기가 되어 몸에 진동을 일으켰는데 일취월장하길 기원해 본다. 나는 목 부근에 약한 진동 일어나 흔들리면서 묵직

한 것이 풀어지는 느낌이 들었다. 단전, 노궁, 용천, 백회의 운기가 강화되었다.

수련 마무리 시 귀가 잘 안 들린다는 도반이 스승님께 문의하니 "빙의령은 아직 안 나갔고 며칠 더 지켜보자"고 하신다.

2. 선도 수련시 문의사항

1) 임맥이 먼저 운기되고 독맥이 운기되는 것은 느끼나 소주천이 되는 경험이 없어 소주천이 되면 임맥과 독맥에 어떤 느낌으로 운기 되는지 알려 주십시오.

2) 노궁, 용천 백회로 기운 충만, 각 경혈에 기운 소통이 느껴지는데 몸에 충만한 기운은 어떻게 활용해야 하는지 몸에 어떤 영향을 주는지 알려 주십시오. 수련하면서 의문 사항은 다음에 또 문의하도록 하겠습니다.

스승님, 사모님 항상 건강하시고 성통공완하시길 기원합니다.

2015년 10월 29일 광주에서 제자 김광호 올림

【회답】

김광호 씨는 전생에도 기 공부를 하던 사람이어서 기 수련을 시작

하기도 전에 기를 느꼈던 것 같습니다. 지금 기 수련이 고속으로 진행 중입니다. 다음 번 삼공재 수련 때는 운기 점검을 해 보고 가능하면 벽사문(僻邪門)을 달도록 할 터이니 마음 준비를 해 주기 바랍니다.

소주천 운기

스승님 안녕하십니까?

광주에 사는 김광호입니다.

저의 소주천 운기 체험을 적어 봅니다.

11월 7일 토요일 삼공재 방문시 스승님께서 소주천이 되냐고 물으시면서 임맥과 독맥이 나와 있는 소주천 회로도를 주셨습니다.

평상시 뜨겁게 달아오르던 단전이 그날따라 약하여 처음에는 못하였고 나중에 시간이 지나면서 달아올라 단전에서 독맥 방향으로 주천을 하는데 명문 위 척중에서 머물고 더 이상 안 되었습니다. 방향을 바꾸어 단전에서 중완 전중 천돌 인중 인당 백회 등 임맥 방향으로 해보니 미미하게 주천이 되었습니다.

스승님께서는 소주천은 독맥에서 임맥으로 임맥에서 독맥으로 자유롭게 될 정도가 되어야 한다고 말씀하시고 좀 더 축기를 하라고 하셨습니다. 소주천 회로도를 스마트폰으로 찍어 활용하고 단전이 데워질 때 다시 도전하기로 마음먹었습니다.

고속버스 타고 내려오는데 단전 데워지면서 대맥 운기가 계속 이루어지고 있습니다.

지난 11월 6일 목포에 출장가면서 운전을 하는데 회음 부근에 물컹하고 따뜻한 기운이 계속 머물고 단전이 데워지는 것은 소주천 운

기의 준비가 아닌가 생각됩니다. 또한 노궁혈 기운의 에너지 힘이 10kg 이상 강하게 느껴집니다.

11월 9일 월요일 오후 3시 30분경부터 단전이 데워지고 회음혈 부근에 따뜻한 물주머니 위에 앉아 있는 느낌입니다.

대맥을 한 바퀴 돌고 나서 기운이 너무 세서 의념으로 독맥 방향으로 돌려 보는데 회음 명문 척중 대추까지 운기가 되고 백회 노궁 용천혈로 기운이 쏟아져 들어옵니다.

사무실에서 저녁으로 오행생식 3스푼 먹고 퇴근하였습니다. 오늘 느낌이 좋아 수퍼에서 두유와 빵을 사서 먹고 방송대 도서관에 19시에 가서 『선도체험기』 110권을 의자에서 반가부좌하고 읽기 시작하였습니다. 『선도체험기』를 읽고 있는데 기운이 20시경부터 다시 세게 들어와 책을 못 볼 지경이어서 앉아서 명상과 단전호흡 하였습니다. 『천부경』과 『대각경』을 암송하면서 몸의 기운을 관찰하였습니다.

단전에 기운이 달아올라서 독맥 방향으로 의념을 하니 단전 회음 대맥 부근에 따뜻한 물처럼 느껴지는 기운이 명문 척중 신도에 머물더니 양 어깨를 짓누르면서 대추혈 부근까지 운기되었습니다. 아문 강간 백회까지 운기하면 되는데 아직 못 올라가고 있었습니다.

오늘은 반드시 소추천을 이룬다 생각하고 참장공처럼 의자에 앉아 양손을 동그랗게 하고 손끝을 10cm 정도 띄우고 기운을 모으고 단전에 힘을 주면서 강하게 운기하니 드디어 대추혈에 머물던 기운이 아문 강간 백회로 소주천 운기가 되었습니다.

　백회에서 인당으로 운기하니 인당이 압박되는 느낌이 있었고 인중 천돌 전중 중완 단전으로 운기하였는데 특히 전중 부근에서 뜨거운 기운이 강하게 느껴졌습니다. 20시 50분 1회 주천하였고 2회 주천은 21시 3회 주천은 21시 12분 드디어 소주천 운기를 해냈습니다.

　4회는 임맥 방향에서 독맥 방향으로 주천해 보니 되었습니다.

소주천 운기 소감

먼저 매주 토요일 방문시 조용하시고 따뜻한 스승님의 지도가 가장 큰 공이라 생각 됩니다. 큰 감사를 드립니다.

처음 1회 소주천은 따뜻한 기운이 몸에 착 달라붙어 서서히 올라가는 느낌이었고 아문 강간 백회 운기 시에는 참장공 수련할 때처럼 강한 기운을 모아서 운기가 되었습니다. 2회부터는 소주천 회로로 따뜻한 기운이 운기됨을 알 수 있었습니다.

이제는 자동으로 단전호흡이 되어 단전이 데워지는 것을 알 수 있고 축기된 기운이 몸의 경혈을 따라 운기 됨을 체감할 수 있습니다.

현재에 만족하지 않고 성통공완 할 수 있도록 매진하겠습니다. 스승님의 가르침을 원합니다.

이번 주 토요일 찾아뵙도록 하겠습니다. 사모님과 함께 항상 건강하시길 기원 하겠습니다.

2015년 11월 12일 김광호 올림

【회답】

11월 14일 토요일에 삼공재에 올 때까지 더 이상 소주천 운기를 하지 말고 단전에 축기만 하기 바랍니다.

대주천 체험기

스승님 안녕하십니까?

사모님도 늘 건강하시길 기원합니다. 광주에 사는 김광호입니다.

저의 대주천 체험기를 적어 봅니다.

11월 13일 오전에 단전에 기운이 달아오르기 시작하여 대추혈 부근에 머물고 있어 소주천 운기가 되는지 해보고 싶어졌습니다.

그래서 소주천 회로 독맥에서 임맥 방향으로 운기해 보았는데 아문 강간 백회 지나 인당 인중 천돌 전중 중완 단전으로 따뜻한 기운이 운기되었습니다.

스승님이 보낸 메일을 보니 소주천 운기하지 말고 단전에 축기만 하고 삼공재에 오라고 하셨습니다. 그래서 오후에 소주천 의념을 하지 않고 있는데 계속 운기되어 관찰하고 적어 보았습니다.

오른쪽 귀 둘레를 압박하면서 한 바퀴 돌았고 대추혈 부근이 뜨거워진다. 왼쪽 발목에 압박감이 있고 뜨거워진다. 왼쪽 어깨가 뜨거워진다. 전중이 뜨거워지고 양쪽 가슴이 압박되면서 뜨거워지고 중완도 뜨거워진다. 백회 부근에서 기운이 조여지고 있다. 우측 무릎이 뜨거워진다. 단전이 계속 데워지고 백회에 기운이 운기된다.

왼쪽 어깨 아래 겨드랑이에 기운이 안마하고 있다. 우측 가슴이 데워지고 회음 부근 치질이 데워진다. 신도 부근을 안마하고 있고

다시 왼쪽 어깨을 안마하고 있다. 왼쪽 무릎을 조인다. 아문과 귀밑 턱밑을 누르면서 조인다.

신도와 왼쪽 어깨도 조이면서 안마한다. 오후 14시부터 17:00까지 계속 운기되고 단전이 데워지고 있습니다.

차 타고 퇴근하는데 회음 부근의 치질이 애 낳는 고통보다 더 크게 아파왔다. 이렇게 아픈 것은 처음인데 명현현상 치고는 너무 아팠습니다.

운전을 못할 지경이어서 엉덩이를 들고 어렵게 운전하여 바로 찜질방으로 가 반신욕하고 나와 찜질방에서 옆으로 누워 쉬다가 잠이 들어 3시간 가량 폭 자고 나서 집으로 돌아와 바로 잠이 들었습니다.

11월 14일 토요일 아침에는 비가 와서 집 거실에서 103배 절 수련과 호보법 운동을 하였습니다. 오늘은 주말이라 서울 지역 차가 밀릴 것을 감안 30분 일찍 출발 9시 30분에 고속버스를 탔습니다. 평소에 3시간 30분 소요되는데 1시간 더 소요되어 14:00에 강남터미널에 도착하였습니다.

삼공재 도착 스승님께 인사드리고 몸의 운기 상태에 관하여 말씀드렸더니 소주천을 회로도 주시면서 소주천 운기를 해보라 하셨습니다. 20분 가량 지나자 단전이 달라올라 대추혈 부근에 기운이 머물러서 아문 강간 백회 지나 인당 인중 임맥 방향으로 천돌 전중 중완 단전으로 운기가 이루어졌다. 말씀드렸더니 다시 소주천 운기를 해보고 시간을 재보라 하셨습니다. 두번째 소주천 운기를 하였더니 10분 소요되고 한번 더 운기 해보니 5분 소요되었습니다.

여러 가지 과정을 거쳐 제가 455번째 대주천 수련 인가가 되었다고 말씀하시었습니다.

다시 한번 스승님께 큰 고마움을 전합니다.

한 사람의 구도인으로 변함없이 꾸준히 수련하여 성통공완의 목표 달성토록 매진하겠습니다.

수련 후 느낌 : 고속버스 타고 광주에 오는데 백회에서 시원한 기운이 들어오고 신도, 노궁, 용천으로도 기운이 운기됨을 느낍니다. 이후 단계는 『선도체험기』를 교재 삼아 지속 수련할 수 있도록 하겠습니다.

집에 가는 도중 3천배 의념이 계속 떠올라 대주천 수련 기운을 받아 3천배 수련 도전하기로 마음먹었습니다.

결국 11월 14일 토요일 밤 23:30분부터 『천부경』 103배부터 시작하여 아침 7:30분까지 3천배를 성공하였습니다.

1,700배하고 나서 나도 모르게 잠깐 10분 정도 잠이 들었고 이후 계속했는데 백회와 신도, 노궁, 용천혈에서 기운이 계속 들어와 맑은 정신으로 하였습니다. 시작할 때에는 무릎이 아팠는데 선계 스승님이 도와주어 끝까지 마무리를 잘 했습니다.

11월 16일 월요일 밤 명상하고 있는데 명문혈에 바늘로 찌른 것처럼 아프더니 배가 등으로 붙으면서 명문호흡이 되었고 어깨에 진동이 와 풀어주더니 목 부근 진동이 와서 풀어졌고 오장육부에 기운이 머물어 계속 흔들어 주어 탁기가 제거되는 것을 알았습니다.

지난 금요일 몹시 아팠던 회음혈 부근 치질에도 진동이 와서 계속

탁기를 제거해 주었습니다.

　몸에 진동이 순서대로 오는 것을 체험하고 나서 아 몸의 병은 기운이 진동을 일으켜 탁기를 제거하여 낳을 수 있겠구나 하는 생각이 들었습니다.

　대주천 수련 이후 한 단계 더 영적으로 성장할 수 있도록 몸공부, 마음공부, 기운공부에 매진하여 선도의 구도자로 성통공완 하도록 일심으로 노력하겠습니다.

　다시 한번 스승님께 큰 감사를 올립니다. 사모님과 항상 건강하시길 기원하겠습니다.

　이번 주 토요일은 지리산 삼성궁 방문이, 회사 등산 동아리 회원과 있어 삼공재는 11월 28일(토) 방문토록 하겠습니다.

2015년 11월 17일 광주에서 제자 김광호 올림

나의 특이한 수련 단계

김 희 선

아이들이 어느 정도 자라서 운동을 다니기 시작했다. 수영도 배우고 에어로빅도 하고 여러 가지 운동을 하고 있는데 어느 날 남동생이 단전호흡을 해보라고 권했다. 단전호흡을 하면 쓰레기만 건져도 건강은 챙길 수 있다고 했다. 남동생 말을 듣고 집에서 가까운 OOO에 다니기 시작했다.

OOO에 다니다 보니 마음도 편안해지고 기분도 다른 운동과 비교도 안 되게 좋았다. 평생회원으로 가입하고 특별 수련까지 챙겨 다닐 정도로 2년간 열심히 다녔다. 그런데 점차 시간이 지나자 이곳이 단순히 운동만 배우는 곳이 아니라는 것을 깨달았다. 종교 색이 드러나기 시작했고 그에 따른 마음공부를 시켰다. 그런데 아무리 생각해도 이건 아닌 것 같았다.

'내가 생각하는 마음공부는 이렇게 하는 것이 아닌데….'

계속 OOO에 다녀야 하나 고민하던 중 이번엔 남동생이 수선재에 같이 가자고 했다. 그래서 수선재로 옮겨 정신없이 일 년 반을 수련했다. 그런데 여기도 내가 공부하고 싶은 곳이 아니다.

이런저런 생각을 하다 용기를 내서 삼공재에 가기로 했다. OOO에 다녔을 때 『선도체험기』를 읽고 알게 된 곳이다. 우선 주변을 정

리했다. 가족, 부모, 형제 등 최소한의 인연만을 남겨두고 친구나 여러 모임 등을 하나씩 정리했다. 그리고 일주일에 한 번씩 관악산 등산을 했다.

그렇게 한 달이 지난 뒤에 삼공재에 갔다. 공부를 많이 한 것도 아니고 수련에 대해 아는 것도 없었지만 이상하게 마음이 끌렸다. 일 년쯤 다니면 대주천이 열리지 않을까 싶어 일주일에 한 번씩 빠지지 않고 수련을 다녔다. 그런데 아무런 기미도 보이지 않았다. 하지만 ○○○나 수선재에 다녔을 때와는 다르게 시간이 갈수록 마음이 편안해졌다. 이 길을 믿고 수련에 매진하기로 마음먹었다. 『선도체험기』도 열심히 읽고, 산행도 빠지지 않고 했다. 명상을 통해 궁금한 점들도 하나 둘 해결해 나가면서 수련을 했다.

삼 년쯤 지났을까? 시간이 꽤 흘러도 눈에 보이는 수련의 진척이 없자 또다시 마음이 조급해지기 시작했다. 다른 수련생들은 대주천도 되고 현묘지도 수련도 하고 다들 잘도 하는데 나는 왜 이럴까 싶다. 소주천도 안 되고 기운이 뭔지도 모르겠고 머리가 아팠다. 하지만 다시 마음을 다잡았다. 우리 아이들만 하더라도 20년이 넘도록 나에게서 자립을 못 하고 무슨 일만 있으면 나를 찾는다. 지극정성으로 보살펴도 그렇다. 그런데 눈에 보이지 않는 마음공부는 오죽하겠는가 싶었다. 겨우 삼 년을 하고 불평하는 마음을 갖는 것이 나의 욕심이라고 생각했다.

집에서는 수련이 잘 이루어지지 않는 것 같았다. 집안일을 하고 가족들을 돌보다 보면 겨우 등산을 하는 것이 전부였다. 그래서 선

생님의 허락도 받지 않고 내 멋대로 일주일에 3번씩 삼공재로 수련을 다니기 시작했다. 그런데 이상하게 3번씩 다녀도 힘만 들었다. 답답한 마음에 직접 선생님께 여쭈었다. 그랬더니 누가 3번씩 다니라고 했느냐고 호통을 치신다. 선생님의 말씀을 듣고 수련을 줄일까 하다가 '에이, 다니기로 마음먹은 것 그냥 다니자'라고 생각해 일주일에 3번씩 삼공재에 갔다. 그렇게 또 몇 년이 흘렀다.

그러던 중 딸이 시집을 가고 손녀도 생기고 갱년기도 지났다. 삼공재에 다닌 지 근 10년. 세월은 흘렀지만 수련을 함에 있어서 큰 변화는 없다. 일주일에 산 2번, 삼공재 2~3번, 틈날 때마다 집에서 수련. 눈에 보이는 변화도 아직 없다.

나의 수련은 남들과는 좀 다르다. 눈에 보이는 발전이 없다. 하지만 분명히 조금씩 발전하고 있다. 나는 관을 통해 수련이 발전하고 있음을 느낀다.

나는 어릴 때부터 가위에 많이 눌렸다. 그런데 ○○○에서 단전호흡을 배우기 시작하면서는 이런 증상들이 사라졌다. 아무것도 모른 채 놀라서 깨던 예전과는 달리 꿈에 어떤 장면들이 보이면서 마음이 진정되고 편안하게 자고 일어날 수 있었다. 이를 계기로 수련에 관심을 두게 되었고 ○○○, 수선재를 거쳐 현재 삼공재에 다니고 있다.

한 달쯤 삼공재에 다녔을 때 선생님께서

"재미없을 텐데."

라고 하셨다. 그 뒤로 한 달 뒤에

"10년은 다녀야 할 텐데."

하신다.

"네."

하고 대답한 지 벌써 10년이 다 되었다.

삼공재에 다니기 시작하면서는 한 달에 한 번 정도 선잠을 잤다. 그럴 때마다 빙의령이 보이고 그러면 마음이 편안해지고 안 풀리던 일도 풀리고 일이 해결되곤 했다.

그 뒤로는 산에 가든 집에 있든 어느 장소에서든지 에너지가 생기면 빙의령이 들어오는 것 같다. 전생의 인연에 따라 약한 것에서부터 점점 강한 것까지 끊임없이 들락날락하며 나를 공부시키고 나간다.

내 개인적인 문제나 집안 일, 부모와 형제들의 문제까지도 빙의령을 통해 해결되었다. 요즘은 기운이 센 빙의령만 보이고 약한 빙의령은 보이지 않는다. 몸의 구석구석이 조금씩 아프고 지나갈 뿐이다.

되돌아보면 나의 수련은 이렇게 발전해왔다. 현재에도 조용히 수련하는 가운데 여러 빙의령들이 천도되면서 평탄하게 살아가고 있다.

눈이 오는 어느 날 산에 가고 있는데 비탈길에서 미끄러졌다. 지나가던 사람이 날 잡아주고 갔다. 집에 와서 수련을 하는데 나는 전생에 대감이었고 잡아주고 간 사람은 여종의 모습으로 보인다. 옷깃만 스쳐도 인연이란 말이 그냥 있는 말이 아닌 것 같다.

수련을 시작하고 2년 정도 지나서 몸살이 났다. 일주일 정도 일어나지도 못할 정도로 아팠다. 전생의 장면에 어느 집 아주머니가 어린아이를 학대하고 괴롭히는 장면이 보인다. 내가 전생에 어린 아이

를 그렇게 괴롭혔다면 일주일 정도 아픈 것은 아무것도 아니라는 생각이 들었다. 그것으로 빚을 갚을 수 있다면 도리어 감사해야 할 일이란 생각이 들었다.

삼공재에서 같이 수련하시는 어떤 분만 만나면 가슴이 답답하고 힘들었던 적이 있었다. 그분은 나보다 수련도 많이 하신 분이고 현묘지도도 끝낸 분이었다. 그런데 하루는 수련 중에 어느 대감댁에서 머슴이 대감마님 말은 안 듣고 놀러만 다니는 장면이 보인다. 내가 전생에 대감마님의 말을 안 듣고 놀러 다니면서 가슴을 답답하게 한 머슴이었던 모양이다. 이 장면을 본 후에는 수련 중 그분을 마주쳐도 더는 가슴이 답답하지 않았다.

나는 스트레스를 받으면 옷과 보석 사는 것을 무척 좋아한다. 그렇다고 옷을 사서 잘 입고 다니는 것도 아니다. 한두 번 입고 언니에게 주곤 한다. 보석도 마찬가지이다. 잘 치장하고 다니지도 않으면서 자꾸 사곤 한다. 수련 중에 루이 14세의 왕비 마리앙뜨 안느가 보인다. 사치스러운 전생의 습관이 아직 많이 남아있었나 보다.

하백의 딸, 클레오파트라, 스님, 몸종, 하녀, 마당쇠, 대감……
끝없는 전생의 장면들을 보면서 느낀 점은 한 생에 한 가지씩은 꼭 배워야 할 공부가 있다는 것이다. 나는 수련을 통해 조금씩 세상 사는 이치를 알아간다. 마음의 평화로움을 찾아 이 길을 계속 걸어

가고 싶다. 남동생이 쓰레기만 건져도 건강은 챙긴다고 하더니 나는 건강뿐 아니라 마음에 평화로움까지 챙겨 행복하게 잘 살아가고 있다.

2015년 11월 20일 김희선 드림

【회답】

단전호흡해서 건강을 제일 먼저 건졌고, 이제 마음의 평안을 건져가고 있으니 그 다음으로는 기필코 운기조식의 묘를 거두기 바랍니다.

고객 회원과의 알력

안녕하세요. 선생님 요즘 제 수련 상황 점검받고자 메일 드렸습니다. 지난주 축기 점검과 대주천 통과하신 도반님과 수련 후에 얘기를 하다 보니 제가 은연중에 축기보다는 기를 돌리는 쪽으로 정신이 많이 가 있다는 걸 알게 됐습니다.

그래서 그날부터는 다른 쪽에 느낌에 나도 신경 쓰지 않고 오로지 단전 쪽만 응시를 하면서 호흡을 하니 확실히 단전에 뭉치는 느낌과 팽팽한 느낌이 강해지는 걸 알게 되었습니다. 그리고 손이나 전신으로 해서 몸이 따끔따끔할 때가 종종 있습니다.

축기 점검받기 며칠 전에 수련을 하다가 독맥쪽이 아닌 임맥쪽을 통해서 중단전으로 기가 올라온 적이 있었는데 그 상황에서 단전 축기 쪽에 더 신경을 쓰면서 응시를 했어야 했는데 독맥 쪽으로 기가 흘러야 되는 게 아닌가 하면서 기를 내려버렸던 기억이 납니다. 앞으로 그런 일이 다시 나면 일단은 두고 보면서 어떻게 흘러가는지 좀 더 지켜봐야 될 부분인 듯합니다.

확실히 수련을 하면서 주변의 상황에 대해 감정이 휘둘리는 일은 많이 없어진 듯하지만 한번 마음의 동요가 일어났을 때의 반응은 이전보다 강하게 일어나는 걸 느낍니다.

어제 제가 일하는 체육관에서 회원 재등록 받는 과정에서 어느 정

도 정해진 가격을 받고 등록을 받아야 하는데 그걸 무시하고 그 회원이 예전에는 이 가격에 해줬는데 이 정도는 해줘야 하는 거 아니냐고 하면서 계속 억지를 쓰셔서 실랑이를 하다 보니 저도 모르게 화가 좀 났던 것 같습니다.

결국은 그 회원이 원하는 방향으로 처리를 해주기는 했는데 한번 감정의 동요가 일어나고 나니 머리가 화끈거리면서 백회 쪽이 완전히 꽉 막힌 느낌이 드는데 그에 따라서 몸의 컨디션도 많이 떨어진 걸 느낍니다.

나름 수련이 되면서 마음공부도 잘 되고 있다고 생각 했는데 한방 먹은 느낌입니다. 지금은 마음의 수습은 잘된 듯한데 나머지 부분이 회복되려면 시간이 조금 걸릴 듯합니다.

오늘 하루도 잘 마무리 하고 내일 수련 때 뵙도록 하겠습니다. 남은 하루 마무리 잘하시고 항상 신경 써주셔서 감사합니다. ~^^

2015년 11월 20일 성민혁 드림

【회답】

단전에 완전히 축기가 되기 전에는 기를 임독으로 돌리는 일이 없도록 항상 주의하기 바랍니다. 그리고 회원 고객에게는 항상 친절하도록 성의를 다해야 할 것입니다. 남에게 잘해 주는 것이 나에게 잘해주는 것임을 잊지 말기 바랍니다.

배내골 수련원, 간헐산

마 윤 일

삼공 스승님 그동안 안녕하셨습니까?

며칠 전 서면 영광도서에 갔다가 『선도체험기』 110권이 나와있는 것을 보고 한 권 사가지고 돌아와 읽고 있습니다.

지난 6월초 스승님께 보낸 메일이 벌써 글에 실려 있었습니다.

저는 지난 8월 말부터 매주 금요일 오후가 되면 원불교 배내골 수련원에 들어갑니다.

저녁 7시경 수련원에 도착하면 제일 높은 곳에 지어진 대각전 전당에 가서 좌선을 합니다.

밤 10시까지 선을 하고 나서 이곳 배내골 청소년 수련원 원장님 숙소 곁에 지정된 제 방에 가서 취침을 합니다.

다음날 새벽 5시 아침 선을 한 시간 한 후에 7시 30분 아침식사.

이제 9시부터는 이곳 배내골의 자랑인 간헐산으로 등산을 갑니다.

이곳은 영남알프스라고 하는 곳인데, 배내고개를 중심으로 석남사 방향에서 볼 때 좌측능선을 따라 올라가면 배내봉(966), 간헐산(1096), 신불산(1159)을 지나 통도사 뒤 산인 영축산(1081)까지 갔다가 우측 계곡으로 내려가면 단조성터길이 나옵니다. 이 길을 따라 하산하면 파래소 폭포 가는 길옆으로 해서 신불산 자연휴양림 하단이 나옵니다.

6시간 산행코스입니다. 이곳에 328번 버스가 오후 3시 10분에 출발하여 배내 고개까지 다시 나를 실어 줍니다.

그 다음 주에는 배내 고개에 차를 주차해 놓고 우측 능선을 따라 올라갑니다.

30여분 산길을 따라가면 능동1봉이 나옵니다. 이곳 바로 직전에 갈림길이 있는데 다음 주에 갈 가지산 방향으로 가는 길입니다.

능동 2봉을 지나 천왕산으로 가는 길에 밀양 호박소 방향에서 올라오는 케이블카가 보입니다.

천왕산(1189)다음에는 재약산(1108)까지 가서 우측으로 사자평으로 내려갑니다.

사자평원을 지나 주암 삼거리 향로봉 갈림길 죽전마을까지 6시간 산행길입니다.

이곳에서 오후 3시 10분 328번 버스를 타고 다시 배내고개에 돌아와서 내 차로 수련원으로 돌아갑니다.

몸을 깨끗이 씻고 다실에 앉아 차를 한잔 들고는 이번에는 간월당 법당으로 갑니다.

6시까지 선을 하고 저녁식사 후에는 다시 대각전으로 올라가 10시까지 좌선을 합니다.

일요일 아침 5시 새벽선을 하고 7시 부산으로 돌아옵니다.

그동안 3개월간 매주 주말을 열심히 수련한 덕에 요즘 단전이 한층 뜨거워졌습니다.

중국어 학원도 매일 빠지지 않고 아침마다 공부한 덕에 요즘은 제

법 말이 나오고 듣기도 됩니다.

하는 인쇄업도 잘 풀려나갑니다. 요즈음은 전자입찰로 주문을 받는데 신통하게 낙찰이 잘됩니다.

이제 곧 뜨거운 단전에서 뜨거운 물줄기가 솟아나와 확실하게 소주천이 되면 바로 스승님을 찾아뵙겠습니다.

제 소원이 현묘지도 수련하는 겁니다.

그럼 안녕히 계십시오.

자주 연락하겠습니다.

2015년 11월 29일 부산에서 마윤일.

【회답】

메일을 읽다 보니 내가 지금의 마윤일 씨 나이 때 정신없이 등산에 열중하던 일이 떠오릅니다. 부디 소주천이 되어 불쑥 삼공재에 나타나기를 학수고대합니다.

제가 살리겠습니다

안녕하세요, 선생님.

부산의 신지현입니다.

메일 드린 지 한 달이 넘었네요.

그때는 지구에 재앙이 와서 죽는 것도 무섭고 살아남아서 좋은 세상을 본다 해도 다른 사람들이 떼로 죽어 나갔는데 새 세상이 왔다고 과연 기뻐할 수 있을까 가슴에 돌을 얹은 듯 답답하였습니다.

선생님의 메일이 약간의 위안이 되었지만 며칠간은 계속 두려움과 우울한 기분이 들었습니다. 그러다가 11월 3일에 관점의 전환이 왔습니다. 병겁이 돌 때 생존할 수 있으면 내가 살리면 되겠구나 하는 생각이 든 것입니다. 그러자 두려움도 사라지고 목표가 확실해졌습니다.

'제가 살리겠습니다. 많이 살리겠습니다. 다 살리겠습니다' 하고 하늘에 맹세하였습니다.

여기까지 와서 생각해보니 오래 전에 '사랑이란 무엇인가', '산다는 것은 무엇인가', '어른이란 무엇인가', '스승이란 무엇인가'란 화두를 받았던 것이 떠올랐습니다. 제 목표가 사람을 살리는 것이 되니 이 네 가지 화두의 답이 쉽게 나왔습니다.

사랑이란 무엇인가 - 나와 상대의 자기증식과 자기유지를 돕는, 기

분 좋아지는 모든 행위.

산다는 것은 무엇인가 - 사랑을 하는 것.

어른이란 무엇인가 - 자신의 삶을 유지하고 타인의 삶을 도울 수 있는 사람.

스승이란 무엇인가 - 사는 방법을 가르치는 사람.

사람마다 정답은 다르겠지만 일단 저만의 답은 이렇게 나왔습니다.

다음날 새벽꿈에 실제로 있는 친구가 놀러 가자고 어디로 데리고 갔는데 그곳은 저의 육체와 정신을 장소로 표현한 곳이었습니다. 친구는 모습만 빌렸을 뿐 저보다 상위의 존재 같았고 '아이구! 여기 있었구나' 하면서 어떤 아기를 찾아내었습니다.

아기는 모습을 작게 하고 숨어 있었던 악령이었고 경찰 같은 신장 두 명이 나타나서 악령을 상자에 넣어 박스 테이프 같은 넓은 끈으로 상자를 둘둘 말아서 가뒀습니다. 악령은 그 틈새로 못마땅한 얼굴로 저를 쳐다보았습니다.

그 악령이 무엇을 뜻하는지는 모르겠지만 태을주 수련을 하고부터 언제부턴지 밤에 자려고 하면 으스스한 기분이 들고 인터넷에 떠도는 공포사진처럼 음산한 귀신들이 매일 보였습니다. 그렇다고 딱히 일상에 지장은 없어서 무시하였는데 그런 것이 없어졌습니다.

11월 7일에는 허브 화장품을 발랐더니 가렵다가 오리고기를 먹고 화장품을 바른 부분만 두드러기가 생겼습니다. 날이 갈수록 점점 가렵고 얼굴이 퉁퉁 부어서 피부과에 가서 약을 받아왔습니다. 그리고

나서 뒷산에 올라 부은 눈으로 시야가 막혀서 피곤하니 한 바퀴만 돌고 집에 가려고 생각했습니다.

그 순간 '세 바퀴를 돌아야 피부병이 낫는다'하는 텔레파시가 전해 졌습니다. 좀 억지다 싶은 생각이 들었지만 손해 볼 것은 없겠다 싶 어서 힘들어도 태을주를 중얼중얼 외우며 세 바퀴 다 돌았습니다. 뒷산을 세 바퀴 도는 시간이 거의 3시간인데 그 후로 일주일간 네 번씩 다니고 있습니다.

얼굴이 부었던 것은 며칠 만에 나았지만 수련을 등한시하면서 살 이 찌고 아토피 같은 피부병이 생겨서 피곤하거나 음식을 잘못 먹으 면 눈 주위와 손가락이 가렵고 각질이 생겼던 것이 오히려 조금 더 심해진 느낌입니다. 살이 찌면서 면역에 문제가 생긴 것이 아닌가 생각이 듭니다.

평소에는 게으름 부리며 빼먹기도 하면서 산을 두 바퀴를 돌고 왔 었는데 그 한 바퀴 차이가 엄청나서 많이 피곤합니다.

집에 오면 아무 생각 없이 단순해지고 '인생 어떻게든 돌아가겠지' 싶은 배짱이 생깁니다.

산에 다녀오면 힘이 없어서 선생님께 메일 쓸 의욕도 안 생겼는데 오늘은 비가 와서 산에 못 가고 이렇게 메일 드리게 되었습니다.

다른 변화가 있으면 또 메일 드리겠습니다.

열심히 수련하겠습니다.

2015년 12월 11일 신지현 올림.

【회답】

이왕에 자신을 관하는 수련을 할 바에는 자기중심을 관해보는 것이 어떨까 합니다.

내가 지상에서 살아갈 수 있는 것은 지구 중심과 나의 영혼의 중심이 서로 일치하여 있기 때문입니다.

잠시라도 내 영혼의 중심이 지구의 중심과 빗나가면 나는 곧 쓰러지고 말 것입니다. 그래서 사람의 몸에서 마음이 떠나버리면 내 몸은 쓰러지고 맙니다. 그것이 이른바 죽음입니다.

지구가 자전과 공전을 되풀이 하는 것도 태양의 중심과 일치하고 있기 때문입니다.

태양계가 북극성 주위를 공전하는 것도 북극성과 중심이 일치하고 있기 때문입니다.

우리 은하계가 대은하계를 공전하는 것도 역시 중심이 일치하고 있기 때문입니다.

따라서 우리들 각개인은 어쩔 수 없이 무한한 대우주와 한 몸이 되어 우아일체를 이루고 있는 것이 실상입니다.

이러한 우리는 우주와 하나 되어 시공과 물질을 초월하여 영원히 살아가는 존재들이라는 것을 알면 지구에 어떤 재앙이 닥치더라도 조금도 겁먹을 이유가 없을 것입니다.

【신지현님의 회답】

답장 감사합니다, 선생님.

선생님의 말씀 무슨 뜻인지 잘 알겠습니다.

변화하는 것이 싫고 불편하고 싶지 않다는 아상에 휘둘렸지만 이제는 우주와 지구의 변화로 만약 재앙이 닥쳐온다면 겸손하게 받아들이겠다는 생각이 들었습니다.

오늘도 산에 다녀왔습니다. 걸을수록 점점 수월해지고는 있으나 막상 산에 갈 때는 싫다는 생각이 듭니다. 빨리 적응되면 좋겠습니다.

열심히 수련하겠습니다.

2015년 12월 12일 신지현 올림.

【회답】

이왕에 등산을 시작한 이상 산에 가기 싫다는 생각 대신에 산에 안 가고는 못 배기는 체질로 바뀌기 바랍니다. 그렇게 되어도 손해될 것은 조금도 없을 것이니까요.

20년 수행의 결산

스승님

홍승찬 인사드립니다.

삼공재에서 호흡을 하면서, 스승님께서는 '신인'이시라는 것을 항상 확인합니다.

난치병, 말기 암환자를 살리시고(내가 말기 암환자를 살렸다는 말은 과장이다. 단지 오행생식을 암환자에게 밥 대신 먹게 했을 뿐이다. 필자 주), 범인을 성인으로 만드시고, 얼음처럼 깊은 카르마를 녹여내시고, 빼내시는 기운(창조력)을 갖고 계신데도,

겸허하게, 착하고, 바르고, 슬기로움을 실천하시는 모습에 항상 배워나갑니다.

제가 20년간 수행하면서, 작게나마 깨달은 내용을

같이 수행하시는 도반님들께 도움이 되고자 글을 써 보았습니다.

그리고 모든 내용은 스승님과 『선도체험기』에 봉헌합니다.

감사합니다. 스승님,

스승님의 가피력은 1000년 넘게 제 중심에 있을 것입니다.

주님, 스승님, 천지신명께 모든 영광이 있나이다.

2015년 12월 18일 홍승찬 올림

견성에 관하여

홍 승 찬

글을 시작하면서,

『선도체험기』를 읽고 삼공 선생님을 찾아 뵌 것이 1996년도 (복학한 후, 대학교 2학년 시점)이니 벌써 20년째가 되었습니다.

몸 공부, 기 공부, 마음 공부를 강조하셔서 도인체조, 조깅, 등산 등의 몸 공부와 운기조식, 단전호흡, 오행생식 등을 통한 기 공부 그리고 『선도체험기』를 비롯하여, 유불선을 아우르는 많은 성인들의 가르침과 역지사지 빙하착 등을 통한 마음 공부를 꾸준히 하였습니다.

쉽게 말하면 바르고, 착하고, 슬기롭게 살라는 지침을 항상 새기고, 최대한 실천한 지 벌써 20년의 시간이 지난 것입니다.

제가 비록 견성을 하지 않았었을 때일지라도, 삼공 선생님의 그러한 가르침을 통하여, 이미 인격의 수준이 올라가고, 에고의 욕심과 이기심이 어느 정도 희석되어, 생각과 감정과 오감에 휘둘리지 않게 되는 세계가 이미 어느 정도 펼쳐지고 있었는데, 어느새, 언듯, 홀연히 견성을 하는 순간을 맞이하였습니다.

조심스럽게 돌이켜 보건데, 『선도체험기』의 109권이 나오는 동안에, 457명의 제자들에게 대주천과 관련하여 벽사문을 달아주셨고, 다수의 '현묘지도수련'을 통과한 분들이 많았지만, '견성'이라는 것이 편

견이 있어서인지 『선도체험기』에는 도반님들의 견성 부분이 많이 기재되어 있지 않은 것 같습니다.

저 역시, 『선도체험기』를 통하여 1996년도부터 수련한 도반으로서, 순수하게 다른 도반분들을 사랑하고 아끼는 마음과 함께, 그저 도움이 되고자 하는 바램을 가지고 글을 써보기로 했습니다.

특히 삼공 선생님께서 이 시대에 저와 같이 존재해 주시고, 그 존재를 같이 공유해주셔서 많이 찾아 뵐 수 있었고, 그로 인해 견성의 무수한 기회가 주워졌고, 다른 어느 시대, 어느 장소보다도 많이 배울 수 있었습니다. 삼공 선생님의 존재가 아니었다면, 아마 그 가깝고도 항상 같이 하는 '참자아'를 알아차리는 데 있어서 에고의 무지에 의하여 참으로 많은 시간이 더 걸릴 뻔 했습니다. 삼공 선생님, 진심으로 감사합니다. 또한 병든 이를 살릴 정도의, 평범한 사람을 '신인'으로 만들 정도의 기를 아낌없이 베풀어주시고 이끌어 주셔서 그저 겸손하고 감사할 뿐입니다.

견성에 대하여

견성을 하게 되면, 참자아의 자명함과 명명백백함을 통하여 따로 증명할 필요를 느끼지 않습니다. 다만, 이런 일이 있다고 보고하는 바 입니다. 참자아를 알게 된다면, 『선도체험기』에서 많이 다루듯이 '유불선'의 모든 지혜를 '혜통'해야 할 것입니다.

따라서, '유불선'의 내용을 통하여 간단하게 정리해 보았으면 합니다.

참자아는 『선도체험기』에서 나오는 삼공 선생님의 말씀과 다르지 않습니다. 삼공 선생님의 수행법은 참으로 도움이 되며, 참자아에 대한 서술은 명료합니다.

참자아는 『삼일신고』, 『천부경』의 하느님과 같습니다.

참자아는 '신인합일'이 가능하고, 원래 그렇다는 것을 증명합니다.

참자아는 불교의 모든 진리를 관통할 수 있도록 해줍니다. 참자아는 『금강경』의 내용을 관통하며, 『반야심경』의 '공즉시색, 색즉시공'을 완전히 알 수 있게 해줍니다.

참자아는 육조혜능의 『육조단경』을 오차 없이 이해하게 해 줍니다.

참자아는 유교, 성리학을 이해할 수 있게 하며, '이(理)와 기(氣)'의 작용을 이해하게 합니다.

참자아의 특성은 이 시대에 참 많이 서술되었기에 생략하겠습니다. 오히려 도반분들을 어렵게 할 수 있기 때문입니다.

다만, 제가 좋아하는 구절을 하나 말씀드렸으면 합니다. 선종의 일대조사를 달마대사라고 한다면, 36대조는 백장 회해인데, 이분 시대에 위산이라는 분이 제자 양산에게 "푸른 하늘에 발자국을 남길 수 있는가?"라고 하였습니다. 이것의 의미는 우리 안에는 공, 허, 무라고 칭하는 인간의 생각, 감정, 오감(오온)에 물들지 않는 청정한 깨어있음이 있다는 것입니다. 도반분들도 이것이 있어서 『선도체험기』를 109권까지 읽고 있는 이유인 것입니다.

참자아의 작용

참자아는 인간 개체의 업(카르마)을 비로소 제어할 수 있는 힘을 줍니다. 참자아를 확실히 느끼면서 참자아를 통한 선, 공덕을 행해야지, 에고를 통한 선, 공덕은 한계가 있습니다.

참자아를 통하여, 업을 제어할 수 있기 때문에, 윤회를 제어할 수 있는 힘이 있습니다. 태양 앞에서 추위가 없어지듯이, 에고의 방해 없는 참자아 속에서 악업은 더 이상 강할 수 없습니다. 참자아는 본연의 모습으로, 완벽하고, 가장 위에 있는 진리이며, 더 배울 것이 없는 진리이므로, 부족한 것이 없는 완전한 진리입니다.

참자아를 느끼고 함께해야, 비로소 자유(해탈)를 느낄 수 있습니다. 왜냐면, 인간개체는 에고와 그에 따른 생각, 감정, 오감의 노예이기 때문입니다. 에고의 탐진치(욕심, 성냄, 무지)는 기능적으로 필요하지만 사람 개체를 에고와 동일시하게 하는 착각을 일으키므로, 깨닫기 전에는 에고로부터 자유로울 수 없기 때문입니다. 우리는 여행 등을 하면서 내면의 존재를 느끼고 에고와의 '일별'을 경험하지만, 그것은 잠시 느끼는 것일 뿐 지속적으로 유지되지 않기 때문에 에고에 의한 '고(苦)'는 항상 따라다니고 따라서, 부처가 얘기한 '고집멸도'의 필요성을 느낄 수밖에 없습니다.

견성과 에고의 관계 - 효율적인 수행법, 수행법 고찰

파탄잘리의 요가수트라의 서문에는 요가의 목적이 '생각을 멈추는 것'이라고 나옵니다. 또한 황벽선사의 '직하무심', '당하무심'은 매우 유명한 최상승법 수행의 하나인데 이것 역시 '지금 당장 생각을 멈추라'는 의미입니다. 즉, 에고의 생각이 멈추고, 생각과 맥을 같이하는 감정이 멈추면 영성을 더욱 또렷이 느낄 수밖에 없기 때문입니다.(물론 오감 또한 집중을 흐리지 않을 정도로 조용하면 좋겠지요.)

이 수행은 『삼일신고』의 지감, 조식, 금촉이라는 수행법과도 맥을 같이합니다. 생각, 감정, 오감에 신경을 쓰지 말고, 조용히 호흡을 하면 당연히 영성, 신성, 영, 참자아, 주인공이 더욱 또렷해질 수밖에 없고, 그러한 가운데, 알아차리는 자리를 느끼면, 『삼일신고』에 나와 있는 대로 참자아가 머리에 내려와 있다고 것을 확인할 수 있습니다.

『육조단경』에 '최상승법'이 나오는데, 육조혜능은 하수가 아닌 고수한테는 단박에 깨달을 수 있는 '최상승법'을 선호하였고, 따라서 '돈오돈법'으로 불리웁니다. 돈오돈법과 돈오점수를 분명히 나누기가 쉽지 않지만, 현재의 불교 수행법은 간화선(화두수행법)에 집중을 하면서도 돈오돈법에 대하여는 많이 이해 못하는 모습을 보이는 것 같습니다.

『선도체험기』에서 소개했었지만, 선종의 대가들이 제자들을 상대로 '할'이라고 호통을 친다든지, 몽둥이로 머리를 때린다든지 하는

것은 결국, 순간적으로 생각을 멈추게 해서 에고, 감정, 오감을 멈추게 하고, 바로 이때에 알아차리는 자리(깨어있는 자리)를 찾도록 돕기 위해서입니다. 이때에 그토록 많이 들었던 시작도 끝도 없는 참 자아가 모습을 드러냅니다. 이 절대계는 참으로 분명하며, 계속 함께하고 되고, 유지되며, 그 속에 자리를 잡게 됩니다. 참고로 이러한 깨달음 이후의 과정은 소승불교와 달리 대승불교에 잘 기술되어 있는데 『화엄경』, 「대승기신론」에 잘 나옵니다.

국내 불교에서 유행하는 수행법의 의미를 잠시 예기하자면, 간화선(화두수련법)에서 "이 뭐꼬?"는 '느끼는 이것이 무엇인가?', '생각을 알아차리는 것은 무엇인가?', '화두를 수행하는 자가 무엇인가?' 등을 염하면서, 생각이 멈추는 중에 알아차리고, 깨어있는 것을 발견하는 것입니다.

16세에 돌연 깨달은 인도의 마하라쉬는 '나는 누구인가?'를 구도자들에게 늘 권했는데, 결국 '나는 누구인가?'라고 할 때, 생각이 멈춰진 중에서 알아차리는 자리, 깨어있는 자기가 분명해질 때, 견성할 수 있는 확률이 높아지기 때문입니다.

삼매와 초의식이라는 것도, 이것을 깨치는 데 가장 중요한 것이 에고의 생각과 감정을 멈추고, 오감의 느낌을 멈추고, 조용한 가운데 알아차린 자리, 깨어있는 자리를 발견하는 것입니다 그래서 부처 역시 육바라밀을 권유할 때에 보시, 지계, 인욕, 정진과 함께 '선정'과 '지혜'를 강조했는데, 조용히 알아차리라는 것을 참으로 중요하게 생

각했음을 알 수 있습니다. 이는 육조혜능 선사가 그토록 강조했던 것입니다.

대표적인 호흡법도 들숨, 날숨에 집중을 하다 보면, 생각이 가라앉고, 감정이 누그러지고, 오감이 편해지는데, 이때에 돌연 생각, 감정, 오감이 멈춰진, 알아차려지는 자리, 깨어있는 자리를 찾는다면 견성이 가능할 것입니다.

동시에, 돈오점수라고 할 수 있는 수행법 또한 매우 중요한데, 예를 들어, 바로 깨닫지는 못하더라도 스승님과 함께 명상을 한다든지, 교감을 한다든지 하는 것은 매우 중요합니다, 의식혁명의 저자로도 잘 알려진 '데이비드 호킨스 박사'는 스승의 아우라, 빛, 가피력은 제자에게 전달이 되는데 이는 1000년도 유지가 되고, 30생에 걸쳐서 유지된다고 합니다.

또한 스승의 에너지는 제자의 에너지를 활성화한다고 나옵니다. 저 역시 글로 이렇게 쓰지만 삼공 선생님의 가피력, 기운이 없었다면, '도대체 얼마나 많은 시간을 보내야 했을까'라는 의문이 들기도 합니다. 수행은 머리가 아닌 체험인데, 그런 면에서, 『선도체험기』와 김태영 스승님에게 진심으로 감사합니다.

따라서, 혼자 책을 읽고, 호흡을 하고, 관법을 쓰고, 명상을 하고, 기도를 하고 하는 많은 방법이 있지만, 멘토(스승)의 도움이 없이는 시간만 허비하는 상황이 될 수도 있습니다. 왜냐면, 강력한 가피력은 책을 통해서 얻는 것은 어렵기 때문입니다. 만일 그러한 분이 있

다면, 마하라쉬처럼 전생에 깨달은 분이 스승 없이 문득 견성하는 카르마의 작용이라고 할 것입니다.

일류의 스승들의 보편적인 수행법 - 선행, 공덕쌓기

사람 개체가 한번에 깨달으면 좋겠지만, 어떻게 그것이 쉽겠습니까? 그런 면에서 많은 수행법이 내려옵니다. 견성은 에고의 욕심, 이기심을 벗어나야 가능한 자리인데, 그렇기에 한번에 견성을 하지는 못해도 견성에 지속적으로 가까워지는 방법이 무수히 많습니다. 『선도체험기』를 109권까지 본 모든 분들은 궁극적으로 깨달을 운명이므로 이러한 법칙들을 잘 이해하는 것은 매우 도움이 된다고 봅니다.

예를 들어, 한 남자(에고)가 이쁜 여자를 보고 성폭행을 시도한다면, 이는 짧게 보고 이득을 보는 행위이므로 굉장히 에고적이고 이기적인 행동인데, 반대로, 이성(배우자)에게 친절하고, 이해해주고, 보살펴주고, 아낌없이 주는 것을 실천하며, 배우자에게 공덕을 쌓는다면 이는 오히려, 장기적인 관점에서 매우 유익함을 가져올 것입니다. 이처럼 짧게 보지 않고, 매우 긴 시간을 기준으로 유익함을 추구한다면, 에고로부터 많이 벗어 날수 있으며, 이런 원리에 의하여(『선도체험기』에 그토록 많이 실려있지만), 이타심, 선행은 에고의 끌어당김을 희석시키는 좋은 방법입니다.

궁극적으로 이타심과 선행, 공덕을 쌓는 것이 에고(영적 에고, 영혼)의 입장에서도 장기적으로 유익하기 때문에, 그러한 법칙을 습관

화한다면, 업장이 줄어들면서 매우 깨달음에 가까워질 것입니다. 이러한 방법은 에고를 굉장히 무력화시키는 매우 강력한 방법인데, 그만큼 중요하게 다뤄지지는 않았던 것 같습니다. 이러한 이유는 에고가 호흡, 에너지 등을 통해서 이기적인 관점에서 견성을 하려고만 하니, 이타심, 자비 등에는 관심을 갖지 않고, 기술적인 단전호흡을 이용해서 깨달으려고 도전하기 때문일 것입니다.

불교, 신선도에서 특히 마음, 심법을 강조했다는 것을 인식하여 균형 있는 수행을 해 나가는 것이 좋겠습니다.

태을주 주문수련 같은 주문수련은 매우 강력한 방법입니다. 또한 『육조단경』에 이르길, 만법은 일물로부터 나온다고 하였는데, 태을주 수련을 할 때도 이러한 이해를 분명히 하는 것이 유익합니다. 결국, 내 안의 참나가 우주의 참나이고, (아트만이 곧 브라흐만이다) 내 안의 참나, 무극의 자리는 나의 시작이면서 동시에 우주의 시작이므로, 삼천대천 세계가 아무리 광대하고 크다 하더라도, 주문의 반응을 일으키는 주인공은 '나'라는 것을 아는 것도 유익할 것입니다. ('나'의 의미 해석을 주의해 주세요, 나는 참나입니다.)

참고로, 삼강오륜 같은 가르침을 편 원시 유교에서 불교와 신선도를 수용한 성리학의 가르침까지 살펴보면, 이러한 가르침은 주역의 이치를 매우 중요하게 다루고 있습니다. 무극, 태극(태을), 황극의 자리는 모두 참나의 다른 모습으로 참나의 절대적인 속성은 무극이며, 작용을 일으키는 속성은 태극, 태을, 하나로 칭하고, 이것을 운영하는 모습은 황극으로 표현됩니다.(즉, 나라는 사람이 결혼을 하면

아버지가 되고, 회사를 경영하면 사장이 되기도 하듯이, 같은 것이 어떤 기능을 하느냐에 따라서 불리는 이름이 달라집니다.)

잠시 설명하자면, 무극, 태극, 황극을 같은 하나로 한다면, 이 태극 안에는 음양이 있고 음양 사이에 중간체인 '인'이 있기 때문에 『천부경』의 천지인이 이를 가르키며, 음양은 다시 여름, 겨울 사이에 봄과 가을이 있듯이 4괘(건감곤이)로 나뉘고 이것이 운영이 되면서 오행이 됩니다. 이 4괘는 다시 8괘로 세분화되는데, 모두 '음양의 원리'로 나뉘게 됩니다. 즉, 태극은 시작점인데 이 점안에는 음양이 있으며, 이 음양의 조화에 의하여 모든 것이 변화고 창조되게 됩니다. (여기서 음양은 수축과 팽창으로 이해해 보겠습니다)

이 4괘인 건감곤이는 유교의 '인의예지'를 가르치기도 하는데, 참나의 속성에는 여름처럼 '인'(사랑, 자비, 팽창 - 건)이 있고, 겨울처럼 '의'(정의, 바로잡음, 수축 - 곤)가 있으며, 가을처럼 '예'(겸손함, 겸허함 - 감)가 있으며, 봄처럼 '지'(지혜, 알아차림, 깨어 있음 - 이)가 있음을 의미합니다. 따라서 깨닫는다고 모든 것이 완료되는 것이 아니라, 참나의 속성인 인의예지를 계속 키우는 것이 필요합니다. 왜냐면, 깨달아서 업(카르마)를 제어할 수 있는 힘이 생겼어도 아직 에고는 욕심, 이기심, 악을 선택할 수 있는 여지가 여전히 있기 때문에, 더욱 정진할 필요가 있습니다.

부처도 깨달은 후에, 육바라밀을 예기했는데, 보시(베품), 지계(계를 지킴), 인욕(욕심을 절제), 정진(수행의 정진), 선정(고요함), 지혜(지력, 알아차림)를 강조했는데, 여기서 정진이 있는 이유는 이제 비

로소 에고를 참나의 수준으로 본격적으로 끌어올리는 일을 할 수 있기 때문입니다. (여기서, 육조혜능은 선정, 지혜 - 고요한 가운데 알아차림 - 를 가장 기본으로 삼았습니다.) 이것은 공자가 가르친 '칠십이종심소욕불유거(七十而從心所慾不踰距)'와 다르지 않은데, '나이 70이 되면 마음 내키는 대로 행동해도 법도에 어긋나지 않는다'라는 의미와 맥을 같이합니다.

이를 통해서 보면 깨달음은 본격적인 인격 상승의 가능성을 의미하며, 만일 견성을 하지 않았어도 그동안 인격을 높여 왔다면, 그만큼 깨달음과 맥락을 같이해 온 것이기 때문에 조급할 이유가 없을 것입니다. 저 역시도 『선도체험기』를 109권까지 읽고 20년 가까이 수행을 했지만, 오히려 『선도체험기』를 읽을수록 조급함은 줄어들었고, 이는 그만큼 에고의 욕심과 조급함이 희석되면서 에고의 영향력에서 많이 벗어나고 있었기 때문입니다.

수행법을 정리하면서 느끼는 것은, 결국 직접적인 견성을 하기 위해서 호흡법, 단전호흡, 명상, 주문수련, 요가 등을 모두 실천하지만, 그런 수행법과 동시에 용서, 감사, 사랑, 자비, 헌신, 봉사, 내맡김과 같은 이기심을 무력화하는 '마음의 법'을 선택하고 실천하지 않으면 견성은 매우 힘들 것입니다. 왜냐면, '에고를 벗어나는 것'이 해탈이기 때문이며, 에고는 항상 생각, 감정, 오감의 주인이 본인이라고 주장하며, 항상 하늘을 가리기 때문입니다.

이는 우리가 『선도체험기』의 독자이고 제자이며, 도반으로서, 『선도체험기』의 수행법과 함께 삼공 선생님이 늘상 강조하시는 이타심,

역지사지 빙하착, 착하고, 바르고, 슬기롭게, 양심을 따르는 삶을 사는 것이 매우 중요한 '견성의 배경'이 된다는 것을 명심해야 할 것입니다.

마치, 결혼한 신부가 하체가 따뜻해야 애가 잘 들어서듯이, 선행, 친철, 공덕쌓음의 따뜻한 온도를 항상 기억해야 할 것입니다.

신선도의 선택 - 에너지 체의 완성 (화신, 양신, 에너지체, 그리스도체, 아트만체)

앞에 설명한 '데이비드 호킨스 박사'는 의식수준이 올라가면서 결국 에너지체를 완성하는 부분이 나온다고 묘사하였습니다. 불교 『화엄경』, 『능엄경』의 의성신, 밀교의 의성신, 선도의 양신 등이 이런 내용입니다. 즉, 일정한 의식수준, 도의 수준에서는 이 현상계(물질계)에 에너지체(화신)를 만들었느냐가 매우 중요한 증표가 될 수 있습니다. 달마는 인도에서 깨닫고 중국으로 온 후에 9년간 면벽수련을 하였습니다. (소림사 뒷산에 있는 '달마동굴'의 원래 이름은 '치우동굴'이었다고 합니다) 또한, 선종의 6대조 혜능 스님은 5대조 홍인 스님으로부터 '징표'를 받고 남쪽으로 내려가서 가르침을 폈는데, 이때가 에너지체를 완성하는 기간이었다고 판단됩니다. 6대조 혜능 스님은 돌아가시기 전에 깨달음은 시작이며, 성욕은 본래 청정하다고 하시며 성욕를 통한 '에너지체의 완성'의 필요성을 묘사하였습니다.

예수님은 죽은 지 사흘만에 부활하셨는데, 생전에 에너지체를 완

성해야 가능한 일이라고 도계는 판단하고 있습니다. 즉, 영혼백에서 '혼은 올라가고, 백은 흩어진다'고 하는데 도인은 혼백을 뭉쳐서 에너지화시킴으로 인해서, 현상계를 자유롭게 출입한다는 것입니다. 혼백을 합쳐서 에너지화하는 방법은 『선도체험기』의 대주천, 양신 등을 통해서 잘 설명되어 있습니다.

에너지체의 완성에 대하여는 『선도체험기』에 자세히 설명되어 있기 때문에 중복설명을 하지 않겠습니다. 다만, 『천부경』에 나와 있는대로 선천(절대계)의 기는 원래 하나인데, 셋으로 갈라집니다. 이는 우리 몸으로 따지면, 상단전, 중단전, 하단전(천, 인, 지)로 나뉘게 되는데, 단전호흡, 운기조식 등을 통하여 3가지 기를 다시 뭉치게 하여 단련을 하면 소주천, 대주천이 이루어지는 상황에서 아랫배에 '단'이 생기고, 다시 이러한 반복 속에서 상단전에서 다시 '금단'이 되고 다시 하단전으로 와서 '성태'를 한다고 하며, 이후에 양신이 되고 출신이 된다고 하는데, 이는 『선도체험기』의 내용과 정확히 일치합니다.

다만, 저 역시 이 단계를 정확하게 완성해야 하기 때문에 삼공 선생님께 지속적으로 가르침을 받아야 할 부분입니다.

제가 많은 종교와 수행법 중에서, 신선도, 김태영 스승님을 선택한 이유라고 판단되는데, 너무나도 신비로워서 직접 삼공재에서 수련을 해보지 않으면 도저히 경험하기 어려운 일이므로, 직접 찾아뵙고 수행해보시길 진심으로 권유드립니다.

참고로, 편히 앉아서, 숨을 쉬다가, 숨을 모두 내 쉰 상태에서, 아랫배(단전부위)에서 생명, 힘, 역동성, 공기압 같은 것을 느낀다면 그 자리가 단전 자리입니다.

견성 이후의 단계 - 부처의 육바라밀, 인의예지, 십우도의 가르침, 원효스님 등의 행보

견성 이후에 어떤 행보를 하는지는 『선도체험기』를 109권까지 읽으신 분들은 너무나도 잘 알 것입니다. 삼공 선생님 또한 견성 이후에 선도의 진, 선, 혜(바르고, 착하고, 슬기롭게)를 실천하셨는데, 이는 석가모니가 육바라밀을 행사하고, 성리학의 성인들이 인의예지를 행했던 것과 맥을 같이 합니다.

많은 구도자 혹은 대부분의 구도자는 견성하고, 깨달아서 절대계, 열반으로 들어가기를 바랍니다. 저 또한 에고의 작용에 의하여 일어나는 윤회를 더 이상 하지 않고, 고통을 받지 않기를 바라면서 수행했습니다. 물론 인간계의 윤회가 아닌 천계, 천국에 간다면, 좋겠지만 선도의 '도'는 여기에서 수준을 다하지 않습니다.

석가모니 부처는 수행자가 극락으로 가는 것에 만족하지 않았는데, 이유는 영혼이 극락, 천계로 가더라도 에고의 욕심, 성욕, 이기심 같은 탐진치가 있으면 결국 긴 시간 속에서 다시 연옥 같은 인간계로 다시 와야 하기 때문입니다. 그래서 극락으로 가는 것보다 '완성'을 요구하였습니다.

힌두교의 영향이 절대적인 인도의 사상에서, 구도자는 열반, 절대계, 아트만 안에 자리잡으면 모든 것이 '완성'이라는 의미로 호도되기도 하며, 이는 개인의 깨달음을 강조한 소승불교와 맥을 같이하고 있습니다. 그러나 대승불교는 이것에도 집착하지 않고 길을 가다 보면, 비로소 완성을 이루게 된다고 가르치고 있는데 이 부분이 바로 대승불교가 『천부경』의 원리와 부합되는 증표입니다. 즉 성통에서 멈추지 않고, 공완을 같이 얘기하며, 홍익인간 이화세계에서 볼 수 있듯이 공적 완성을 얘기하고 있습니다.

(여기서, 잠시 절대계 / 현상계(형이상학 / 형이하학)의 관계를 살펴봤으면 합니다. 이것에 대한 이해가 있어야 깨달음 이후의 과정을 이해할 수 있기 때문입니다.)

『천부경』은 '시작도 끝도 없는 하나이다'라고 하는데, 절대계가 끝이 없으면, 절대계를 통해서 작용하고, 보게 되고, 알게 된 오온(색, 수, 상, 행, 식) - 생각, 감정, 오감 - 도 끝이 없기에 현상계도 절대계처럼 끝이 없다고 하는 것입니다. 『천부경』에서 천, 지, 인이 하나이듯이 절대계, 현상계, 생명(인간)은 이미 하나의 서로 다른 모습이라고, 이미 알고 있기 때문입니다. 그렇다면 '둘이 아닌 절대계와 현상계에서 절대계만을 선택하는 것이 가능한가'라고 하면 이는 분명히 아니기 때문입니다. 이미 절대계를 선택할 때 현상계는 이미 같이하고 있기 때문이며, 절대계 안에 이미 현상계가 있기 때문입니다. 즉, 바다가 있으면 그 외각의 파도는 항상 같이 공존합니다.

(석가모니 부처의 '4법인' - 제행무상, 제법무아, 일체개고, 열반적정 -

현상계의 모든 것이 무상하다, 현상계의 모든 법은 내가 아니다. 일체가 고이다. 열반은 고요하고 청정하다 - 에서 공, 참자아, 절대계를 너무 강조하여 절대계만이 유일하듯이 나타냈으나, 이는 도움이 되고자 한 것이며, 일단 깨어있게 되면, 참자아 안에서 현상계가 위에 설명하듯이 계속 공존한다는 것입니다. 다만, 거기에 어떤 집착을 하지 않는다는 것입니다. 즉, 참자아를 깨달은 사람은 인간은 오직 오온(색, 수, 상, 행, 식 - 보고, 느끼고, 생각하고, 의지를 행하고, 인식하는)을 통해서 현상계를 인지하며 (오온이 아닌 다른 방법으로 아는 것은 없음) 이 오온을 알면서도 집착하지 않을 때에 이름 그대로 부처 같은 위대한 조율, 조화를 갖게 된다는 것입니다.)

그 유명한 십우도는 견성, 득도를 하고 나서 다시 '입전수수 - 속세로 다시 돌아온다'라고 하는데 이는 대승불교의 '진속불이 - 진리와 속세는 둘이 아니다'라는 의미와 동일합니다. 그리고 원효스님이 왜 요석공주와 결혼했는지가 설명이 됩니다. 원효스님은 파계한 것이 아니라, 속세에서 참자아를 실행한 것으로 이해됩니다.

『반야심경』에 '공즉시색, 색즉시공'이라고 했는데, 절대계는 곧 현상계이며, 현상계는 곧 절대계라는 의미입니다. 즉 공이 있으면 색이 있고, 색이 있다는 것은 반드시 공이 있으니, 공 안에는 이미 색이 있는 것입니다. 우리가 느끼는 모든 것은 이미 절대계를 통하여 현상계를 알아차려지게 됩니다. 즉, 우리의 생각, 감정, 오온, 오감이 모두 절대계에서 알아차려지게 되며, 이것이 바로 절대계에 현상계가 있다는 증거입니다. 따라서 깨달은 사람은 열반에 안주하면서 지

금 이 현상계에서 육바라밀, 인의예지, 진, 선, 혜를 펼치는 것이 진정한 완성의 순환이라는 점이 분명해 집니다.

또한, 유교(성리학, 주역)의 관점에서 보면 다음과 같이 묘사됩니다. 18대(제위기간 1565년)를 이루는 환웅천황의 계보에서 5대 환웅천황이신 '태우의' 천황의 아들인 태호복희씨에 의해서 가르쳐진 태극과 음양오행(주역)의 가르침을 보면, 우리나라 태극기에도 잘 나와 있지만, 하나의 원 안에 음(수축)과 양(발산)이 있는 것이 태극기입니다. 이는 하나의 원 안에 절대계(음, 보이지 않는 것, 수축되는 것, 천)와 현상계(양, 보이는 것, 발산되는 것, 지)로 설명될 수 있는데, 이는 음양이 아닌 것이 없는 만물의 이치에서, 하나 안에 이미 음양이 있으며, 다시 이것은 현상계(형이하학)도 음양으로 절대계(형이상학)도 음양으로 나뉘어지는 이치인데, 이것이 모두 역시 '하나'라는 것이며 이는 『천부경』의 이치와 동일하게 일치합니다. 같은 맥락으로 『천부경』에서는 음양의 중간에 해당하는 '인'을 붙여서, 보이지 않는(음의) 천지인으로 나뉘고, 다시 보이는(양의) 천지인으로 나뉘는 모습을 보이고 있으나, 이 모든 것이 이미 하나라고 쓰여 있습니다. 쉽게 말하면, 양은 다시 음양으로, 음도 다시 음양으로 나뉘면서 무한하게 우주가 열리게 됩니다.

여기서, 절대계를 음으로 본다면, 절대계 안에서 오온(생각, 감정, 오감)을 느끼면서 확장을 하기 때문에 현상계를 확장하는 양으로 볼 수 있다고 이해됩니다.

결국, 태극기에도 있듯이, 태극 안에 있는 '음양'은 『천부경』의 '인 중천지일'과 동일한 맥락이 되는데, 사람 안에 (하나 안에) 음양이 있는 모습이, 음양을 담고 있는 태극의 모습이기 때문입니다.

따라서 절대계에 안주하는 것이 깨달음의 완성이라는 '힌두교적인 발상'은 기타, 우파니샤드, 베다, 불교의 본 취지를 다소 벗어나는 오 해라고 이해되며, 결국 성통공완이라는 수준에는 못 미치고 있다고 생각됩니다. 한민족에는 분명히 깨닫고(성통), 일을 완수하라는(공완) 의미가 내려오기 때문입니다. 홍익인간 이화세계는 그야말로 공완을 어떻게 하라는 것인지 분명히 말해주고 있기 때문입니다.

견성을 했다 함은, 오감, 생각, 감정을 벗어나 있다는 것이고 통제 와 제어가 가능하다는 의미이기에 그토록 얽매여온 고통, 악업으로 부터 벗어나는 상황임은 분명하고, 실제로 이 기쁨과 황홀경의 자리 에서 안주하는 것도 선택일 것입니다. 실제로 인도의 마하라쉬도 16 세에 깨닫고 그 자리에 계속 머물렀습니다.

따라서 운명적인 카르마가 작동되는 깨달은 개체들만이 더욱 높은 곳으로 나가는 것을 선택하는 것이 아닌가 판단하고 있습니다.

물론, 깨달음 후에 에고가 힘을 잃고, 철저한 침묵과 고요함 속에 서 충만한 상태로 우화등선을 하는 경우도 알려지고 있지만, 이러한 선택은 한민족의 '성통공완', '홍익인간 이화세계'에는 훨씬 못 미치는 길로 보여집니다.

결국, 견성 후에 진정한 스승들이 현상계에서 어떻게 실천해 나가 셨는지를 보면 견성 이후의 일이 자명하게 보이게 됩니다.

결국, 인간의 참자아(큰 나, 본래의 자아)는 현상계에서 에고(작은 나)를 소멸하고, 없애는 것이 아니라, 뭘 해도 이치에 벗어나지 않는 에고, 참자아와 철저하게 일치된 에고로 승화시키는 것이 유불선의 가르침이라고 이해되며, 궁극적으로, 나중에는 개체성은 있으나, '나'라고 불렸던 에고는 사라지는 경지가 펼쳐지는 것으로, 가르쳐지고 있습니다.

정리해 보면,

제가 아는 참자아, 주인공은 모든 조사가 그곳에서 왔으며, 모든 가르침의 시작점이고 가장 높은 곳에서 가르치고 있습니다. 만법일여, 만법귀일입니다.

동시에, 저는 할 일이 많습니다.

저는 하나의 흐름에 있습니다. 그리고 제 에고는 양심, 착하고, 바르고, 슬기로움, 겸손함에 많이 못 미칩니다. 그러나 바둑의 1단은 시간이 지나면 9단이 되듯이, 현명한 흐름을 타면서 9단이 될 수 있도록 정진할 것이며, 열반을 가지고 이 현상계에서 진, 선, 혜, 예를 완성하도록 노력했으면 합니다. 이것이 환인이 환웅에게, 다시 단군에게 가르친 내용과 일치합니다 즉, '성통공완' 그리고 '홍익인간 이화세계'입니다. 『천부경』과 홍익인과 이화세계의 완벽한 일치는 참으로 위대합니다.

이를 완성하기 위해서 삼공 선생님처럼 상단전, 중단전, 하단전을 완성하며, 대지혜, 대자비, 대력(전지, 사랑, 전능)을 참자아로부터

끌어내는 사람이 될 것입니다.

참자아를 아는 사람은 요즘에 유명한 '시크릿'을 모두 이해하고 있습니다. 모두를 위하여 그 힘과 지혜, 사랑을 폈으면 합니다.

글을 마치면서,

부자가 되는 선택을 하면 시간이 지날수록 부자가 되고, 가난한 자가 되는 선택을 하면 시간이 지날수록 가난한 사람이 되듯이, 우리는 어떤 선택을 하느냐에 따라서 이화세계도 만들 수 있고, 아수라장도 만들 수 있습니다. 이 순간 불행하다면 과거에 불행할 수밖에 없는 결과를 낳는 것을 선택한 대가이기 때문입니다.

만일 우리가 행복하고 이화세계로 갈 수밖에 없는 것들을 선택한다면 어떨까요?

우리는 이 우주를 대표하여 조화롭게 만들어 나갈 수 있는 선택권이 있습니다. 이것이 『천부경』과 '홍익인간 이화세계'를 혜통하는 결론입니다.

천지가 영원하듯 인간(생명)의 선택은 영원하며, 매 순간 어떤 것을 선택하느냐는 이 우주에서 창조와 진화를 하는 매우 중요한 일입니다.

바로 이 순간의 선택이 천지(절대계와 현상계)를 포함하는 매우 중요한 일이 될 것이며, 바로 지금, 인간의 선택이 천지신명, 신성, 영성의 축복과 은총을 끌어내는 '이화'가 될 것입니다

이런 이유로 환웅은 인간을 교화하기 위하여 3000의 무리를 이끌고 지구라는 별에 문명을 전하러 오신 것입니다.

또한, 이런 이해는 기독교와도 통하는데, 예수님이 십자가에서 돌아가실 때, 왜 그 선택을 했는지 이해하게 됩니다. 절대계에 머무르면서 혼자 은총을 받고, 복을 받는 것이 아니라, 현상계에서의 선택을 통하여, 지옥 같았던 그 당시 인류를 천국으로, 혹은 천국을 향해 한걸음이라도 갈 수 있도록 하셨던 것이며 이것이 바로 참자아의 선택입니다.

기독교에서는 성부, 성령, 성자의 삼위일체 사상이 있습니다, 그리고 창세기에 '태초에 말씀이 있었다'고 합니다. 또한 '말씀이 육신(살)이 된다' 하고 하였습니다.

우리의 '말씀'은 작용하는 역할로써 '성령'이 되는데, 만일 이런 기도를 하면 어떻게 될까요?

"주님 감사합니다. 모든 복은 주님으로부터 왔나이다. 그리고 에고(아무개)야! 낙심하지 말고, 힘을 내보자. 더욱 정진해 보자. 너는 할 수 있다. 주님이 함께 하시고, 은총이 함께해서 큰 영광이 있을 것이다. 너는 반드시 깨달을 것이고, 이미 깨달을 운명을 갖고 있단다. 에고야 언제나 힘내고 정진하자"라고 한다면, 여기서 주님은 성부, 천부가 되시고, 에고는 에고이며, 이렇게 에고에게 사랑과 보살핌으로 이끌고 있는 말씀, 에너지, 자리, 자(子,사람)는 성령이며, 이것이 '나'의 핵심자리입니다. 이 '나'는 무한 속에 있고, 시간과 공간이 없는 자리에 있으며, 사랑으로 가득 차 있고, 항상 보살피며, 항상 위

로해 주었고, 항상 지켜봐 주었으며, 영원한 은총을 주고 있습니다. 이 사랑으로 가득 찬 무한한 힘이 결국 여러분 모두를 깨닫게 해주고, 인도해 줄 것입니다.

(참고로, 성부는 절대계로서, 분리가 없고, 하나인 상태이며, 어떤 생각도 없고, 상도 없습니다. 불교적으로 비상비비상처(상이 없는, 상이 없는 것도 아닌)인 것이며, 여기에는 '나'라는 생각조차도 없습니다. 그래서 주님이신 것입니다. 또한, 에고는 그림자, 환상이며, 참나로부터 나온 생명에 의하여 힘을 받는 수동적인 상태입니다.)

『선도체험기』와 김태영 스승님을 통한, 지난 20여년의 배움에 깊은 감사를 드리며,

온 우주에 깨달음의 연꽃이 가득하길 염원한 『화엄경』처럼,

'실생활의 도'를 이루는 분들이 곧, 가득해질 것임에 감사드립니다. 감사합니다.

2015년 12월 18일 홍승찬 올림

【회답】

삼공선도를 기존 유불선과 비교 대조해 가면서 참신한 해석을 시도한 무게 있는 연구 논문입니다. 도우들도 일독하시기 바랍니다.

단전의 위치

안녕하세요.

저는 단전호흡을 하는 사람은 아니라서 이런 질문을 드려도 될지 모르겠습니다. 『선도체험기』를 읽다 보니 궁금한 점이 있더군요. 단전의 위치 문제인데요. 단전호흡은 처음에 하단전에 단전을 형성시키는 것으로 시작합니다. 그래서 단전호흡의 시작은 하단전부터라고 생각이 드는데요.

그 하단전의 위치가 배꼽에서 5cm인가 밑부분에 위치에 있습니다. 의문은 왜 하필이면 하단전의 위치가 그런 민망한 부분인가 하는 점입니다. 우리나라에서 단전호흡으로 제법 알려진 어떤 사람의 엽색행각 때문에 이런 생각이 드는 걸까요? 말하자면 하단전의 위치가 배꼽 아래 부분인가 하고 그 부분이 좀 민망한 부분이라고 어떤 사람이 생각하는 것과는 사실 아무런 관계가 없을지도 모릅니다. 마치 "그거 보지 말아라" 라고 누군가 말했다고 했을 때 말하는 사람은 보지 마라 쳐다보지 마라 이런 뜻으로 말했는데 머리 속이 평소에 음란한 생각으로 가득한 사람이 저 혼자서 여자의 성기를 생각하는 경우와 비슷하다고 할 수 있을지도 모르겠습니다.

그게 아니라면 하단전의 위치가 사람의 성기 부분에 가까운 어떤 특별한 이유가 있는 것인가요?

인터넷에 검색해보니 그 부분이 좌우로 보나 상하로 보나 사람 몸
의 중심이라는 내용도 있더군요.

2016년 1월 9일 무명인 올림

【회답】

하단전의 위치가 왜 하필이면 민감한 생식기 위에 있어야 하느냐
는 질문이다. 그것은 사람의 얼굴에서 코는 왜 눈 밑에 자리를 잡았
으며 다른 짐승들은 다 네발로 기어 다니는데 사람만은 왜 두 발로
일어서서 걸어 다니느냐고 묻는 것과 같다고 봅니다.

무소 뿔처럼

새해에도 구도자의 길을 무소의 뿔처럼 전진할 것을 약속합니다.

병신년 붉은 원숭이해가 시작되었습니다. 새해에도 스승님과 사모님 변함없이 건강하시길 매 순간 기원하겠습니다. 올해도 부족한 제자들 넉넉한 가르침으로 바르고 착하고 지혜롭게 인도해주실 것을 청하옵니다. 고향 친구의 도움으로 『선도체험기』를 알게 되고 삼공선도를 스승님께 배우게 된 것이 금생에서 가장 기적적인 인연이라 생각합니다. 다시 한번 큰 감사를 올립니다.

저는 새해에도 구도자의 길을 무소의 뿔처럼 변함없이 전진할 것을 약속합니다.

저는 고등학교 졸업 후 회사생활 35년 근무하고 12월 1일 퇴직 이후 방송대 열람실에서 『선도체험기』와 일반 책을 읽으면서 마음공부와 기운 공부를 동시에 하고 있습니다. 저의 생각은 사업보다는 책을 보면서 (목표는 천권) 학습을 하고 일할 수 있을 때까지 직장생활을 더 하려고 생각하고 있습니다.

이후는 경제적인 자립을 할 수 있는 방편을 선택하여 노후 생활을 하려고 합니다. 이번 신년 초에 1월 4일부터 1월 7일까지 중국 시안에 아내와 딸 그리고 저하고 세 명이 역사체험하고 왔습니다.

아내가 아이들 논술 가르치기 때문에 지금밖에 시간이 없어 가족

여행을 다녀온 것이지요.

제가 중국 시안을 역사체험지로 택한 것은 중국을 최초로 통일한 진시황의 역사를 배우고 싶어서였지요.

제가 알고 있는 진시황의 업적은 문자 통일, 도량형 통일, 만리장성 축성, 중앙집권제(황제가 지역마다 직접 관리 임명), 가장 큰 업적은 거대한 대륙의 완전한 통일인 걸로 알고 있습니다. 그런데 시안의 역사 현장을 방문한 곳은 37년을 거쳐서 만들었다는 진시황릉, 병마용, 지하궁전, 양귀비와 현종의 사랑했던 온천 화청지였습니다.

진시황은 중국을 통일한 후 불로불사의 꿈을 꾸어 죽어서도 황제로 지하 세계을 다스릴 욕심으로 진시황릉, 병마용, 지하궁전을 만든 것을 보고 인간의 욕심이 끝이 없다는 것을 알았습니다.

삼공선도를 배우게 된 것이 계기가 되어 진시황의 불로불사를 뛰어 넘을 수 있게 되었습니다. 지도해주신 선계의 선배와 스승님께 큰 감사를 드립니다.

새해 들어 작년에 유튜브에서 보았던 솔개의 환골탈퇴 동영상을 다시 보았는데 솔개는 약 80년을 산다고 합니다. 그런데 40년을 살면 부리, 발톱, 날개가 노후화되어 생을 마감하든지 갱생수련을 하던지 선택해야 한다 합니다. 수련을 택한 솔개는 높은 곳으로 가서 바위에 자신의 부리를 깨고 새로 나면 발톱을 다 뽑고 다시 나면 이번에는 무거운 날개의 깃털을 다 뽑아 약 6개월의 혹독한 수련을 하여 환골탈태 후 다시 새롭게 40년을 더 산다 합니다. 솔개 같은 미물도 식음을 전폐하고 갱생 수련을 하는데 영적인 존재인 인간은 무엇을

해야 할까? 생각하다 단식수련을 하자고 마음먹었습니다.

원래는 1월 1일부터 21일간 시작하고자 하였으나 중국 가족 역사 체험 때문에 국내 귀국일 익일인 1월 8일부터 1월 28일 단식 일정 수립하여 진행하게 되었습니다. 오늘 현재 1월 11일 4일째 진행하였고 21일 단식체험기는 완료 후에 보내도록 하겠습니다. 이번 단식을 통하여 그동안 진행하였던 삼공수련이 한 단계 더 향상하고 내 안에서 대우주, 진리, 자아, 하느님, 자성을 체득할 수 있도록 매진하겠습니다.

글을 쓰고 있는 새벽녘에 지금도 어깨와 목에 기운이 감싸고 있습니다. 새해에도 부족한 제자를 올바른 길로 지도해주시길 간절히 청하옵니다.

이번 주 토요일 삼공재 찾아뵙도록 하겠습니다. 스승님과 사모님 언제나 마음의 평화와 건강하시길 기원하겠습니다.

2016년 1월 12일 새벽 광주에서 제자 김광호 올림.

【회답】

단식을 한다니 내가 25년 전에 21일 단식하던 일이 생각납니다. 부디 무사히 끝내기 바랍니다. 토요일 오후 3시에 기다리겠습니다.

나의 선도체험기 13차

신 성 욱

2014년 11월 13일

삼공 선생님이 나의 『선도체험기』(12차)를 보시고 해외여행을 자주하는 것은 건강에 무리가 된다고 하셨다.

매일 아침 『천부경』, 『삼일신고』, 『대각경』, 태을주를 2번 외우며 하루도 빠짐없이 수련하고 일주일에 두 번씩 삼공재에 열심히 다녀도 노화 현상은 막을 수 없었다.

2014년 11월 21일

과천 대공원 둘레길 걷기 2시간 반이 지나자 왼쪽 발목이 아프기 시작하여 남은 한 시간을 어렵게 걸었다. 이것을 예방하려 아침, 저녁 누워 40분간 수련을 했지만 효과가 적어 아쉬웠다.

2014년 12월 4일

수련중 하단전 기 뭉치가 보드라운 솜으로 둘러 쌓여 호흡과 같이 움직이고 크기는 계란 정도였다.

2014년 12월 11일

수련시 오른쪽 무릎 위 20cm 지점에 강한 통증이 1분 30초 간 계속되었다.

2014년 12월 19일

삼공재에 다닌 2010년 겨울부터 3년간 내의 없이 겨울을 보냈으나 작년 겨울부터 입기 시작했다. 저녁 수련 시 오른쪽 무릎 아래, 위 20cm 지점에 강한 통증이 5번 왔다. 처음에는 1분 나중에는 20초간 지속되었다.

2015년 01월 5일 삼공재수련 366회째

삼공재 수련시 가부좌하고 1시간 지속할 수 있었다. 이제 다리에 기가 좀 뚫렸으나 좌측이 우측보다는 약한 느낌이다.

2015년 1월 7일

수련시 하단전에 계란 크기의 기 뭉치가 솜에 쌓여 있었고 이것이 내가 느낀 마지막 기 뭉치였다.

2015년 1월 19일 삼공재 수련 370번째

수련중 하단전이 싸늘하고 숨이 가빠졌다.

2015년 2월 8일

추운 겨울에는 목도리를 한다. 작년까지 목도리를 두겹, 털모자와 외투모자까지 4겹으로 보온했으나 오늘은 (아침 - 10도, 낮 - 6도) 털모자 2겹으로 지낼 수 있으니 많이 좋아졌다.

2015년 2월 9일 삼공재수련 376번째

삼공재에서 수련 중 오른쪽 무릎 위에서 강한 통증이 1분 간격으로 7번 왔고 목에 침이 달라붙어 떨어지지 않았다. 마치 찰떡이 붙어있는 느낌이다.

2015년 2월 15일

백회가 내려앉으며 가는 구멍으로 기운이 들어오고 콧등을 만지면 곪은 것 같이 아프고 이마에서 백회까지 기운 줄이 생겼다.

2015년 3월 1일

수련중 목에서 꼬리뼈까지 독맥혈이 시원하게 뚫리는 기분이다.

자기 전 백회가 가라앉으며 하단전으로 기운 통로가 열린 느낌이다.

2015년 4월 13일 삼공재수련 395번째

풍선에서 바람 빠지듯 기운이 없어진다. 내 생각에는 하늘에서 기

운을 빼앗아가는 느낌이다. 다리는 뻣뻣하고 하단전은 차며 한 호흡이 1분 30초로 줄어들었다.

2015년 5월 18일 삼공재수련 403번째

숨이 가쁘고 하단전이 차고 다리에 기가 통하지 않아 답답했다.

2015년 5월 22일

허리(척추협착증, 디스크가 뒤로 밀려 신경압박) 신경 성형술을 했다. 척추에 약물을 주입하여 신경염증과 디스크 유착을 치료하는 요법이다. 며칠 후부터 하단전이 전보다 훨씬 강하게 밀리고 백회에서 기운이 척추를 타고 하단전까지 내려왔다.

2015년 6월 15일 삼공재 수련 411번째

오늘은 삼공재를 찾아 수련한 지 5년(2010년 6월 15일)이 되는 날이다.

삼공재 수련시 하단전에 열이 나려다 식어 버리고 한 호흡 10분이 1분으로 줄어들고 작년 말부터 서서히 기가 줄어드는 것을 느낄 수 있었다.

2015년 7월 27일 삼공재수련 423번째

아무리 열심히 노력해도 한 호흡을 3분 이상 넘길 수 없었다.

2015년 9월 21일 삼공재수련 439회

9월7일부터 삼공재 수련 중 다리가 아파 한 시간 만에 나왔다. 하늘에서 내 기운과 열기를 빼앗아가고 숨이 짧아졌다고 선생님께 말씀드렸다.

2015년 10월 12일 삼공재수련 444회

다리에 기가 통하여 않아 1시간 10분 만에 삼공재를 나왔고 한 호흡이 1분, 하단전은 물론 장심까지 차고 아침 누워 수련시 장심을 하단전에 올려놓으면 장심이 더 차가워졌다.

2015년 11월 16일 삼공재 수련 454회

수련 시작 10분까지는 한 호흡이 5초이고 그 후 20분 동안 한 호흡이 15초, 그 후 다시 5초로 줄어들어 선생님께 지금 내가 최선을 다하고 있지만 선생님의 기운을 받을 능력이 없으니 12월말까지만 삼공재에 다니겠다고 말씀드렸다.

2015년 12월 9일 삼공재수련 461회

9월 7일부터 삼공재에서 1시간 이상 앉아 있을 수가 없었으나 석 달이 지난 오늘은 수련 끝날 때까지 (1시간 50분) 앉아 있을 수 있었다.

2015년 12월 26일

평소와 같이 아침에 『천부경』, 『삼일신고』, 『대각경』, 태을주를 2번 외웠다. 오전에 도인체조 40분 선도수련 1시간 40분(앉아 1시간 10분, 누워 30분), 오후에도 1시간 40분을 수련, 하루 총 4시간을 수련에 열중하고 있으나 하단전의 기 뭉치가 약 10cm 올라온 후 움직이지 않은 것이 2년(2013년 12월 14일)이 지났고 하단전 기 뭉치가 없어진 것은 2015년 1월 7일이니 거의 1년 전이다.

나의 수련 절정기는 72세였고 지금은 74세, 선생님이 말씀하신 수련의 필수 요건인 매일 조깅, 매주 등산해야 되는 이유를 다시 생각나게 한다.

2016년 1월 4일 삼공재수련 468번째

힘이 자꾸 줄어든다. 삼공재에서 가부좌하고 15분 이상 견딜 수 없고 한 호흡 5초로 시작하여 15초가 되기 무척 힘들고 또 얼마 가지 못해 다시 5초로 돌아온다. 어떻게 1년 사이 한 호흡 10분이 5초로(100분의 1) 줄어들었는지 생각하면 너무 아쉽기만 하다.

내 생각에는 빙의가 하단전의 기와 열기를 뺏어간 것이 아니고 힘이 부족해 깊은 호흡을 못하는 것 같다. 1년 전만 해도 마음을 하단전에 놓고 지긋이 배를 앞으로 밀면 한 호흡 10분은 아무 어려움이 없었고 수련시간이 언제 지나가는지를 몰랐으나 오늘 삼공재에서 1시간 50분 수련은 무척 힘들었고 3일간 몸살을 했다.

2016년 1월 7일

집에서 수련 중 한 호흡 5초가 평균이다. 삼공재 수련도 힘 들고 선생님의 기운을 받을 수 없으니 이제 떠날 때가 된 것 같다.

문득 2011년 4월 1일 세운 나의 수련 목표가 다시 생각난다. 그때 나는 우리나라 남자 평균수명을 76세, 죽기 전 3년간 아플 것을 예상하고 73세까지 수련하며 금생의 목표를 대주천이 열리는 3단계를 목표로 정했으나 지금은 2단계인 소주천에 이르지 못하고 그만두는 아쉬움이 남지만 선도수련 덕분에 남산을 계단으로 오르지 못하던 내가 북한산, 남미, 아프리카를 비롯한 세계여행을 즐길 수 있었던 것은 내가 삼공 선생님을 만나 선도수련을 하지 않았다면 어디서도 찾을 수 없는 값진 보물이다.

지난 5년 6개월 동안 나를 이끌어주신 삼공 김태영 선생님께 깊이 감사드리고 행여 다음 생에 만나더라도 금생과 같이 많이 도와주시길 바라며 마지막 희망으로 나 혼자 열심히 수련하여 한 호흡이 30초가 되면 다시 선생님을 찾으려고 노력하고 있으므로 계속 지켜봐 주시기 바랍니다.

삼공 선생님께

선생님에게 수련 받은 지 5년 6개월이 되었습니다. 수련 후 많이 좋아져 북한산과 세계 여러 나라 여행을 많이 다녔으나 2014년 말부터 기운이 쇠퇴하여 숨이 가쁘고 한 호흡 10분이 5초로 줄고, 하단전에 기를 모을 수 없습니다. 특히 삼공재에서 선생님의 기를 받을

힘이 없으므로 저는 이제 선생님 곁을 떠나려고 합니다. 그동안 보살펴 주신 삼공 선생님의 은혜에 깊이 감사를 드립니다.

2016년 1월 11일 신도림에서 제자 성욱 올림

【회답】

댁에서 혼자 수련하시다가 심신에 어떤 변화가 있든가 의문이 있으면 기탄없이 메일을 보내시기 바랍니다. 비록 삼공재에는 못 오시더라도 이메일 통신만은 끊지 마시기 바랍니다. 매일 오후 3시에 삼공재를 향해 앉아서 수련하던 자세를 취하시면 삼공재의 기운이 갈 것입니다.

우리 형을 살려주세요

안녕하세요. 선생님

바쁘신 와중에서도 저의 글을 읽어주시니 고맙습니다. 선생님이 쓰신 『선도체험기』를 읽고 용기를 내어 이 글을 쓰게 되었습니다. 저는 경기도 양주시 산북동 한승아파트 ○○○동 ○○○호에 살고 있습니다.

선생님! 거두절미하고 본론부터 말씀 드리겠습니다. 제 형은 지금 대전시 유성구 전민동에서 ○○대학교 정교수로 10년이 넘게 재직하고 있습니다. 그런데 저는 잘 모르겠는데 평소 업무 수행 중 성격상 스트레스를 많이 받나 봐요.

형의 성격도 아주 소극적이고 세밀하고 남이 업무를 맡겨도 싫은 내색하지 않고 말하자면 완벽주의자입니다.

그런데 형이 스트레스를 해소하려고 오래 전부터 습관적으로 피어오던 담배에 의지해왔는데…!

날이 지날수록 몸이 마르기 시작해서 어제(2016년 1월 15일)보니 아프리카 난민은 저리 가라입니다.

폐가 극도로 안 좋아져서 요전에만 해도 그렇게까진 안 했는데 호흡 곤란증세까지 있고 설사를 한답니다.

그런데 병원에 왜 안 데려갔냐구요? 왜 안 갔겠습니까. 가서 진찰

을 해보았는데도 별다른 이상증세를 보이지 않고 그냥 운동 열심히 하고 담배를 끊으라는 말밖에는 의사가 하질 않는 답니다. 그냥 전반적인 몸의 기능 및 폐의 기능이 약해져서 힘이 없어서…. 그렇답니다.

그래서 한방을 다니면서 한약을 먹을 예정이라는데, 형과 형수의 결론은 돈도 많이 들고 무엇보다도 효과도 없을 것이라는 어머니의 말씀입니다.

급한 나머지 제 애기만 두서없이 했는데 선생님께서 운영하고 계신 오행생식 대리점과 삼공재인가, 책(110권)을 보니 체질점검 및 생식처방을 해주신다 했는데 저희 형제는 그 분야에 있어서 거의 문외한이라서….

그렇지만 형을 설득해서 꼭 한번 데리고 오도록 하겠습니다.

선생님과 약속을 해야 하는데 삼공재의 시간과 장소 등 선생님 저희가 무슨 선도수련을 꼭 하자는 것은 아닙니다. 죄송합니다.

선생님 글을 쓰시느라 바쁘시겠지만 우리 형을 생각해서라도 빠른 답변 부탁드립니다.

이만 글을 줄일까 합니다. 고맙습니다.

2016년 1월 17일 김홍석 올림

【회답】

형님이 『선도체험기』를 1권부터 차례로 읽되 단전호흡을 하면서 읽을 수 있으면 혹 희망이 있습니다.

『선도체험기』를 읽으면서 반신불수 환자가 완전히 나은 실례는 『선도체험기』에도 실려 있습니다. 그렇게 해 보지도 않고 무조건 형님을 데리고 나한테 오는 일은 안 됩니다. 나는 허가 받은 의사가 아니기 때문입니다. 나는 선도 수련을 하려는 구도자를 도와줄 수 있을 뿐입니다.

나의 수련 체험기

김 희 선

나는 월요일, 목요일 일주일에 두 번 관악산으로 운동을 다닌다.

1월 26일 새벽, 그날도 평소처럼 산에 올라가고 있었는데 갑자기 백회에 우주선 같은 모양이 있는 게 느껴졌다. 계속 집중하자 뚜껑이 열리면서 하늘로 무엇인가 오른다. 한참 나가더니 뚜껑이 닫힌다. 어떤 생각을 하든 호흡이 저절로 된다. 언젠가 책에서 생각을 머리로 하지 말고 단전으로 하라는 글을 읽었다. 생각을 단전으로 하는 게 이거구나 싶다.

지나가다 사람들을 만나면 몸이 여기저기 아프고 호흡도 잘되지 않았는데 이젠 사람들을 만나도 호흡이 저절로 된다. 집중이 떨어지지 않는다. 집안일을 하다가도 단전에 집중을 하면 따뜻하고 호흡이 저절로 잘된다. 새벽에 자다 깨서 단전에 집중을 해보니 역시 호흡이 저절로 된다. 이렇게 호흡이 잘되면 얼마나 재미있을까? 매일 집에서 호흡만 하겠다. 히히히 재미가 있어서 틈만 나면 호흡을 하고 있는데 천리천음이 들린다. 천상천하 유아독존. 천상천하 유아독존. 호흡이 저절로 계속 된다. 시작도 없고 끝도 없는 길. 백회가 열리고 벽사문을 달아도 정거장에 불과할 뿐 종점은 아니다. 호흡은 계속 잘되고 있다. 이 또한 무(無)이다. 내가 기다리고 있던 대주천도

종점이 아닌 정거장에 불과하다. 계속 쉼 없이 수련을 해야겠다.

　다음날 삼공재에 가서 선생님께 말씀드렸다. 수련은 잘되고 있으니 수련기를 쓰라고 하신다. 사실 얼마 전 선생님께서 나는 운기가 대주천 수련생들처럼 잘되고 있는데 별로 달라진 점이 없다고 하셨다. 나는 조금 몸이 따뜻해지고 더 부지런해졌다고 했다. 운기가 잘되고 있으니 말조심하고 사람들한테 화내지 말라고 하셨다. 화를 내면 상대방이 다치니 조심하라고 당부하셨다. 그리고 며칠 집중을 했더니 호흡이 저절로 된 것이다.

　나는 10년 동안 삼공재 수련을 하면서 별로 궁금한 점이 없다. 내가 알고 있는 것은 그냥 이 길을 가고 싶다는 것이다. 다른 사람들이 수련이 잘되면 부럽기는 하지만 별로 흔들림은 없다. 아무 것도 모르니 알 때까지 다니자는 생각으로 열심히 다녔다. 궁금한 점이 있어도 덮어두고 가다 보면 어느 순간에 답이 온다. 그럼 '아, 그렇구나' 하고 또 이 길을 간다. 이번에도 선생님께서 이상하다고 하시면서 운기가 잘되고 있는데 본인만 모른다고 하시니 그 말씀을 듣고 집중을 계속하자 답이 온 것이다. 보호령이 나에게 현 수련 상태를 보여준 것이다. 확신을 갖고 가라고……

　삼공 스승님, 도반, 선계 스승님, 세상 모든 만물에 머리 숙여 감사드립니다.

2016년 1월 31일 김희선 올림

【회답】

김희선 씨는 삼공재 수련을 시작한 지 12년 만인 2016년 2월 12일부로 정식 과정을 거쳐 456번째로 드디어 대주천 수련을 할 수 있게 되었습니다.

21일 단식 체험기

김 광 호

단식 첫째 날 2016년 1월 8일 금요일 몸무게 61kg

중국 시안 해외여행 3박 4일 귀국 후 연초에 세웠던 21일 단식을 1월 8일부터 시행하였다.

회사 퇴직 후 시간 여유가 되어 단식을 하기에 최적이라 생각되어 과감히 도전해 본다. 중국여행 시 음식문화 체험 가족과 함께 1일 삼식을 하였더니 체중이 종전 58kg에서 61Kg로 늘었다. 아침은 호텔식으로 빵과 야채 위주로 먹고 점심과 저녁은 중국요리로 했는데 이번 중국요리는 향료가 많이 안 들어가 그런대로 먹을 수 있었다.

귀국하는 날 수원 처제가 집장만을 했다 하여 축하도 해줄 겸 들렀다. 식당을 하고 있어선지 우리가 도착한 날 밤부터 특급요리가 즐비하게 준비되어 있었다. 식사를 하며 내일부터 시작할 단식을 마음속으로 단단히 결심을 했다. 다음날 새벽 6시에 수원 화성 성곽에서 팔달산 정상 화성장대까지 왕복 2시간 운동을 했다. 화성장대에서 여명을 보면서 이번 21일 단식을 꼭 성공하리라 다짐해본다. 수원 화성은 유네스코에 등재되고 1795년경 정조대왕 때 건축되었으며 정약용이 기중기 발명으로 축성하는 데 큰 역할을 하였다. 성곽의

재질은 돌을 하나하나 쌓아 만들었다. 문득 중국 시안성에서 보았던 장면이 떠오른다. 시안성은 평지에 쌓은 성으로서 흙벽돌이라는 게 수원 화성과 차이가 있었다.

돌아 와서 아침상을 받았는데도 나는 단식의 첫날로 굳은 결심을 한 터라 입에도 대지 않았다. 아내와 딸이 아침상 차린 성의가 있지 유별나다고 핀잔을 주며 잔소리가 한동안 이어졌다. 하지만 굴하지 않고 단식의 첫날은 이렇게 시작되었다. 수원에서 광주까지 오는 고속버스 안에서 한번도 깨지 않고 잤다. 『선도체험기』 중 단식 21일에 대한 부분을 찾아 읽으며 마치 25년 전의 스승님을 만나는 기분이 들었다.

단식 둘째 날 2016년 1월 9일 토요일 몸무게 58.7kg

새벽에 집 앞의 산에 올라 호보법(호랑이 걸음걸이 수련)과 달리기 운동을 1시간가량 하였다. 집에 도착하여 정좌하여 『선도체험기』를 독서하면서 손자병법 내용을 읽었다. "나를 알고 적을 알면 백 번 싸워도 위태롭지 않다." 여러 상황의 전투에 임하는 방편을 알려주고 있는데 글로벌 경쟁에서 앞서가기 위해서는 항상 변화를 관찰하고 전략과 전술을 응용하여 보면 좋겠다는 생각이 든다.

우리 아파트 옆 동에 장모님이 살고 계시므로 인사차 들렸다. 거실 구석에 얌전히 놓여져 있는 커다란 조선호박이 눈길을 끈다. 장모님은 혼잣소리처럼 호박손질이 힘들어서 방치해놓고 있다고 했다. 무 깎는 기구를 이용해 껍질을 벗기다 보니 어느덧 반나절이 훌쩍

지나갔다. 색깔도 노란 것이 폴폴 끓고 있는 호박죽을 보니 군침이 절로 돈다. 더군다나 호박죽은 내가 제일 좋아하는 음식이고 보니 식욕을 끊어내는 게 만만치 않구나 하는 생각이 들었다. 이제 겨우 둘째 날인데 복식 때까지 언제나 올려나 싶은 생각을 나도 모르게 하면서 쓴웃음이 나온다. 호박 끓인 국물만 컵에 따라서 마셨다.

오후 3시가 넘으니 백회에 기운이 강하게 들어오고 하단전과 중단전이 따뜻하게 달아오른다. 약간 저혈압이 있어 앉았다가 일어날 때 현기증은 느꼈으나 잠시 운기 조식하니 괜찮아졌다. 몸무게는 재어보니 58.7kg 되어 2.3kg이 빠졌다.

단식 셋째 날 2016월 1월 10일 일요일 몸무게 57.2kg

새벽에 일어나 산을 오르는데 중단전인 가슴이 답답하게 느껴진다. 정상에서 운동을 하고 앉아서 관을 해보니 옷을 너무 많이 껴입어 답답했던 것 같다. 신체가 피부호흡을 해야 될 것 같아 껴입은 옷 두개의 지퍼를 열었더니 가슴이 시원해짐을 느낀다. 오늘은 집 거실에서 햇살이 좋아 태양기운을 받으면서 『선도체험기』를 읽었다. 『선도체험기』는 두 번째 96권을 보고 있다. 아내도 『선도체험기』를 틈나는 대로 읽고 있는 것 같은데 너무 정독을 하는지 이제 겨우 11권째 보고 있다. 아내는 국문학과를 전공했는데 뜻이 있어 대학원은 아동문학과를 졸업했다. 시 동인들의 문학모임에 꾸준히 참석하고 있으면서도 주업인 초, 중등생 논술을 가르치는 일에 열정적이다. 내가 기 체조 등 기본기를 익히고 싶어서 단학에 석 달간 등록했다

가 큰 의미가 없는 듯해 그만두었다. 그 사실을 알게 된 아내는 두 달이 아깝다며 기어이 남편 대신 두 달을 채우기 위해 열심히 다닌 바 있다. 전혀 효과가 없지는 않았는지 제법 내 앞에서 기체조를 뽐내 보이기도 한다.

다행한 것은 결혼한 이래 지금까지도 아내는 내가 하는 일에 그리 큰 문제가 없는 한 무엇이든 호응해주는 편이다. 처음에 우리 부부는 가톨릭이란 종교를 통해 맺어졌고, 결혼 이후 주일마다 성당에 나가 미사 드리는 것을 큰 은혜로 알고 살아왔었다. 그런데 지금은 둘이 함께 선도라는 것에 생각이 함께 하니 이 또한 축복이 아닐 수 없다.

만약에 아내가 여전히 성당에 맹신적으로 열중하는 상태에 있다면, 『천부경』이니 환웅 할아버지니 하며 선도에 심취해 있는 나를 가만 놔둘 리도 없겠거니와 매일 기 싸움으로 어쩌면 부부간에 건너지 못할 틈이 벌어졌을 거란 생각에 나도 모르게 호흡을 가다듬게 된다. 이 모든 것들 또한 보호령의 작용도 한몫했으리란 믿음이 있다.

우리 부부는 매일 103배를 함께 하면서 『천부경』을 염송하고 있고 나를 따라 아내도 조금씩 명상을 따라 하고 있다. 기독교에 열심인 딸아이의 눈에 비춰진 우리 부부의 모습은 어떨까. 심한 거부감이 속으로 치밀지언정 겉으로는 엄마아빠의 선택에 이의를 제기하지는 않는 것 같다. 우리가 교회에 빼앗긴 듯한 딸아이의 종교 활동에 대해 별 말을 않듯이 말이다. 하나의 진리를 가지고 어떤 옷을 입히

느냐가 종교라고 본다면 굳이 내가 믿는 것과 다르다고 해서 거부하거나 터부시한다는 것은 진리와 위배될 뿐이다. 무한한 지혜에서 오는 '선도'의 프리즘으로 세상을 비춰 볼일이다. 실제로 딸아이는 예수님을 만나게 되면서 평화를 얻고 모든 일상에서 활력 넘치고 사랑을 베풀 줄 아는 아이로 거듭나 있다. 진정한 사랑은 하나라는 불변의 진리를 다시 한번 깨닫게 해준다.

아내가 오행생식을 시작한 지는 여섯 달째이다. 오래 전부터 간염을 앓아오다가 세월이 흐르면서 간경화 초기 단계까지 와버린 탓인지 아내도 치료에 효과적이라면 무엇이든 수용하려 하는 편이다. 아직은 단전호흡 축기 수련이 무엇인지 자세히 알지는 못하는 것 같지만 흉내라도 자꾸 내려고 하는 모습은 일단 좋은 징조로 비춰진다. 그래도 노궁혈로 기운은 약하게나마 느껴진다고 하니 하루빨리 단전축기에 성공하기만을 바랄 뿐이다. 중국여행 때에도 건강을 위해서라면 건강팔찌, 허리좌대 찜질, 기침, 가래에 좋다는 약, 호랑이 파스 등을 구입하는 데 돈을 아끼지 않는 모습을 지켜보며 저 열정으로 단전호흡에 시간투자를 하여 운기조식 하게 되면 얼마나 좋을까 생각해 본다.

중국 시안 여행시 역사유물은 진시황릉이나 병마용을 보고 진시황이 중국을 최초로 통일한 후 불로불사을 위해 얼마나 노력하였고 얼마나 많은 사람을 희생하였는지 생생히 알 수 있었다. 설에 의하면 불로초를 찾는 서불 일행이 우리나라에 왔는데 불로초가 1. 은단이라는 설 2. 어떠한 호흡법 3. 무형의 문화 4. 한국의 영지버섯이나

구기자라는 설이 있는데 내 생각에는 불로초를 찾기보다는 삼공선도를 배웠으면 50살 나이로 생을 마치지 않고 좀 더 건강하게 오래 살고 생로병사의 이치를 깨달았을 텐데 하는 마음이 든다. 하기야 요즘 시대에도 선도수련보다는 맛있는 음식을 탐하는 사람이 더 많으니 인간의 욕심은 끝이 없는 것 같다.

어제는 장모님 댁에서 호박 두개를 잘라 호박죽 만들려고 보았더니 그 중 하나가 절반가량 썩어 있었다. 그래서 우리 집에 있는 대왕호박으로 호박죽을 끓일 수 있도록 준비하였다. 다행히 썩은 데는 없었고 껍질을 벗기고 씨를 빼고 알맞게 잘라서 삶았다. 삶은 호박은 3개의 비닐봉지에 넣어서 냉동 보관하여 21일 단식 후 복식 때 주식은 생식, 보조식으로 호박죽을 끓여 먹을 것이다. 단식 삼일차가 제일 어렵다 하던데 오늘은 약간 현기증은 있었으나 국방부 시계가 돌아가듯 하루가 지나갔다.

단식 넷째 날 2016년 1월 11일 월요일 몸무게 56.1kg

어제는 밤12시에 잠이 들었다. 평소 같으면 4시경에 일어났을 텐데 오늘은 7시에 일어났다. 단식 셋째 날 몸이 피곤한 것을 보충하느라 숙면을 한 것 같다. 딸이 회사 출근하느라 부산하게 돌아다니는 것을 보고 도와주려고 주방으로 나왔다. 아침식사로 호박죽과 김치찌개 데우고 사과 한 개 잘라서 식탁에 차려 주었다. 애교 만점짜리 딸아이는 출발할 때까지 내내 고마움을 표현해서 아빠의 마음에 즐거움을 안겨준다. 이게 다 딸 키우는 맛이 아닐까 싶다.

아내와 집 앞에 있는 월봉산에 올랐다. 정상에 마련된 운동기구에서 운동하는 시간 포함 한 시간 정도 산행을 하였다. 오늘부터 산에서 평소 하던 호보법과 팔굽혀펴기 200개는 운동량을 절반으로 줄여서 단식에 무리가 되지 않도록 조정해서 시행했다. 하산길에 떨어져 있는 비닐, 신문지 등을 주워서 내려왔다. 산을 찾는 사람이라면 적어도 쓰레기를 버리지는 않을 텐데 안타까운 생각이 든다. 다 내려오니 단전이 달아오름을 느낀다. 아내가 오늘이 단식 4일째인데 몸이 괜찮냐고 물어온다. 몸의 컨디션은 어제보다 호흡하기도 편하고 훨씬 좋았다고 대답해 주었다.

"걱정하지 말아요. 운기조식을 하는 사람은 보통사람이 음식 즉 기를 통하여 얻는 에너지 외에 우주에 널려 있는 천기를 흡수하여 기체식(氣體食)으로 생명력을 유지하는 거예요" 설명해 주었다. 인간이 태어나면 엄마 젖을 먹고 그 다음에는 밥을 먹는 고체식을 하는데 이 고체식은 나이 30세가 되면 기체식으로 병행하여야 한다고 한다(밥따로 물따로 책에서). 즉 화식을 두끼 하고 한끼는 기체식으로 하면 몸에 병이 안 생긴다 한다. 이때 기체식은 단식을 말한다. 단식은 식사를 굶는 것이 아니고 천기 즉 우주의 에너지를 섭취하는 것이다. 나는 회사 근무 시 〈밥따로 물따로〉 책을 읽은 후 아침과 저녁은 화식하고 점심은 기체식으로 단식을 하였다. 이때 마라톤 운동을 하여도 체중이 66kg 되었는데 기체식을 함으로써 61kg까지 유지하였다.

산에 다녀와서 아내가 옆 동에 사는 장모님 댁에 양배추 데친 것

이 있다고 다녀오란다. 장모님은 원래 청주 태생의 인텔리인데 장인 어른을 만나 경제적으로 힘들게 살아왔다. 장모님의 친정집은 마을 유지급이어서 시집오실 때까지 고생을 모르고 사시다가 급격히 바뀐 환경에도 불구하고 과감하게 맞벌이를 자청하셔서 오남매를 잘 키우셨다. 장인어른이 돌아가시자 둘째 처제가 있는 광주인 우리 집 바로 옆 동 아파트로 살림을 합치셨다.

장모님은 독실한 카톨릭 신자다. 2년 전에 택시와 접촉사고로 대퇴부가 부러져 수술하시고 현재 쇠를 박은 상태로 거동이 불편하시지만 매주 일요일은 꼭 성당에 나가신다.

"장모님 하느님은 어디에 있습니까?"

"어디에 있긴 하늘나라에 있지"

"그러면 하늘나라는 어디에 있습니까?"

"저기 하늘 높은 곳에 있지"

일반적인 어르신들의 생각이 거의 이러시지 않을까? 하느님은 바로 나의 마음속, 장모님의 마음속에 있습니다 하고 설명해드렸더니 바로 이해를 하신다. 장모님은 영(靈)이 참으로 맑아서 보편 타당한 이야기는 금방 알아차린다. 우리 각자의 마음속에 천국도 있고 지옥도 있습니다 했더니 아하 그렇구나 하신다. 제가 장모님에게 단식을 권유했더니 한끼만 안 먹으면 기운이 없어서 안 된다 하시면서 내가 4일째 물만 마시고 단식을 하면서도 산에 매일 가는 것을 옆에서 지켜보시면서 기적이라 하신다.

"어찌 단식을 하는데 기운이 있어 산에도 가는지 이해가 안 되네."

"일반사람은 음식을 통하여 기운을 보충하지만 기 공부하는 사람은 천기 즉 하늘의 우주의 기운을 받아 에너지로 활용하기 때문에 죽지 않고 살 수 있습니다."

"허참 신기한 일이네."

오후에 집에 있는데 백회에 기운이 솔솔 들어와서 명상을 하였는데 척추 있는 데가 뻐근하게 아파서 관을 해보았다. 곧 백회로 기운이 몰리더니 한 시간 뒤에는 아주 편해졌다. 집에서 아내가 식사하는 것을 보니 밥을 먹고 중간에 떡과 과일을 먹고 차를 마시고 습관적으로 먹는 것 같다. 나도 단식 안 할 때는 생식 외에 저렇게 먹었겠구나 싶다. 마치 나와는 무관한 세상에서 살아가는 그림을 보는 기분이라면 적당한 표현일까….

오늘은 특별히 힘 드는 것이 없는 일상생활이었던 것 같다. 저녁에 몸무게 측정해보니 56.1kg로 약간 줄었다.

단식 다섯째 날   2016년 1월 12일 화요일 몸무게 54.9kg

아침부터 집이 떠나갈 듯 대성통곡을 하는 딸아이 때문에 눈을 떴다. 공들여 키우고 있었던 햄스터가 움직이지 않는다고 너무 슬퍼하고 있다. 그도 그럴 것이 고 조그만 생명체가 무어길래 온 식구들의 마음에 큰 구멍을 만들어 주었나 싶다. 먹이를 주면 받아먹고 손에 올려놓으면 신나게 어깨로 가슴으로 제 놀이터인양 누비고 다니는 폼은 또 얼마나 앙징맞던지 혼이 깃든 생명체는 작든 크든 정이 들게 마련인가보다. 내 마음도 이럴진대 딸아이의 마음은 오죽하랴 가

서 만져보니 몸이 딱딱하고 차가움이 느껴진다. 햄스터의 평균 수명
은 2년 8개월이라는데 3개월을 더 당겨서 보내고 보니 무언가 정성
이 부족해서였나 싶어 마음이 아프다.

　맨 처음 아들이 안산에서 대학 다닐 때 친구한테 선물 받아 기르
다가 군대 입대하면서 딸이 받아 보살피고 있었다. 귀엽고 작은 햄
스터는 귀여운 걸음걸이, 예쁜 몸짓으로 가족에게 사랑받았었는데…
동물이든 사람이든 비유하자면 자동차와 같은 것이다. 우리 사람 몸
은 자동차 차체이고 마음은 운전사이고 기운은 기름 즉 에너지와 같
은 것이다. 그러니 죽음을 너무 슬퍼하지 말고 살았을 때 햄스터와
행복하게 지냈던 모습을 생각하고 영혼이 좋은 곳에 갈 수 있도록
기도해주는 것이 좋겠다고 달래 주었다. 아내와 앞산에 운동하러 가
면서 햄스터는 양지 바른 곳 나무 밑에 묻어주었다. 햄스터를 다시
한 마리 사서 키우자 했더니 딸의 의견이 더 이상 햄스터는 키우고
싶지 않고 아내도 싫다 한다. 똑 같은 아픔을 두 번 다시 겪고 싶지
않다는 것이다. 아직은 생로병사의 이치를 자연스럽게 받아들이기엔
때가 이른 것 같았다.

　한 시간 정도 산행을 했는데 아직 육체는 여여할 뿐이다. 병풍산
근처에 약수터가 있어 15년 전에 떠다 먹고 그 후론 안 먹었는데 단
식하면서 문득 약수물이 먹고 싶어서 큰 통 두 개를 가지고 가서 떠
왔다. 약수터에 있는 아줌마한테 약수물은 얼마나 보관해도 되는지
물어보니 한달 동안 두어도 이끼가 끼지 않고 물맛이 좋아 생수로
먹는다 한다. 오후 및 저녁에는 방송대 도서관에서 소설 『반야심경』

책을 보았다. 저녁에 집에서 가져간 헛개나무로 끓인 차를 중간병으로 한 병을 마셨는데, 22시 30분경에 집으로 오는데 갑자기 위가 매스꺼워 길가에 차를 세우고 밖에 나오니 갑자기 토하였다. 물만 먹었으니 물밖에 토한 게 없지만 숨쉬기가 매우 힘들고 가슴이 답답하여 단전에 힘을 주고 천천히 단전호흡을 하니 정상으로 돌아 왔다. 집에 와서 위는 오행상 토로 단맛이 영양하니 꿀을 동치미 국물에 타서 한 컵 마셨더니 위가 편안해졌다. 도서관에서 책보는 시간을 22시 30분에서 21시로 줄여서 몸 관리를 해야겠다.

단식 여섯째 날 2016년 1월 13일 수요일 몸무게 54.2kg

아침에 일어나 보니 하얀 눈이 약 5cm 가량 쌓였다. 회사 다닐 때는 물류업무를 담당하기 때문에 눈이 오면 도로 사정은 어떠한지 트럭이 잘 운영될 수 있는지 걱정되었는데 오늘은 가벼운 마음으로 아내와 앞산을 한 시간가량 등산했다. 정상에 넓은 잔디밭에 하얀 눈이 쌓여 있어서 호보법 운동을 하였다. 눈 위에서 운동하니 어깨도 허리도 이완되고 기분도 상쾌하고 좋았다. 오후 및 저녁까지는 소설 『반야심경』 2권을 읽었다. 내용 중에 "불법이 이 세간에 차 있다. 세간을 여의고 깨닫는 것이 아니다. 세간을 떠나서 깨달음을 찾는다면, 마치 토끼의 뿔을 구함과 같다."

물은 어제 떠온 약수를 먹었는데 몸에 맞는지 속이 편안하여 좋았다. 책 보다가 백회로 기운이 폭포수처럼 들어온다. 반가부좌하고 1시간가량 명상을 했다. 삼원조화신공을 해보았는데 운기가 잘되었다.

이메일을 확인해보니 반갑게도 스승님 답변이 와 있다. 스승님이 25년 전에 단식하던 때를 상기하면서 무사히 끝날 수 있도록 격려해 주셨다. 이번 주 16일 토요일에 삼공재 방문 예정을 말씀드렸더니 단식 끝나고 30일 토요일에나 오라고 하신다.

단식 일곱째 날 2016년 1월 14일 목요일 몸무게 53.8kg

함박눈이 하늘에서 펑펑 쏟아진다. 정상이라 해 봐야 낮은 동산이긴 하지만 끝없이 펼쳐진 순백의 눈밭 위에 발자국 하나 찍히지 않은 무결점의 세상을 혼자 누리는 것 같다. 같은 눈이라도 사람의 기분에 따라서 받아들이는 게 다를 테지만 오늘 유독 상쾌한 기분은 무얼까.. 근 삼십여 년 간 봉직했던 회사를 떠나와서 요즘처럼 자유를 구가하는 때에 아마도 오랜만에 내 인생에서 가장 순수한 때로 잠시 되돌아갔던 때문이리라. 다행히 날씨가 따뜻하여 눈이 쌓이지는 않고 바로 녹았다. 내가 호보법을 하니 아내도 따라서 한다.

한 시간 20분가량 산행을 했다. 소설 『반야심경』 3권을 읽었다. 내용 중에 "보는 것 듣는 것 허깨비 같고, 이 세상 모든 것이 허공의 꽃과 같다. 듣는 성품 돌이켜서 귀가림을 없애면, 티끌 경계 사라지고 깨침 더욱 원만하리. 깨끗함이 극진하면 광명이 충만하고, 고요한 비추임은 허공에 가득하다. 깨달은 눈으로 세상을 살펴보면, 모두가 꿈속의 헛된 일이니라."

『선도체험기』를 반가부좌 하며 읽는 중에 운기조식 긴 호흡 되는 걸 보니 피부호흡이 되고 있다는 걸 알 수 있다. 오후부터 저녁 10

시까지 백회에서 기운이 폭포처럼 끊이지 않고 들어온다.

단전도 달아올라서 장시간 책을 보는데 몰입이 잘되고 눈이랑 전혀 피곤하지 않다. 저녁에서 정좌하면서 오기조화신공을 20분간 해보았다. 목(간), 화(심장), 토(위장), 금(폐), 수(신장)을 의식하고 운기를 해보았는데 따뜻한 기운이 오장을 이동하며 감싸 주었다. 우리 장부의 기운이 깨져 부조화가 된 것이 운기조식하면 밸런스를 잡고 조화롭게 됨을 알 수 있었다.

단식 여덟째 날 2016년 1월 15일 금요일 몸무게 53.5kg

아내가 문학모임 있다고 준비하느라 바빠서 홀로 앞산에서 운동하고 왔다. 몸이 가벼우니 다리에 부담도 없고 날아 갈 것 같다. 정상의 평지에서 구보하면서 『삼일신고』 가운데 삼진훈, 삼망훈, 삼도훈, 삼공훈을 암송하면서 운동하였다. "인물이 동수삼진하니 왈 성, 명, 정이라, 유중은 미지에 삼망이 착근하니 심, 기, 신이라, 진망이 대작삼도하니 감, 식, 촉이라, 철은 지감, 조식, 감촉하여 일의화행, 반망즉진, 발대신기 하나니 성통공완이시니라."

장모님이 임플란트 치료한다 하여 ○○치과에 모시고 갔다. 오는 길에 전에 부산에서 하던 병원보다 못 하느니. 서비스도 형편없다느니 한참을 넋두리하신다. 연세가 80세이시니 잇몸 수술이 더욱 아프셨던 모양이다. 우리 구도인도 몸이 재산이라 건강해야 몸에 깃든 기와 마음도 수련도 할 수 있을 것이다. 태어나서 지금까지 큰 아픈 데 없이 일상생활할 수 있어서 감사하다. 우리 인간은 인연과보의

법칙을 받으니 앞으로도 올바르고 착하고 지혜롭게 좋은 인연을 만들어 가야 하겠다.

어제부터 유달리 백회에 기운이 쏟아진다. 독서하다가도 백회에 기운이 많이 오면 잠시 멈추고 한 시간 가량 명상하면서 운기 조식했다. 뇌에서 쐐 하면서 풀벌레 소리가 나면서 백회 주위를 압박하고 손의 노궁혈도 묵직한 기운이 감싼다. 느낌에 인당이 열릴 것 같으면서 아직 화면은 동그란 원만 보이고 진행 중인 것 같다. 독서 많이 하는 것도 중요하지만 명상시간을 늘려 자성을 찾는 데 좀 더 집중해야겠다.

단식 아홉째 날 2016년 1월 16일 토요일 몸무게 53.4kg

새벽 4시경에 일어나 명상 한 시간 30분가량 하고 5:30분에 앞산에 산행 및 운동 한 시간가량 하고 집에 왔다. 신체적 변화는 아직도 여여하다. 학교 도서관에 가서 『선도체험기』 및 마음 공부하는 책을 보았다. 점심시간에는 도서관에 있던 학우들이 식당으로 갔다. 나도 나만의 점심식사를 위해 식당 대신 학교 운동장으로 나갔다. 햇빛을 받으며 천천히 세 바퀴 돌았다. 단전호흡을 하였더니 금방 단전이 달아오르고 입에 침이 고여 삼키었더니 허기가 채워졌는지 시장기가 사라졌다.

오후에 삼공재 수련시간에 맞추어 의자에서 반가부좌하고 한 시간가량 명상을 했는데 단전에 기운이 풍선처럼 달아 올랐고 백회에도 쏟아져서 기분이 좋았다. 도서관에서 책을 보고 있는데 40대 초반

남자가 들어와서 바로 옆자리에 앉았다. 삼겹살 고기에 술 냄새가 밴 역겨운 냄새가 난다. 그 남자는 두 시간 가량 책 보다 갔는데 아니나 다를까 그 남자한테서 탁기가 들어와 역거운 냄새가 나고 어깨와 목덜미를 묵직한 기운이 누른다. 글을 쓰고 있는 지금에야 천도되어 백회에 기운이 잘 들어온다.

오늘 책에서 나온 서산대사가 열반하면서 남긴 "천계만사량 홍노일점설"이 떠오른다. 뜻을 풀어보면 "천 가지 계획과 만 가지 생각도 붉게 달구어진 난로의 한 점 눈송이에 지나지 않는다." 이번 단식하면서 물은 오후 5시 이후 10시 이전까지 떠온 약수물을 작은 물병 한 개에 넣어 나누어서 마시고 있다.(500㎖)

단식 십일째 날 2016년 1월 17일 일요일 몸무게 53.2kg

아내와 함께 앞산에 9시경에 올라 한 시간 30분 정도 산행 및 운동을 하였다. 산의 오르막길에서는 호보법을 약 20분 정도 하였는데 단식 전보다 약간 호흡이 거칠어지는 것이 느껴진다. 아내 친구가 내 모습을 그전에 보고 어제 보았는데 얼굴이 몰라보게 변하였다고 한다. 친구가 부녀지간같이 보인다고 했다면서 속상해 했다. 빨리 단식이나 끝내고 예전의 몸무게로 되돌려 놓기나 하라고 으름짱이다. 그나마 아내가 읽고 지나간 책이 단식 내용이 담긴 것이어서 별다른 걱정을 안 하는 것 같다. 아마 적어도 죽지는 않겠구나 확신이 들었는지 별다른 제제가 없어서 그나마 나로서는 다행한 일이었다. 보는 사람마다 중병 들었냐는 둥 저러다 큰일 치른다는 둥 걱정 일

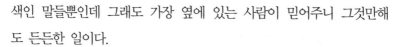

색인 말들뿐인데 그래도 가장 옆에 있는 사람이 믿어주니 그것만해도 든든한 일이다.

아내와 둘이 소나무에 등을 대고 수목지기을 해보았는데 백회에 기운이 즉시 단전에 따뜻하게 달아오르는 것이 느껴진다. 집사람과 3m 가량 떨어져 있어서 아내의 인당으로 기운을 보내고 나의 용천혈로 회수하고 인당으로 운기를 해보았는데 운기가 잘되는 것이 느껴진다. 학교 도서관에서 『선도체험기』 110권까지 오늘로 두 번 읽었다. 시사와 역사 문제는 관심 부분만 보고 나머지는 속독으로 보았다. 지식으로 아는 내용을 명상을 통하여 몸으로 체득할 수 있도록 시간을 늘려가고 있다. 단식을 하면서 단전이 달아오르는 체험을 난생 처음 해보니 선도수련의 중요함을 몸으로 알았다. 생활 속에서 작은 이타행 실천을 위하여 학교 도서관에서 마치고 나올 때 타인이 사용했던 의자를 정리정돈 하고 나오고 있다. 꾸준히 실천하고 있었더니 다른 한 명의 학우가 동참하여 주변 의자를 정리정돈 하고 있었다. 오늘 물은 500ml병의 절반 정도 마셨다.

단식 십일일째 날 2016년 1월 18일 월요일 몸무게 52.9kg

아침에 산행 1시간 30분정도 운동하였다. 함박눈이 하늘이 열린 듯 쏟아져 산행 후 아파트 앞 공터를 산책하면서 겨울의 전령 흰 눈을 아내와 같이 맞이하면서 담소하였다. 겨울철의 별미인 싱싱한 굴을 가져와서 살짝 물에 데치고, 밀가루에 묻여서 전을 붙이고 아내가 맛있게 먹는다. 난 기운을 취하고 나니 먹고 싶은 생각은 없다.

오늘 신체적 변화는 반가부좌하고 독서할 때 독맥의 명문 부위가 뜨거워지고 단전 및 중단전이 달아 올랐다. 운기조식이 되고 있어 아직은 큰 어려움은 없다. 얼굴 살이 원래 왼쪽 볼만 들어갔는데 오른쪽 볼도 약간 들어갔다. 단식 완료 후 복식 진행될 때까지 가족 외에는 가급적 만나지 않는 것이 좋겠다고 생각했다.

단식 십이일째 날 2016년 1월 19일 화요일 몸무게 52.6kg

오늘 아침 산행하니 눈이 20cm 쌓여 있고 계속해서 함박눈이 쏟아진다. 오늘은 올 겨울 들어 눈이 제일 많이 온 날이다. 정상 눈 쌓인 곳에서 호보법을 하면서 동영상 2분 정도 촬영했다. 제작한 동영상은 유튜브에 올려 대한민국 국민이 어깨, 허리 아프지 않도록 하는 운동법으로 활용토록 해오고 있다. 호보법은 독맥 유통과 척추 신경운동, 오장운동에 적합한 운동이라 생각된다.

도서관의 전자책을 빌려 보려 하니 도서관 개설 카드가 있어야 된다 하여, 무등도서관에 가서 열람 카드를 만들었다. 도서관 홈페이지에 등록하면 전자도서를 무료로 빌려 볼 수 있으니 공부하는 데 편리한 제도인 것 같다. 단식 12일째인데 첫날만 대변을 보고 아직 소식이 없다. 일단 먹은 것이 없으니 안 나온 것은 당연하다 생각된다. 그저 몸의 변화 사항을 여여하게 지켜보아야겠다. 왼쪽 눈이 약간 빨간 것 말고 특별한 신체의 변화 사항은 없는 것 같다. 몸무게가 줄면서 정신은 더 맑아진다. 독서에 더욱 집중할 수 있게 되었다. 명상 시간을 조금씩 늘려 가고 있다.

단식 십삼일째 날 2016년 1월 20일 수요일 몸무게 52.4kg

산에 눈이 삼일째 쌓여 있다. 새들의 먹이로 쌀을 좀 준비하여 갔다. 아파트 재활용센터 들렀더니 큰 새 한 마리가 음식물 쓰레기 버리는 곳에서 날아간다. 배가 고프긴 고픈 모양이네. 등산하면서 세 개 장소에 눈은 치우고 종이를 깔고 쌀을 놓았다. 오늘은 눈이 안 오니까 눈밝은 새는 와서 먹을 수 있을 것이다. 한 시간가량 산행하고 집에 돌아왔다. 아내가 생식 포함 아침식사를 하는데 단전이 달아오른다. 기체식이 됨을 알 수 있다. 바깥 날씨는 추운데 단전은 따뜻하여 추운 줄은 모르겠다. 다 스승이 지도해준 덕이라 생각하고 큰 감사를 드린다. 자기 전에 명상을 한 시간가량 하는데 눈물이 양 볼을 타고 흘러내린다. 아마 자성이 정화되고 있다는 느낌이 온다. 아직 몸 상태는 여여하다.

단식 십사일째 날 2016. 1. 21(목) 몸무게 52.3kg

새벽에 4:30분에 기운이 많이 들어오면서 잠이 깨어서 명상을 한 시간 반가량 하였다. 『천부경』, 『대각경』, 『삼일신고』를 암송하였다. 산행은 1시간가량 했는데 날씨가 더 추워져서 산행길은 이미 빙판이 된 곳이 생겨났다. 넘어지지 않도록 조심하였다. 철봉 운동기구가 있어 턱걸이를 해보니 5회는 무난히 할 수 있었다.

학교 도서관에서 『선도체험기』 8권 오행생식 부분을 정독하고 있는데 한 끼 식사에는 기체식 200칼로리와 식사에서 200칼로리를 섭취한다고 한다. 그래서 운기조식이 되는 구도자가 단식을 하면 매끼

마다 기체식 200칼로리가 섭취됨을 알 수 있다. 이번 단식을 하면서 얼굴살은 빠졌지만 눈빛은 더 빛나고 있다. 운기조식이 잘되고 있어 생명력에 필요한 에너지가 원활이 공급되고 있다.

아침, 저녁 양치질할 때는 치약을 쓰지 않고 소금을 쓰고 있는데 아직 잇몸과 치아가 아픈 데는 없다. 광주에 사는 양정수 사형과 전화가 어렵게 연결되어 안부 문의하였고 구정 지난 후 한번 만나기로 했다. 광주 지역에 아는 도우가 없는데 이 또한 좋은 인연임을 알 수 있다.

단식 십오일째 날 2016년 1월 22일 금요일 몸무게 52.1kg

아침 산행은 아직도 눈이 덜 녹아 결빙 구간이 많다. 호보법은 약 100미터 가량 오르막길에서 했다. 팔과 어깨, 허리가 좋아짐이 느껴진다. 약 1시간가량 운동했는데 아직은 산행하는 데 불편한 점은 못 느끼겠다.

장모님 치과에 모시고 갔다 왔다. 집안에 틀어박혀 있는 것은 내 처지나 장모님 처지나 매 일반이라선지 장모님의 하소연에 수긍이 간다. 평생 살아오신 부산에 오랜 친구분들도 다 남겨두고 오신데다 다리가 불편하니 맘대로 나들이도 못 다니는 그 답답함이 이해가 간다. 우울증 증세가 있으시다 하시니 염려스럽다.

밤에 잠이 안 올 때 강론이나 명상 테이프도 듣고 싶으시단다. 전자 대리점에 들러 카세트테이프와 씨디 기능이 들어있는 미니 카세트를 구입해드렸다. 불면증을 호소하셔서 『선도체험기』 오행생식 강

의편 보니 생 옥수숫가루에 흑설탕이 특효라 한다. 당장 구해드려 봐야겠다. 심포, 삼초를 튼튼하게 해주니 효과가 분명히 있을 것 같다. 단전은 따뜻하게 데워지고 있고 명상을 통한 운기조식 수련을 계속하고 있다.

단식 십육일째 날 2016년 1월 23일 토요일 몸무게 51.8kg

산행 운동을 한 시간가량 하였다. 산행하면서 아내가 단식은 힘들게 왜 하는가 물어본다. 수련하기 위해서 한다. 몸과 마음을 정화하여 올바르고 착하고 지혜롭게 살려고 한다. 그것이 선도에서 말하는 성통공완을 목표로 한다고 말했다. 정신세계를 좀 더 깊이 수련하여 흔들리지 않는 부동심, 마음의 평화를 갖기 위해 단식 수련을 하려고 한다고 말해 주었다. 학교 도서관에서 『선도체험기』와 명상체험여행(박석 교수 작) 책을 밤 10시까지 보았다. 중간에 졸려 반가부좌하고 1시간 정도 명상을 하였더니 정신이 맑아진다. 백회, 노궁, 용천혈로 운기조식이 되어 단전이 따뜻하니 기운이 없거나 힘 드는 것은 아직 없다. 내가 생각해봐도 운기조식이 되고 나서 단식을 하니 배도 고프지 않고 참 신기하다는 생각이 든다.

아내와 딸은 얼굴이 약간 살은 빠졌다고 한두 번 이야기하더니 이젠 내가 단식하건 말건 관심도 없는 듯하다. 아마도 내가 일상생활을 평소와 다름없이 하고 있어서 그런 것 같다. 명상체험여행 중요 내용을 보면 40일 단식수련을 통한 '이 뭐꼬' 화두 수련으로 깨우침을 얻고 보니 "본래면목은 나의 일상적인 마음과 항상 같이 있는 것

이다. 울고 웃고 하는 그 마음이 동전의 앞면이었다면 변하지 않는 그것은 동전의 뒷면이었다"고 한소식 한 것 같았다.

어느 선사 왈 "이 마음 밖에 깨달음이 있는 것이 아니다. 이 마음을 돌이키면 바로 깨달음이다. 이 마음 밖에서 깨달음을 구하려면 억겁을 구하여도 얻을 수가 없다."

진짜 놓을래야 놓을 수 없는 경지란 바로 이 "현재의식" 아닌가? 가장 궁극적인 깨달음이란 바로 다시 현재의식으로 돌아오는 것이다. 그래서 선사들은 '도'란 평상심이다. 장작 패고 밥 짓는 것이다. 산은 산이요 물은 물이라고 했던가. 『선도체험기』에서 늘 말씀하셨던 "일체유심소조, 삼계유심소현"이라는 생각이 든다. 약수물로 250㎖ 마셨다.

단식 십칠일째 날 2016년 1월 24일 일요일 몸무게 51.6kg

아침 산행을 하니 밤새 또 폭설이 약 25cm 와서 5년 만에 제일 많이 왔다. 하얀 눈을 밟으니 뽀드득 뽀드득 소리가 나고 온 세상이 하얗게 변해 동화나라에 온 것 같은 착각이 든다. 이 겨울의 설경을 즐길 수 있으니 이 또한 기쁘지 아니한가? 장모님이 오셔서 아내가 맛있는 고추 동그랑땡, 계란찜, 시원한 동치미, 포도를 준비했다. 장모님은 사위가 17일간 굶으면서도 산에도 갔다 오고 일상생활을 무난히 하는 모습을 보며 마음은 놓으시면서도 함께 먹거리를 나눌 수 없음에는 몹시 안타까워하신다.

"걱정 마세요. 저는 음식의 맛있는 기운과 하늘 기운을 기체식으

로 먹습니다" 했더니 고개를 갸웃거리신다. 오늘은 바깥 환경이 폭설이 쌓여서 집에서 그동안 써놓은 단식 체험기 교정도 보고 TV도 보고 명상을 하면서 여여하게 지냈다. 딸이 감기 기운이 있다 하여 따뜻한 물에 고추장 한 숟갈, 꿀 한 숟갈 섞어 한 컵 만들어 마시고 땀을 내도록 했다. 초기 감기이고 폐를 영양하는 매운맛을 마시면 나으리라 생각된다.

단식 십팔일째 날 2016년 1월 25일 월요일 몸무게 51.5kg

아내와 같이 밤새 조금 더 폭설로 쌓인 앞산을 한 시간가량 산행하였다. 18일 동안 아침 산행을 계속 하였는데 아직은 신체의 별 다른 증상은 없다. 화장실에서 대변이 나올까 하고 앉아 있어 봤는데 방귀만 나오고 소식이 없다. 몸을 유지하기 위해 생명력으로 써버린 모양이다. 지하 주차장 밖에 차를 세워 두어 25cm 정도 쌓인 눈을 치웠다. 온통 세상이 하얀 설국이다. 오전에는 모처럼 따뜻한 햇살이 떠서 아파트 옥상에 있는 나뭇잎 위의 눈을 털어주고 햇살을 받도록 하였다. 밖에 있는 무는 얼어서 무 얼음채를 만들어서 단식 후 복식할 때 먹어야겠다. 시골 어머님께 만드는 방법을 문의하니 무를 완전히 얼린 다음 폭 삶아서 손으로 조각조각 떼어서 알맞게 양념하여 먹으면 된다 하신다.

거실에서 중충혈과 후결혈로 압봉을 붙이고 의자에 앉아 햇살을 받으며 명상을 하니 손끝의 중충혈로 강한 기운이 운기됨을 느껴서 압봉을 침 대신에 사용해도 효과는 충분하리라 생각된다. 아내한테

족음간경의 태충혈 양쪽발의 2곳에 압봉을 붙여 보았다. 체험하는 지식이야말로 정말 중요한 것이 아닌가? 오후에는 누워서 명상을 하며 몸을 바라보니 심장보다 배꼽인 신궐 부근이 더 세게 뛴다. 왜 그럴까? 복뇌라 하여 소화, 흡수, 배설의 중요한 작용을 하기 때문일 것이다. 육장육부가 건강하면 병이 없듯이 복뇌가 살아나면 만병이 물러간다 한다. 명상을 하면 눈물이 살포시 흐르는 것은 아직도 정화되고 있다는 느낌이다. 물은 500㎖ 정도 마셨다.

단식 십구일째 날 2016년 1월 26일 화요일 몸무게 51.4kg

새벽에 잠을 깨니 노궁혈 및 용천혈로 기운이 엄청 많이 들어온다. 가만히 누워서 집중해본다. 우주기운이 노궁, 용천. 백회로 연결되어 나와 우주가 한몸이 된 느낌이다. 천주교의 성부와 성자와 성령이 하나이듯이 정 기 신이 하나이고 이 하나는 다시 셋으로 변하는 것이 체감된다. 몸의 생명력을 유지하기 위하여 자동 보충되는 느낌이다. 앞산을 한 시간 산행 및 운동 하였다. 눈이 와서 산행이 힘들게 되었지만 눈이 쌓인 곳을 밟아야 오히려 미끄럽지가 않으니 눈은 원인도 되고 해결책도 되니 세상의 이치를 여기에서도 엿보게 된다.

아파트 단지 내에도 20층 정도 쌓인 눈을 미니 포크레인이 배치되어 눈 치우는 작업을 진행하고 있다. 고마운 일이다. 아내가 생옥수숫가루를 인터넷으로 구입했는데 어떻게 먹냐고 물어온다. 생옥수숫가루와 꿀을 섞어 한 컵 마시면 된다고 알려 주었다. 옥수숫

가루는 떫은맛이니 심포 삼초을 영양하여 우울증 및 불면증에 효과
가 있을 것이다.

오후에는 도서관에 가서 책을 보았다. 본 책 내용 중에서 마음 수
련 시는 의념이 가장 중요하다. "借假修練(차가수련) 가짜를 빌려
진짜를 수련한다." 대뇌는 생각하고 간뇌는 생각을 실행한다 한다.
간뇌는 무의식 세계로 신의 영역이라 한다. 간뇌의 잠재능력을 깨워
야 한다. 마음 수련 시 운동선수가 이미지 트레이닝을 활용하여 수
련하면 실제와 같이 수련된다는 말과 같지 않을까 생각된다. 결국은
『선도체험기』에서 강조한 "심기혈정"인 것이다.

13시부터 22:30분까지 소변을 한번도 보지 않았다. 참 이상하다!
몸의 물도 아껴서 생명력으로 활용하는 모양이다. 밤에 103배 하는
데 우측관절이 약간 아프다. 절 운동 후 명상을 하는데 백회 기운이
하늘과 연결되어 계속 기운을 보충해주고 노궁혈로 묵직한 기운이
강하게 느껴진다. 단식으로 지기(식사)를 흡수는 못 하지만 기운이
부족하면 천기를 계속 흡수하여 생명력을 유지한다. 참으로 특별한
체험이 아닐 수 없다.

단식 이십일째 날 2016년 1월 27일 수요일 몸무게 51.2kg

5시에 일어나니 강한 기운이 쏟아져 들어오고 정신은 아주 맑다.
우주와 내가 혼연일체가 된 느낌이다. 나의 단전이 우주로 확장되어
커지고 우주가 다시 내 단전에 들어온다. 내 기운은 우주기운, 우주
기운은 내 기운이라는 느낌이 강하게 밀려온다. 앞산에 등산을 한

시간가량 하였다. 오후에는 오행생식원에 음양오행체질분류법과 맥진법을 공부하기 위하여 갔다. 기본적인 목, 화, 토, 금, 수, 상화, 여섯 가지에 대해 설명하였는데 비유하길 집안에 여섯 형제 중에 한 명이 큰 사고가 나서 경제적인 도움이 필요하면 형제간 조금씩 걷어 도와주는데 두세 번 도와주어야 할 경우 못사는 형제는 아이구 내가 죽겠네. 나는 못 도와주겠네 하듯이 한 장부에 병이 생기면 처음에는 도와주나 그래도 안 나으면 다른 장부까지 병이 악화된다. 그래서 육장육부가 균형 있게 건강하기 위해서는 맥진법에 의한 음양오행체질을 분류하여 오행생식을 활용하면 병이 근본까지 치료할 수 있다 한다.

오늘 처음 와서 공부하는 분이 암수술 후 항암치료를 받고 있는데 교육을 받고도 생식하는 것을 망설인다. 생식을 하면 그동안 먹어 봤던 맛있는 음식을 포기해야 되는 게 두려워서일까? 내 생명력이 최악의 상황에서도 식욕에 대한 욕심은 끝이 없는 것 같다. 제일 고수는 병이 안 나도록 하는 것이요 하수는 중병이 난 다음에 치료하는 사람이 아닐까? "성인은 섭생의 도를 적절히 실천으로 옮길 수 있지만 어리석은 사람은 그 도를 지키지 못한다"고 하였다. 자기 전에 아내와 103배, 명상을 하였다. 여전히 기운은 강하게 들어와 에너지를 보충해 준다.

단식 마지막 날 2016년 1월 28일 목요일 몸무게 49.6kg

전날 1시에 잠들었는데 새벽 4시 30분에 잠이 깨어 노궁과 용천
혈로 강한 기운이 쏟아져 와공을 하고 이어서 6시 30분까지 명상을
했다. 명상 중에 『대각경』의 "하느님과 나, 남과 나, 우주와 내가 하
나로 합쳐지는 실상의 세계 속에 살고 있다"가 떠오르고 내 기운은
우주기운 우주기운은 내 기운 하면서 단전의 기운이 우주기운과 교
류되고 있음이 느껴진다. 좀 더 깊이 들어가니 내 마음과 우주마음
은 하나다. 호흡도 끊어지고 의식도 끊어지는 무심, 무아지경이 되
어 한참 머물러 있었다.

『삼일신고』의 "자성구자하면 강재이뇌니라"가 체감으로 다가온다.
정신은 유리처럼 투명하게 맑아진다. 딸은 새벽 4시 40분에 매일 새
벽기도하고 들어와 잠깐 자고 회사 출근한다. 늘 마음이 안쓰럽다.
사과 한 개를 씻고 잘라서 비닐봉지에 넣어주었다. 단식 중 마지막
산행은 여유 있게 9시 30분 시작, 한 시간가량 하였다. 폭설이 18일
밤에 왔으니 돌이켜보니 11일 동안 눈 덮인 산행을 했는데 이 또한
겨울 묘미가 아닌가? 산 정상에서 눈 위에 누워서 하늘을 보니 멀게
만 느껴졌던 21일이 어느새 훌쩍 지나간 것 같다. 아내가 장모님과
사우나 간다고 차로 태워달라고 한다. 그 차에 나도 묵은 때나 벗자
싶어서 동행하기로 했다. 몸무게를 측정하니 49.6kg나온다. 단식 전
61kg에서 11.4kg 감량되었고 키가 168cm이니 110을 빼면 표준 체중
이 58kg보다 8.4kg 줄었다.

성인이 된 후 줄곧 60kg가 넘었는데 49.6kg까지 떨어지다니 이건
완전히 기적 같다. 거울 속의 모습을 보니 배가 쭈글쭈글한 모습이

어릴적 사진으로 보았던 비폭력 평화주의자로 단식을 했던 인도의 간디 모습이 순간 떠올랐다. 내 살아생전 처음으로 단식한 내 육체를 무심히 바라보았다. 단식하는 동안 쓸모없는 군살과 찌꺼기는 생명력으로 완전 연소되었구나 싶다. 뜨거운 욕탕에 들어가서 조용히 명상을 하니 내 몸에 스펀지처럼 용천과 노궁혈로 찌릿찌릿 물을 흡수하고 물과 하나 된 것처럼 느껴진다. 몸과 마음이 편안하고 기분이 좋아진다. 목욕탕에서 나오니 비가 오는데 봄비처럼 포근하게 느껴진다. 이번 비에 쌓인 눈은 조금씩 녹아 자연으로 돌아 갈 것이다.

오후에 집에서 외화 "에베레스트"를 보았다. 이 영화는 "96년 발생한 실화를 바탕으로 제작한 것이다. 상업등반회사가 인당 6천 5백만원 받고 에베레스트 정상 등반 지원하는 프로그램을 운영하기로 했다. 정상 정복 후 하산길에 5명 숨졌고 지금도 시신은 에베레스트 산에 있다 한다. 영화 중에 에베레스트 산에 오르는 이유는 "산이 거기 있으니까." 어느 등산가 왈 "경쟁이 너무 치열해요. 사람들과 경쟁할 필요가 없지, 이건 사람과 산의 경쟁이지. 마지막 결정권은 늘 산에 있지" 인명 사고 분수령은 평범한 우편배달부 직업을 가진 더그한센이 일행이 정상에서 내려오는 중에 체력 열세로 늦게 올라와서 정상에 꼭 가보 싶다고 한다. 더그한센은 이번이 세 번째 도전인데 이번에 못 가면 평생 못 간다 "내년에 못 와 마지막 기회야" 사정한다. 리더인 롭은 잠깐 망설인다. 리더인 롭과 더그한센은 뒤늦게 정상 정복에 성공하나 더그한센이 산소 부족과 체력 고갈로 거

의 혼수에 빠져 무리하게 데리고 내려오다 롭도 체력이 고갈되고 기상도 나빠져 눈 폭풍이 몰아쳐서 결국은 더그한센은 뒤늦게 자일을 끄르고 먼저 죽지만 리더인 롭도 에베레스트에서 최후를 맞이한다는 내용이다.

만약 우리 선도 수련인이 에베레스트 등반하면 산소가 희박한 가혹한 고산지대 조건에서 좀 더 잘 극복할 수 있을 텐데 하고 생각해 본다. 『선도체험기』 7권 스승님의 단식체험기를 다시 한번 읽어 보았다. 복식은 1일 2식 생식 한 숟갈로 천천히 시작하는 게 좋다. 단식 후 성생활은 단식기간의 6배 이후에 해야 한다고 했다. 약 4개월인데 최소 2개월 이후에나 생각해 보아야 하겠다. 아내는 얼굴에 살 빠진 모습이 안쓰러운지 단식 끝났으니 내일부터 몸을 빨리 정상으로 회복시키라 아우성이다. 23시 30분에 도와주신 선계 스승님, 지도해주신 김태영 스승님, 지도령, 보호령, 자성에게 감사 인사 먼저 드리고 103배와 명상을 한 시간 하고 21일간 단식을 마무리 하였다.

단식 후 느낀 소감

단식 시작하면서 아파트 화단에 철쭉꽃이 피기 시작했는데 마무리 하는 시점에 만개하여 축하해주는 느낌을 받았다. 몇 년 만에 광주에 눈이 많이 내려서 하얀 눈 덮인 산을 매일 오르내리는 설레임을 간직한 소중한 체험이었다.

첫째 몸공부 측면에서 몸무게가 61kg에서 49.6kg 줄었다. 삼시 세 끼를 안 먹으면 죽는 것이 아니고 살 수 있다는 것을 체득하였고 특

히 단순히 지식으로만 알던 기체식이 육체에 식량이 끊기면 운기가
되는 사람은 백회, 노궁혈, 용천혈로 운기되어 단전에 기운이 쌓여서
몸의 비상상태에 생명력으로 작용하는 것을 직접체험으로 알 수 있
었다. 매일 앞산 월봉산에 1시간가량 평시처럼 산행할 수 있는 체력
은 있다는 것을 알 수 있었다. 학교 도서관에서 12시간가량 장시간
책을 보았는데 첫째 눈이 피로하다고 느낀 적이 없었다.

둘째 기운공부 측면에서는 명상수련 시간을 늘였다. 종전에는 잠
자기 전에 했는데 새벽, 낮, 저녁, 잠자기 전 시간이 되면 수시로 명
상을 하곤 했다. 식량은 공급은 안 되지만 단식기간이 늘어날수록
오히려 단전이 따뜻이 달아올라 부족한 기운을 공급해 주었다. 20일
이후로는 노궁, 용천, 백회에 기운이 상시 찌릿찌릿 느껴지고 있으니
참으로 신기한 일이다. 앞으로도 계속 명상수련을 하면서 정충기장
신명성통 할 때까지 매진토록 해야 하겠다.

셋째 마음공부 측면에서 학교 열람실 활용하여 『선도체험기』, 마
음 관련 책들을 보았다. 도서관 나올 때는 주변 의자를 정리정돈 하
는 생활 속 작은 이타행을 실천하였고 가정에서는 설거지를 도와 주
었다. 『대각경』에 나오는 "우주와 내가 하나되는 실상의 세계 속에
살고 있다" 문구처럼 단식 마지막 날 새벽 명상시 내 기운이 우주로
확장되고 우주기운이 내 기운 속에 들어와서 나와 우주가 둘이 아니
고 하나로 운기가 되고 있는 체험을 했다. 계속 지켜보고 관찰할 일
이다.

또 하나의 특이한 체험은 대변을 단식 첫날 하고 22일간 대변을

안 보았다. 이에 대한 생각은 내 몸에 남아 있는 영양분, 찌꺼기가 생명력으로 완전연소하였다는 생각이 든다.

또 하나는 2015년 7월부터 6개월간 생식을 해서 이미 몸이 정화된 게 아닌가 하는 생각도 해보았다. 인체 소화 과정이 궁금하여 글을 찾아보니 "우리 신체의 음식물 흡수, 소화, 배설 과정을 살펴보면 입으로 음식물을 침과 함께 씹어 삼키면 약 20cm 식도로 6~7초 만에 통과하여 위에 도착하고 3~6시간 걸쳐 위액과 섞여 걸쭉한 죽으로 만들어 30cm 가량의 십이지장으로 간다. 효소와 담즙 췌장액을 분비, 소화 진행하고 5~6m 의 소장으로 가서 약 4~5시간 동안 영양물질과 수분을 80% 가량 소화, 흡수한다. 나머지 20%는 길이 2m의 대장에서 9~16시간 동안 수분을 흡수하고 대변으로 나온다. 먹고 마신 음식물이 입에서 항문까지 7~8m에 이르는 소화관을 16~27시간 통과 한 뒤 대변으로 빠져 나온다 한다." 대변은 복식 셋째 날 새벽에 단식 후 23일 만에 숙변과 함께 한 무더기 깨끗이 보았다. 정말로 특별한 체험이 아닐 수 없다.

하찮은 솔개도 40년 살고 그냥 죽느냐? 아니면 수련해서 더 사느냐? 갈림길에서 수련을 택한 솔개는 높은 산에서 4개월 동안 수련하며 낡은 부리, 발톱, 날개를 뽑아 버리고 새로 길러 다시 30년을 더 산다 한다. 우리 인간도 단식을 통하여 몸과 마음을 정화하여 새롭게 다시 태어나 후반부를 건강하게 살아야 하는 것이 아닌가? 생각해본다. 나의 좌우명은 '거거거중지(去去去中知) 행행행리각(行行行裏覺)'이다. 인생길 가면서 때론 흔들리지만 바로 잡아 정도를 가는

구도자가 되도록 용맹정진할 것을 다시 한번 마음을 다 잡아본다.
끝으로 마하마트 간디의 시 한편 공유합니다.

생이 그대를 저버려도 멈추지 마라
오, 인간이여
그대가 약하든, 강하든 쉬지 마라
혼자만의 고투를 멈추지 마라

세상은 어두워질 것이고
그대는 불을 밝혀야 하리라
그대는 어둠을 몰아내야 하리라

오, 인간이여
생이 그대를 저버려도 멈추지 마라.

2016년 2월 2일 김광호 올림

【회답】

단식체험기 재미있게 잘 읽었습니다. 그리고 이번 단식을 성공적으로 끝낸 것을 축하합니다. 그동안 내가 읽었던 어떤 단식 체험기보다도 감동적이었습니다. 이 정도의 글이라면 단식하려는 후배들에

게 아주 유익한 자료가 될 것임을 의심치 않습니다. 부디 계속 용맹
정진하기 바랍니다.

　그리고 김광호 씨는 수련이 쾌속으로 진행되어 2015년 11월 14일
부로 삼공재에서 455번째로 대주천 수련을 시작하게 되었음을 독자
여러분에게 알립니다.

운기와 진동

선생님 안녕하세요. 오랜만에 메일 드리게 됐습니다.

요 근래는 수련 자체가 뭔가 진전되는 느낌은 적지만 그래도 중간 점검을 한번 받아야 될 것 같아 연초가 되다 보니 회원들도 많이 몰리고 일이 많아져서 한동안은 집에 들어와도 피로감이 너무 심해서 수련 자체를 거의 하진 못했던 것 같습니다.

몸의 컨디션이 좋을 때는 태을주 위주로 해서 『천부경』과 신성주를 자주 외웠었는데 이번 달은 그렇게 생각하는 것도 피로해서 그냥 단전만 관하면서 호흡에만 신경을 쓰고 있는 중입니다.

확실이 이전에 비해서는 기운 들어오는 부분이나 느껴지는 게 차이가 나긴 합니다. 이전에는 단전에 기운이 느껴지기 시작하면서 어느 순간 등줄기 쪽으로 기운이 타고 올라가면서 진동이 크게 났었는데 이번에는 단전과 장심에만 기운이 느껴지면서 진동은 거의 없었습니다.

그래도 선생님께 메일을 쓰는 지금은 별 의식 안 했는데도 단전에 기운이 느껴지는 걸 보면 더 자주 찾아 뵙고 배워야 한다는 생각이 들게 됩니다.

마음 공부적인 부분은 아직도 갈 길이 멀다는 생각이 드는 게 회원들이 많아지다 보니 건의 사항도 많아지게 되고 이와 관련해서 제

가 중간 관리자 입장으로 회원들과 부딪힐 일이 많게 됩니다.

이 부분에서는 역지사지(易地思之)해서 회원 입장에서 생각해 보고 하면 이렇게 얘기할 수도 있다는 생각은 머릿속으로는 되지만 몸이 피로해지다 보니 행동은 생각과는 다르게 퉁명스럽게 나가는 경우가 종종 있었던 듯합니다. 제 자신을 관하는 일이 많아지면서 이런 일들에 대해서는 어느 정도 포착이 되긴 하지만 아직은 기분이나 몸의 상태를 따라 휘둘리는 경향이 강한 것 같습니다.

몸 공부는 웨이트 트레이닝을 기본적으로 하고 있고 먹는 부분에 대해서는 인스턴트를 최대한 자제하는 쪽으로 방향을 잡고 있습니다. 위가 좋은 편은 아니다 보니 원래도 단걸 좋아하지만 그 이상으로 단 음식들을 많이 찾아 먹었던 것 같은데 그게 자연적이기보다는 인스턴트 식품들이 상당히 많았습니다. 그에 따른 식비는 물론이고 뭔가 건강에 신경 쓴다고 하면서도 항상 피로한 느낌을 가지고 있었는데 최대한 자연적인 식단으로 돌아가려고 노력 중입니다.

구도자로서 행동이 다른 사람과는 달라야 된다고 생각하면서도 그 생각만큼 행동이 따르는 건 쉽지 않은 일인 것 같습니다. 이번 명절 동안 기력 회복하고 다시 화이팅! 해봐야 될 듯 싶습니다. 항상 감사드리고 즐거운 명절 되십시오.

2016년 2월 5일 성민혁 올림

【회답】

이 세상 모든 일에는 반드시 기복이 있게 마련이니 그런 일에 일일이 개의치 말로 꾸준히 수련을 밀고 나가기 바랍니다. 수련이 좀 잘 된다고 해서 너무 기뻐하지도 말고 수련이 좀 안된다고 해서 지나치게 실망할 필요 없이 매사를 한결같이 꾸준히 소처럼 우직하게 밀고 나가기 바랍니다.

그렇게 하다 보면 자기도 모르는 사이에 목표 지점을 통과할 수도 있게 될 것입니다. 계속 분발하기 바랍니다.

서울로 전근되었습니다

삼공 선생님 그동안 안녕하셨습니까? 도율입니다.

자주 연락드리지 못해 죄송합니다. 저는 이번 2월 22일자 정기인사에 서울중앙지방법원으로 발령이 나 이번 주 월요일부터 서울로 출근하고 있습니다.

집에서는 가까워졌지만 업무량이 많아 출퇴근 시간에는 큰 변화가 없을 것 같습니다. 그 사이 첫째는 고 1이 되었고, 둘째는 초등학교 3학년이 되었습니다. 아들은 힘겹게 중학교를 졸업하고 3월부터 영동고등학교에 다닐 예정인데 부모 말 잘 안 듣고 말썽을 부리는 게 아직 고쳐지지 않고 있습니다. 고등학생이 되면 나아졌으면 좋을 텐데 공부에는 별 흥미가 없고 친구들과 놀 궁리만 하고 있습니다. 그래도 마음 단단히 먹고 앞으로 3년을 버틸 각오를 하고 있습니다. 다 때가 되어야 변하겠지요. 이것도 하나의 수련단계로 생각하고 잘 견뎌보겠습니다.

선생님의 형사사건은 2월 18일에 변론 없이 상고 기각되었더군요. 예상한 바이지만 상당히 아쉽습니다. 아직 우리 사법부의 수준이 이 정도임을 보여주는 것 같습니다.

혹시 『선도체험기』 111권이 나왔으면 새로운 주소로 보내주시기 바랍니다. 택배비 포함해서 입금해 드리겠습니다.

서울 서초구 서초중앙로 157 서울중앙지방법원 동관 ○○○호 민
사 제○○○단독 ○○○ 부장판사

그럼 항상 건강하시고, 종종 소식 전하겠습니다. 안녕히 계십시오.

2016년 2월 25일 도율 올림

【회답】

오래간만에 서울로 전근이 되었다니 축하할 일입니다. 아이들은
내가 보기에 정상적으로 잘 자라고 있고 걱정할 일은 없다고 봅니
다. 송사는 어떻게 되든 한국식으로 풀려나가겠지요. 시간 나는 대
로 삼공재에도 그전처럼 들러주기 바랍니다.

떨리는 마음으로

월요일날 처음으로 선생님을 찾아뵙던 이영호입니다. 떨리는 마음으로 책을 읽으면서 상상만 했던 삼공재에 앉아서 수련을 하게 되었습니다.

긴장을 해서 몸에 힘이 들어간 때문인지 많은 기운이 들어오지는 않았지만 호흡이 가늘고 길어지면서 강해지는 것을 느낄 수 있었습니다.

집에 돌아와 보니 세수를 한 것처럼 얼굴이 깨끗해졌습니다. 이후로 생식을 먹으면서 수련을 하니 운기가 강화되고 주로 단전과 독맥 쪽에서 기운이 느껴집니다. 물동이를 이고 가는 아낙의 심정으로 수련하면서 돌아오는 월요일(29일) 오후 3시에 찾아뵙겠습니다.

【회답】

수련에 조금이라도 진전이 있었다니 다행입니다. 계속 용맹정진하기 바랍니다. 29일 오후 3시에 기다리겠습니다.

【부록】

금언(金言)과 격언(格言)들

자 이 세상을 자세히 보라.
왕의 수레처럼 잘 가꾸어진 것을,
어리석은 자는 그 속에 빠지건만
지혜로운 이는 여기에 집착하지 않는다. -『법구경』-

나라가 바로 서면 천심(天心)도 순하고
관리들이 깨끗하면 민생이 절로 안정되며,
지어미가 슬기로우면 지아비에게 닥치는 재앙이 줄어들고,
아들이 효도하면 아비의 마음이 너그러워진다. - 명심보감 -

자비와 고요와 동정과 해탈과 기쁨을
적당한 때를 따라 익히고,
모든 세상을 저버림 없이,
무소의 뿔처럼 혼자서 가라. - 숫타니파타 -

앵무능언불리비조(鸚鵡能言不離飛鳥),
성성능언불리금수(猩猩能言不離禽獸). - 예기(禮記) -

앵무새가 말을 해도 날아다니는 새에 지나지 않고,
원숭이가 말을 한다고 해도 금수에 지나지 않는다.

지난날엔 게을렀을지라도 오늘날 게으르지 않으면
그는 구름 벗어난 달처럼 이 세상을 비추리라. -『법구경』-

나무는 먹줄을 따르면 곧아지고,
사람은 올바른 건의를 받아들이면
거룩해진다. - 명심보감 -

탐욕과 분노와 어리석음을 버리고
속박을 끊고 목숨을 잃어도
두려워 말고, 무소의 뿔처럼 혼자서 가라.

밤에 꿈이 많은 사람은 그만큼 망상과 번뇌가 많다. 수행자는 가

진 것이 적듯이 생각도 질박하고 단순해야 한다. 따라서 밤에 꿈이 없어야 한다. 또 수행자는 말이 없는 사람이다. 말이 많은 사람은 생각이 밖으로 흩어져 안으로 여물 기회가 없다. 침묵의 미덕이 몸에 배야 한다. - 법정 스님 -

입안에 말이 적고, 마음에 일이 적고, 배 속에 밥이 적어야 한다. 이 세 가지 적은 것이 합치면 신선도 될 수 있다. - 한국의 옛 말 -

과거는 강물처럼 지나가 버렸고, 미래는 아직 오지 않았다. 과거나 미래 쪽에 한눈을 팔면 현재의 삶이 소멸해 버린다. 지금 이 자리에서 최선을 다해 살 수 있다면 삶과 죽음의 두려움도 발붙일 수 없다. 저마다 있는 그 자리에서 자신답게 살라. - 법정 스님 -

현대인은 자동차를 보자 첫눈에 반해 그것과 결혼하였다. 그래서 영영 목가적인 세계로 들어오지 못하게 되었다.

월운이풍, 출윤이우(月暈而風, 础潤而雨). - 소순(蘇洵) -

달무리가 생기면 바람이 불고, 주춧돌이 젖으면 비가 온다.

어쩌다가 못된 짓을 해도
착한 행위로 덮어버리면
그는 구름을 벗어난 달처럼
이 세상을 비추리라. -『법구경』-

한줄기 푸른 산의 경치는 그윽한데,
앞서 간 사람의 논밭은 뒤 사람이 차지했구나
논밭을 차지했다고 해서 뒤 사람은 기뻐만 하지 말라.
다시 차지할 사람이 뒤에 기다리고 있으니. - 명심보감-

속박과 혐오와 어리석음을 버리고, 속박을 끊고,
목숨을 잃어도 두려워 말고 무소뿔처럼 혼자서 가라. - 숫타니파타-

심불반조(心不返照), 간경무익(看經無益).

마음으로 새기고 실천하지 않으면 경전을 읽어도 쓸모가 없다.

『선도체험기』 112권에 계속됨. 『선도체험기』 112권은 이 책이 나간 지 6개월 안에 나갈 예정입니다.

저자 약력

경기도 개풍 출생
1963년 포병 중위로 예편
1966년 경희대학교 영어영문학과 졸업
　　　코리아 헤럴드 및 코리아 타임즈 기자생활 23년
1974년 단편 『산놀이』로 《한국문학》 제1회 신인상 당선
1982년 장편 『훈풍』으로 삼성문예상 당선
1985년 장편 『중립지대』로 MBC 6.25문학상 수상

저서로는 단편집 『살려놓고 봐야죠』(1978년), 대일출판사, 민족미래소설 『다물』(1985년), 정신세계사, 장편 『소설 환단고기』(1987년), 도서출판 유림, 『인민군』 3부작(1989년), 도서출판 유림, 『소설 단군』 5권(1996년), 도서출판 유림, 소설선집 『산놀이』 ①(2004년), 『가면 벗기기』 ②(2006년), 『하계수련』 ③(2006년), 지상사, 『선도체험기』 시리즈 등이 있다.

선도체험기 111권

2016년　4월 20일 초판 인쇄
2016년　4월 30일 초판 발행

지은이　김 태 영
펴낸이　한 신 규
편 집　안 혜 숙
펴낸곳　글앤북
주 소　138 - 210 서울특별시 송파구 동남로 11길 19(가락동)
전 화　Tel. 070 - 7613 - 9110　Fax. 02 - 443 - 0212
등 록　2013년 4월 12일(제25100 - 2013 - 000041호)
E-mail　geul2013@naver.com

ISBN　　979 - 11 - 955266 - 5 - 9　03810　정가 15,000원